月是故乡明

YUE SHI GUXIANG MING

施维奇◎著

时代出版传媒股份有限公司

安徽文艺出版社

图书在版编目（ＣＩＰ）数据

月是故乡明/施维奇著. —合肥：安徽文艺出版社，2021.1
（2022.7 重印）
ISBN 978-7-5396-7053-9

Ⅰ．①月… Ⅱ．①施… Ⅲ．①散文集－中国－当代
Ⅳ．①I267

中国版本图书馆 CIP 数据核字(2020)第 197797 号

出 版 人：姚　巍
责任编辑：张妍妍　　　　　　　　装帧设计：徐　睿
···
出版发行：安徽文艺出版社　　www.awpub.com
地　　址：合肥市翡翠路 1118 号　　邮政编码：230071
营 销 部：(0551)63533889
印　　制：山东百润本色印刷有限公司　　(0635)3962683
···
开本：710×1010　1/16　印张：16.75　字数：280 千字
版次：2021 年 1 月第 1 版
印次：2022 年 7 月第 2 次印刷
定价：60.00 元
···

序：咬定青山不放松

转眼二十三年过去，我与施维奇多年未见。不久前，他突然来找我，送来厚厚的一大本文集《月是故乡明》的清样。翻读之余，十分欣喜。

第一次见到施维奇是在 1996 年。那时，他还很年轻，在某报副刊任负责人。他来我家邀我担任该报举办的第三届"清明诗会"的评委。据他介绍，诗会在这之前已办过两届，影响较好，受到欢迎。之所以命名为"清明诗会"是为了纪念 1976 年"天安门事件"。这让我颇感亲切，因为那时我在《清明》杂志社任职，而《清明》创刊起名时也有这层意思在。记得有一年，约旦作家代表团来访，在文联会议室座谈，谈及《清明》的刊名，我就说到刊名的由来，清明既是中国的一个传统节气，也寓意着拨乱反正后，国家进入了一个政治清明的新的发展时代。后来，评奖的过程我已记不大清了，只记得那次担任评委的有省文联原副主席那沙先生和现任安徽广播电视台副总编辑禹成明先生。

自那次见面后，我再没见过施维奇。如今一见，原来的小施已步入中年。据他说，笔会过后，他的工作发生过两次变化：一次是从报社调入合肥市民政局工作（2009 年，由安徽省委编纂、新华出版社出版发行的《民生为天——安徽民生工程纪实》一书，曾介绍过他的先进事迹，誉其为"睡不着觉的救济处长"）；第二次是从民政局调入某民主党派任职。据他说，几十年过去，他对文学的追求从未放弃，创作也从未停止。过去在民政局工作较忙，创作时间较少，写得也不多，现在到了党派工作，则有了更多的时间进行创作。现在，这本厚厚的文集就是他多年创作的结晶，实在可喜可贺！

回到家中，我细细翻看文集。全书共分三辑：第一辑和第二辑为散文、随笔，第三辑则为小说。总体印象是内容丰富，题材广泛，文笔生动，表现力强，具有浓郁的生活气息和深厚的情感，体现了作者较高的思想素养和艺术素养。

第一辑主要是生活散文。其中关于故乡的篇章给人留下了较深的印象。莫言说："一个作家难以逃脱自己的经历，而最难逃脱的就是故乡的经历。"在本集中，作者把深厚的乡土情结，以及对于故乡刻骨铭心的怀念和爱恋，凝聚于笔下，贯穿始终。这样的文章，包括《萤耀》《夫人的昙经》《泪花》《年祭》等，视角开阔，抒写乡愁，寻找失去的青春记忆，唤醒日渐淡漠的骨肉亲情，提出对家庭价值观的反思，从而对社会现实形成有力的介入和穿越。更难能可贵的，作者注重写乡情，写亲情，情真意切，感人至深。

《月是故乡明》是给我印象较深的一篇。在作者的笔下，月光如水一般的温和纯净，从思恋中缓缓流出，勾起了作者对美好的回忆和向往，而月光下的亲人、爱人和友人的悲欢和忧愤，以及那流淌不息的月光下的童年、青年的美好时光，中年、老年的铮铮岁月……都流淌在笔下，如诗如画。落叶知秋，情意如酒。全篇内涵丰满，意境高远，感情真挚，充满暖意和美感，令人遐思，让人浮躁的心变得宁静。

此外，像《时光四溅，孤独如血》《黄土地的洗礼》等文，融进了时代变迁、世事沧桑和人生况味，别出心裁，意味隽永。《孤飞一雁秦云秋》写得风生水起，酣畅淋漓。这类散文多来自对生活的深切体验和发自内心的感悟，有感而发，各具特色。

除了生活散文，作者在历史文化散文上也下了功夫，主要收在第二辑中。其特点有二：一是有很好的见解，并不人云亦云；二是文笔生动，古今中外，纵横捭阖。如《士气如虹》对皇权的批判，入木三分；再如《血性的老学究》，对王朝的兴替也有独特的见解。《梦回兰亭》构思精巧，与众不同。大书法家王羲之家世背景深厚，家族中多人身居高位，唯他偏偏做不好官。原因何在？作者点到为止："病退是体面的选择，何况多年的升迁愿望，凭他那么硬的背景和关系竟然搞不定，其中的尴尬不言自明。"事实上，这恰恰成就了王羲之，使他在书法的世界中"熠熠生辉"。祸哉，福哉，读者自有定论。

散文最见人品学养。好的散文既要有思想见解，又要有真挚的情感。这些无不从生活中来，从阅历中来。作者几十年勤恳工作，不断学习、历练，积累了丰富的生活素材，增加了表现能力，通过自身的感悟、提炼，下笔游刃有余，感情真挚细腻，形成有别于他人的独特的体验和风格。

施维奇的散文创作可圈可点，小说创作同样值得称道。早在1984年，他就在《未来作家》发表短篇小说处女作《龙浦赞歌》。在本集中，收入了三部中篇，即《三月的乡村》《寒蝉》和《春绿秋黄》，其特点明显，手法散文化，描写了牧歌式的乡村生活。往往通过尺水波澜，反映时代的变迁和生活的本质。相对于那些片面追求故事情节（偏离生活，玩弄离奇）的作品来说，施维奇的小说返璞归真，注重人物性格和心理刻画，感情饱满，语言诗化，于喧哗与骚动之外，回归自然、纯朴。

除了中篇小说，收在本集中的三篇微小说也值得一读。它们关注现实，以小见大，构思精巧，立意新颖。《窥视》关注留守儿童的犯罪问题，以意识流手法揭示出阴暗的窥视心理，对于人性的深刻影响。《师德》更像一幅讽刺漫画，文字简洁，入木三分，寥寥数笔，人物形象便跃然纸上。《萍萍是个好孩子》通过成人和孩子的矛盾冲突，对精致的利己主义予以当头棒喝。

郑板桥有诗云：咬定青山不放松，立根原在破岩中。千磨万击还坚劲，任尔东南西北风。文学是一项艰苦的事业，需要顽强的毅力，耐住寂寞和失败。如同红军二万五千里长征，爬雪山，过草地，只有坚持到最后的人才能赢来胜利的曙光。我希望施维奇继续努力，在文学的道路上坚定地走下去，并取得更大的成绩。

是为序。

季宇

2020 年 4 月 10 日

（作者系中国作家协会全委会委员，曾任安徽省文联主席、安徽省作家协会主席，安徽省政府参事。）

写在前面的话

　　这对于大家来说，想是都有所体会的。当一个人陷入极度痛苦之中时，总有向人倾诉一番的愿望。郁结于心的痛苦化为倾诉的内容，在倾诉中心灵便摆脱了痛苦的压迫，从这硫火熊熊的地狱里超脱出来，重新飞回到自由的天地。于是我们才会感到，痛苦不那么刺心了，心里好受多了。

　　与此颇相类似，我的写作也是为了获得心灵的解放。我自幼醉心于文学，读高中时便不自量力，稚嫩的手拿起笔写起中篇小说来，自此迷不知返，一发而不可收。屈指算来，在这条道上我已奔了三十多个年头。文学使我倍受折磨。一缕情绪，一种意象，一旦占据我的心灵，便如具有魔力一般紧紧攫住我，使我无力挣脱，烦恼莫名。别人见我食不甘味，睡难安枕，有时好端端地走在路上，不知怎么一下就摔到路边的沟渠里去，或者终日不语，深思冥想，却又忽然兀自笑起来，便怀疑起我的神经是否有些不对劲了。这缕情绪、这种意象滞留心宫，诚然会让我发疯。我曾试图逃避，结果却像那个猴王一样反被压入山底。狂乱之中，我曾把十几本日记、观察笔记和读书心得及二十多篇小说付之一炬，发誓再不染指文学。但书箧倒空了，痛苦并不见减轻，而且随之而来的巨大的痛楚又驱使我拿起笔来。我别无选择。因为只有正视痛楚，用心凝神观照它，并把它诉诸笔端，我的心才会真正舒畅。我忠实地传达存驻心间的情绪与意象，心灵的羽翼便尽脱束缚，且在自由的翱翔中得到平静和满足。

　　只是让我颇感愧疚的是，我的表达技巧太笨拙了。所写的东西，画虎类犬，不堪细读。编在这里的文字，如有人援引白居易"草萤有耀终非火"一句诗加以嘲讽，我也没有什么可说的。究其缘由，自是我学力不逮，阅世欠深。如此粗糙还要自编成集，一是为了对过去有个总结，另则希望能够获得同道师友的指教，以便自己更好地与新时代一起前进。

作者

2020 年 6 月 25 日于敬伏斋

目 录
c o n t e n t s

第二辑　梦回兰亭

第一辑

顺着黄河的流向

月是故乡明

端午的艾草还插在门上，转眼竟是中秋了。记得去年这个时候的小区，早已丹桂飘香，月圆之夜，夜凉如水，一枝枝金项链般的桂花被繁露浸润，衣袖里、被窝里、米饭里……到处都散发着浓郁的清香。今年不知何故，年到中秋，楼前郁郁葱葱的桂树上还看不见一丝花影；在我每天晨练的琥珀潭公园、环城公园、杏花公园，在我去看父亲和岳母经过的南淝河、四里河边，我望眼欲穿也没看见桂花的倩影。是什么迟滞了它赴约的脚步？我颇感有些遗憾。

让我心生遗憾的，还有女儿远在澳大利亚，三姐已是第二年不在家过中秋节了，七十多岁的叔父在手术和三次化疗后骨瘦如柴，眼下还在住院放疗——阿弥陀佛，祈愿他老人家早日康复！家宴一桌，四世同堂，喝酒勉强一瓶。往年菜未上齐，叔父就会和姐夫满满地"炸个罍子"，序幕拉开，叔父会适时叫我们兄弟再跟姐夫"放个刺花"，父亲哈哈大笑："过节嘛，不许留量！"物换星移，今年喝酒就少多了。

席间父亲决定去看叔父，我们赶紧联系，定好时日。父亲年事虽高，依然每天登上三楼平顶喂鸽子，四十多只鸽子在蓝天盘旋飞舞。上次他拢着两只鸽子，一早去叔父家，在锁着的门外久等。邻居告知叔父又住院去了，父亲转好几路公交车到医院，提着鸽笼在住院部大楼一层一层地寻找了好几个小时。"鸽子是凉性的,大补,吃完了我再送。"父亲说。炎炎夏日,我每次去探望,叔父总是反复叮嘱:"大热天,一定叫爷不要跑。我好得很,叫他放心。"父亲遇事很少打电话,宁愿多跑路。一辈子了,老兄弟的感情啊!

午后的阳光温暖和煦,三姐家的狗卧在皇葡庄园院桌下,安静地睡着。看到我带着打包的剩饭剩菜走来,那条黄狗和白狗立刻跑到铁门边迎接我。我将饭菜袋子扔进去,并伸手想把袋口打得更大些,方便它们用餐。那条小白却不领情,一口叼着袋子跑开了。看着它们大快朵颐,真是感到无比开心。但我很快发现,老黄吃了几口就不吃了,它趴在地上,看着小白"狗"吞虎咽,眼里流露出母亲般温柔甜蜜的目光。吃完后两条狗又亲密地打滚嬉戏起来。要不是担心车停路边夫人等得焦急,我真有些舍不得离开。

我想,我们这个年龄段的人,幸福感来自哪里?阅读,与父母及大家庭兄弟姐妹的交往,高质量的婚姻,自我同一性的发展……难道不是通过这些,我们才能实现个体在成年中期的成长吗?毋庸置疑,在每个人的生命中,这些显然都是最为宝贵的。

连着周末,中秋假期三天,陪父亲过节,再去岳母家。岳母九十多岁,精神矍铄,养花、种菜、烧刷,整天忙个不停。门前花园鲜花盛开,白兰一层花苞,无花果已结四茬,枝头果实累累;葡萄架下香荫遍地,黄瓜藤上粉朵摇摇。家业也是欣欣向荣:二姐家终于在棚户改造中告别20世纪60年代建的针织厂宿舍;三哥家女儿从芜湖考回市政府某部门,卖掉几年前在芜湖买的房子大赚一笔;五哥家添人进口,再过十来天,儿媳妇要生了。"爸爸,要是生个大眼睛,我们带,小眼睛就你们带喽!"准母亲还是孩子气的淘气话引得满堂笑声。四哥家孙女、孙子,站在曾祖家门口的石狮上,大声欢叫着:

"我高!"

"我高！"

"我们锤子剪刀布，谁输了，谁下去！"

"弟弟，你不可以后出的！"

……

弟弟输多赢少，输了乖乖溜下来，赢了就欢天喜地爬上狮头。月光照亮他们清澈的眸子，天真无邪的笑语银铃般飘荡在夜空。

眼前这一幕，让我不禁想起儿时的中秋之夜，在故乡的稻茬田上打火把，偌大的火把在头顶抢圆了，迎风呼呼燃烧，一张张笑脸映得通红发亮，其乐融融。突然，谁的火把草绳烧断，脱手飞向远处……据老人说，中秋节源于元末用月饼传递信号，月圆之夜，举火为号杀鞑子。据说中秋节打火把，来年不会害眼疾。还有摸秋，闭着眼睛摸些扁豆、花生、山芋等，回家后不得言语，悄悄掏出放在桌肚里。一夜疯玩，第二天眉毛上、鼻孔和耳朵窝子里全是黑灰，一如广袤的原野残留着一堆一堆青色的灰烬……

现在，随着城镇化的进程，我的故乡早已变成古城饮水的大水缸——大房郢水库，故乡已经被淹没在烟波浩渺的水面下，让打火把之类中秋的文化元素，平添一段段新的乡愁。

从岳母家回来，夫人在楼上北阳台摆放小桌，备了月饼、石榴、花生、红枣四样茶点，纳凉赏月。新沏的茶纯净醇厚，带着思绪飘向逝去久远的岁月，把所有的心事、思念全部稳妥地安放，静心以对，味在其中。凉风习习，花香阵阵，细长的兰草在风中袅娜起舞，栀子、蜡梅、海棠的叶子窸窸窣窣打着拍子，蟋蟀在墙根窗下尽情歌唱。米兰开花正在高潮，茉莉花渐入佳境，太阳花接近尾声，而从夏至秋一次十朵八朵开过四茬的昙花，厚实的叶片中又探出十多个花骨朵儿，就像春天的雏燕从窝里伸出红红的小嘴儿。中天一轮明月，水银般的月光流泻天地之间，楼下的琥珀潭水月溶溶，湖边蜿蜒起伏的灯饰游走如龙，变换红、黄、绿色的月亮船上坐着唱歌的孩子，犹如在童话世界里。但银盘似的圆月像玩躲猫猫，很快就躲到厚厚的云层里看不到了，好一会儿，再从云彩中一点一点慢慢露出来，朦朦胧胧，又像蒙着轻纱的少女的脸……

这时，微信"想家就聊聊"的家人群里，叮叮当当下起密集的红包雨。幸福来得如此猛烈，夫人忙得不亦乐乎。每逢佳节倍思亲，我往微信红包里塞进十二元，六人限量版，四秒抢光。不在多少，开心就好。此刻澳大利亚的月光比我们这里明亮。那里没有中秋节的概念，但三姐一家还是按照传统过节，女儿下午没课也赶过去团聚。那边现在虽已是春天，夜里却冷得要穿棉袄。女儿就曾夜读脖子着凉，疼痛难忍，那段时间三姐整夜守护，给她擦红花油推拿。每次返校，三姐和三姐夫都会让她带上烧好的牛羊肉和包子，一个星期都吃不完，三姐总是偷偷在她书包里塞些零花钱。一次，女儿五点才考完试，为接她一起度假，三姐一家爷孙三代五口在校外等了七个多小时。亲情似海呵！一家人聚在一起，亲情赛黄金。

皓月当空，一年最圆是中秋，人生最暖是团圆。正是这份亲情，让每次团聚心里充满能量，就像航船扯满风帆，开足马力前行；正是这份亲情，让我们历经沧桑，仍然明亮不坠……

五 保

天下伤心人莫过于五保。无儿无女，无劳动能力，无生活来源，垂垂暮年，耳聋眼花，日常起坐须要人扶，一年中少不了三灾四病，如无人垂顾，躺在床上想翻个身，张着嘴想喝口水，也是难呢。

小时候村里有两户五保。发老爹一走一跛，右手右脚和头抖个不停，每月他给村里孩子理发一次，借以在午秋两季从生产队领取可供全年生活的稻麦和烧草。另一户麻老爹麻老奶奶，也是通过放牛、看花生等力所能及的劳动获取生活必需品。尽管那时物资匮乏，家家生活拮据，但谁家做了好吃的，不给孩子吃，也不会忘记给五保老人送去一碗。

贫瘠而又温暖的乡村生活教育，使我对于五保工作油然而生一种朴素的责任和感情，犹如面对我苦难的亲人。分田到户，五保供养改由村集体"三提五统"解决。农村税费改革，安徽是全国试点省份，"第一个吃螃蟹"："三提五统"作为农民负担全部取消。村干部工资、村工作经费、公益事业和五保供养资金等以附税形式，打包捆绑在一起，这在实践中造成弱势群体的五保资金得不到切实的保障。我通过调研写出《农村税费改革后五保供养经费严重不足》一文，没想到此文由民政部上报国务院，竟得到温家宝总理批示，民政部因此两次来到合肥调研，最后安徽省委研究出台五保供养经费财政转移支付政策。这是具有全国意义的重大制度改革，随后上升为国家财政制度，在全国实行，改变了中华人民共和国成立以来通过乡村集体"三提五统"进行保障的传统模式，确立了五保供养财政保障机制，五保老人形象地称之为"端上了铁饭碗"。

2008 年，遭遇史无前例的大雪，那时全市五保有 4.5 万多人，乡敬老院都用废弃的公房改成，一般仅有十几张床位，绝大多数五保户散居在村，住房简陋。大灾当前，"决不让一个五保因灾伤亡！"屋顶铲雪、雪中送炭、送医上门、背负转移……在那个风雪交加的冬季，每天上演的故事，让灾难不再可怕，让人心不再孤独。

当然，好事做好并不容易，甚而会遭误解。记得一天傍晚，雪深齐膝，我去肥东看望一个五保，老人的房子东倒西歪，土墙裂缝大得胳膊都能伸进去，可无论乡村干部怎么做工作，他就是要在家守着几只鸡，死活不愿转移。大雪封门，北风呼啸，又断电，山墙随时可能倒塌，危及老人和路人安全。我安排老人先去吃饭，在他走后，即刻将其家什送去敬老院，然后把房子推倒。事不宜迟啊！据说老人骂了我一冬，直到春暖花开，雪灾倒房重建，给他盖好一间半砖瓦房，窗明几净，乔迁新居，老人用红漆在山墙上写下两行标语："感谢共产党，让我五保老人住上新房"。老人的母鸡还在敬老院孵出一窝小鸡，我们用篾篮挑到他家，他在木盆里洒上小米，又用搓衣板在倾斜的篾篮和木盆上搭个桥，小鸡怯生生地顺桥而下吃米，满屋嘤嘤细鸣，老人开心地笑了。

五保吃上财政饭，最初每人每年只有 800 多元，而且是省市县 5∶4∶1 配套，越是贫困县，五保越多，相应需要配套的资金也越多，为此我们将集中供养五保纳入城镇低保，缓解县乡财政压力。但这样的"擦边球"，给低保工作增加困难，全省会议批评，民生考核黑着脸要扣分。作为主管业务处长，"压力山大"，我又怎一个愁字了得。

自 2007 年起，组织实施"515 敬老工程"，5 年总投资 2.25 亿元，这在全市上下为千亿元 GDP 而奋斗的大背景下，是多么了不起的惠民实事！安徽省委编纂出版的《民生为天》一书，用两篇报告文学介绍了"全国五保供养的合肥样板"。农村敬老院成为一道靓丽的风景线，集中供养床位应保尽保，实现全覆盖。连续 5 年以 12% 增幅提高供养标准；五保医疗纳入新农合；通过政府购买服务方式，建立五保长期医疗护理保障制度。五保：衣食住医葬，无微不至。

2017 年 3 月，我从民政部门交流到民主党派工作。在开展脱贫攻坚民主监督时，再次走进敬老院调研。徐大爷热情地邀请我去他的房间坐坐。屋里光线充足，干净整齐。老人指着桌上的药品说："要不是共产党，我的命早没了！"原来，徐大爷去年查出来患有膀胱癌，敬老院花了十几万元医疗费，除掉了他的病根。在多功能厅，院里老人敲锣打鼓，为我们唱起他们自己编排的门歌。在每一个老人惬意的脸上，洪亮的声音中，热情的笑容里，一种温暖的力量直抵人心……

夫人的昙经

    昙花就耸立在北面阳台的墙边，正对着我书房的东窗。夜深人静，一钩弯月悬在天际，缕缕清香随风飘入。昙花盛开，犹如入定的禅师，在星光月色里显出几分高寒。

    此刻，铺纸濡毫，临写古帖，我感到神清气爽，通体澄澈。

    如果说，在年轻的时候，怀揣"红袖添香夜读书"的绮梦，我会和夫人一样把昙花看作清净不染的仙女，但在历经岁月洗礼之后，在满庭秋花交相辉映中，我感受到的已是昙花超凡脱俗的芬芳与音容。

    于是，浮想联翩的脑海就闪出一句诗："坐稳蒲团忘出定，满身香雪坠昙花。"这是明李昌祺《听经猿记》里的诗句。香雪般的昙花开在绿叶之端，就像手臂吊着母亲脖子的少女，又像坠在耳边的玉环、悬在空中的明月。静心以对，用心体证，我才深刻地领悟禅花两忘的意境。

    昙花是与佛和宗教有关的圣花，是梵语优昙钵花的简称，又称瑞应、祥瑞花。我家的昙花已开四期，计有三十五朵，堪称罕见，何其有幸！每一期花开，都给我带来不一样的心境。

    记得第一期花开，我出差在延安，未能亲眼看见。夫人发来照片，花开八朵，开了两天。那天在熹微的晨光里，我坐在窑洞前的石栏上翻看手机，抬眼远眺祥云缭绕的凤凰山顶，觉得那朵朵白云就像昙花，那时的心情也像阳光一样，一扫遗憾的暗影，光明灿烂。

花开二度，十朵齐放，最为辉煌。好运花儿开，好运共分享。我们把昙花搬下来摆在客厅中央，众多亲友欢聚一堂，喝着小酒，看世界杯，赏昙花开，实乃人生享受。花全开时，异香弥漫，恰遇巴西与墨西哥决赛开哨，绿茵场上激战甚酣，看球台里群情激昂，我家也是彻夜欢声雷动。孩子们摆出各种姿势与花合影，大家频频拍照，抓拍每一个瞬间的永恒，在微信朋友圈晒出欣喜和美好。昙花开放的每一个瞬间都美得惊心动魄，让人叹为观止，朋友圈照片赢来一片点赞。

第三期七朵开在雨夜。大雨倾盆，惊雷阵阵，满屋花香轻柔如贝多芬的《月光奏鸣曲》，不安的情绪不知不觉消弭无痕……

这次十朵要开三天。我感觉植物开花是个体力活，今夜的花开放就比昨晚推迟一小时左右。从初绽到盛开再到花瓣收敛，一朵昙花一夜间走完了生命的历程。从形态上看，我觉得含苞欲放最为动情，半开最美，而朝霞渲染的垂花之美，在于收敛与高贵。自心体味，我更觉得昙花一现，一如心地法门的禅宗，是从内心入手，完成生命的顿悟、通达和解脱……

这棵昙花与我家结缘已有数年。夫人最初将其带回家时，它只是一拃长的叶片。没想到插入土中，浇点水，一天一天眼看着变得葱绿、生出了根，竟然就活了。移栽到花盆之后越发滋润，三竹搭架后更是枝繁叶茂，叶子长得每条有胳膊那么长，牛皮那么厚实，只有老叶子才能结出花骨朵儿，新叶是开不出花的。每期花后，夫人就会施肥，宛若给生孩子的媳妇伺候月子。营养跟不上，即使发出花芽，也易长不住而掉落。正是营养充足，调护精心适宜，才有一波胜过一波的昙花盛事。

禅宗经典《坛经》里记有一则"腰石舂米"的故事，是说六祖慧能身体瘦弱，腰间绑着石头舂米——增加自重，以压下石锤的杠杆。五祖赞许道，

"求道之人，为法忘躯"，就应该像这样啊！夫人养花，也差不多达到了腰石舂米的忘我境界。我们家北阳台上，地面、墙头、花架上，层层叠叠，错落有致，养满五颜六色的花儿。春兰秋菊，红肥绿瘦，一年四季，花开不断。夫人似乎知道每棵花的习性，或阴或晴，或燥或湿，总能把它们放在最合适的位置，接受最适当的阳光雨露，受到最适宜的培育，让它们充满内生动力，在自己成长时不遗余力。朋友同事养得惨不忍睹奄奄一息的花，到她手里一调弄，立刻生机蓬勃。

昙花是夫人的最爱，用心之专之深，花木有情，自会为之动容。淘米水一点不浪费，喝过奶的碗、奶瓶要用水冲一下浇花；蛋壳、果皮、果核收集起来沤作花肥。用松针拌土、换盆、晒土、治虫，冬天雨天进花入室、春天晴天出花户外、炎夏搭阳棚张遮阳网，等等，莳花弄草，总有忙不完的活儿。有时半夜惊醒，一骨碌爬起来："下雨了，快上去挪花，别淋掉花苞！"为了中秋赏月，我提前把遮阳网拿掉，中午吃饭，夫人望着屋外的太阳一脸担忧。我安慰说深秋的阳光不碍事了，夫人眼睛一瞪："你在太阳下站几个小时试试！"夫人还用叶子培育了二十多盆昙花，送给左邻右舍、亲朋好友和同事同学，对这一类的请托她是有求必应，乐此不疲。

昙花盛开，给我家带来欢乐，带来祥和。为此，夫人作了一个美篇《好运昙花开》，朋友感慨留言：真美！美在花，玉洁冰清尘不染，清新脱俗醉人眼；美在育花人，勤劳能干品位高，志趣高雅有情调；美在赏花人，心有灵犀瑞花应，幸福敲门好运连。

风

　　父亲十五岁那年第一次进城，鸡还没叫，就推车沿着穿村而过的西大路吱吱呀呀地出发了。做童养媳的母亲送到村口，将包着几个饭团的布包塞到父亲的怀里。父亲有些生气，如果不是寻找母亲的剪刀耽搁半个多时辰，他一准走了好几里路，这会儿肯定翻过烟大古堆了。

　　冬天快来了，母亲做鞋没有一把好剪刀不行。前一晚父亲将剪刀随手放在香阁的一包纸上，准备带进城去重新铲口。夜来堂屋西窗的风无心地翻开几张纸，盖住剪刀。父亲起床，举着油灯，香阁、饭桌、鸡笼……连堂屋的墙旮旯都翻了个遍，母亲帮着也半天没找到。正在着急，一缕东风吹来，又把那几张纸翻回去，母亲一抬头，一眼看见剪刀不就在那包找了好多次的纸上吗？许多年后，我还记得漫长的冬夜，母亲坐在床上纳鞋底绱鞋，常到鸡叫二遍，床头铁钩上挂着的单鞋、棉鞋，串在一起有稻箩那么粗。

　　深秋的早晨，露水湿重，潮漉漉的风中弥漫着野菊花的清香。尽管天黑得看不清路，父亲心是亮堂的，独轮车上架着两袋花生，几十里走下来，脚板还是轻飘飘的。

　　父亲把车在小东门的大街停稳，早晨第一缕的阳光刚越过巍峨的城门楼，照亮包河水面上款款飞舞的蜻蜓和毛竹园俊秀挺拔的桁檩毛竹。前街后街商铺的门板纷纷被摘下，南淝河、金斗河上的商船，桅樯林立，往来如梭；跨过孝肃桥，坝上街商旅如云，码头货物堆积如山。大窑湾、小窑湾烟囱高耸，不时传来砖瓦烧好出窑放气的轰鸣。

窑湾的青砖小瓦，只有城里的李家、张家、段家、龚家这样的大户人家去买，乡下人从不敢有此非分之想。这年的节气宜种棉花，我家几十亩旱地少收两担花生，稻谷也减产二成。"人生两大事，盖房讨娘子"，家里筹办大事，想盖两间新房，不得不多等几年。

父亲推来卖的花生成色好，粒大饱满，晒得又干，很快脱手。没想到卖了将近四块钱，父亲觉得周身都是钱了。接下来，买六张芦席绑在独轮车上，磨剪刀、锻锄头，在买那四个粗瓷黑边的窑锅时已是晌午时分，满大街都是包河鲊肉喷香的吆喝。早就听在后街李府管账房的大伯说过，包河鲊肉在庐州城飘香数百年了，四周城墙厚厚的青石浸透鲊肉的香味。一毛五一碗，父亲吃完带来的饭团，只舍得吃两块鲊肉，剩下的扣在窑锅里带回去，给全家人尝个鲜。

办完所有的事，父亲靠着城墙根儿打了个盹，思念投在南淝河的水面上，悠悠地流向遥远的家……

那天后半夜，刮起漫天大风。村子里，西大路上，合肥城前街后街，一些东西像树叶一样被风带到远方。父亲新买的四个黑边窑锅也被刮走。第二天一早和以后的许多岁月，人们都在急急忙忙寻找丢失的东西，只有父亲十分淡定。父亲知道在一场风中消失的东西，在另一场相反的风中都会回来。风后的早晨秋高气爽，父亲拿出磨好的红把剪刀交给母亲，另外还送给母亲一把锥子、一个顶针。

泪　花

为什么我的眼里常含泪水，因为我对土地爱得深沉。诗人如是说。

小时候，看见围墙边一株向日葵被猪拱断，我哭过；家里饲养的一只白毛红掌的鹅走失，我也哭过。深秋酸眸子，迎风更是泪眼婆娑。在菜油灯摇曳的昏光里，姐妹们常常取笑我好哭鼻子。不争气的泪水总让我在同伴们面前羞愧不已。

我知道父亲讨厌男孩哭泣。一次，一个乞丐沿门行乞，这个乞丐身体健壮却被生活的不幸压倒，他声泪俱下的哭诉不由得使我泪流满面。母亲笑着撩起衣襟擦干我的泪脸，我抬头的瞬间蓦然看见父亲忧虑的眼神，随后是轻轻的一声叹息。

也许，眼泪不应该属于七尺男儿吧。

但那时候的苦难是如此沉重，似乎只有眼泪才能尽情释放生命中不可承受之重。"小楼昨夜又东风，往事不堪回首月明中。"在漫长的岁月里父亲常常提起闹饥荒的年景。我的爷爷就是饿死在那年的夏天。爷爷是大锹把子，酷暑寒冬，少有歇时，每天天亮，他从河湾挑六担水进门，把家里的水缸灌满。出力多自然饿得快。那天晚上，稻壳糠榆树皮做的粑粑，他一下子吃了七个。"终于吃饱了！"爷爷在土墙跟坐下，就再没起来。

"打了春，赤脚奔，挑野菜，拔茅针。"那年春天，邻居周姊的爹饿死在荒野时，手心里还攥着新拔的茅线。周婶抽搐的嘴巴一张一合，直到掰开她爹僵冷的手，吃了那一小把茅线，她才有劲哭出几声。

在我的童年和青少年时期，我们家的苦难也是一件接着一件。住在城里的姥姥回来，望见村子就哭。一次我正在老房子里看书，村人飞跑来喊："快去背你姥姥！"其时姥姥已在荒岗上爷爷奶奶的坟前哭晕了。姥姥六个儿子也让她流干了泪，她的双眼哭瞎了，姑父去世，姥姥随后跳楼自尽。

从蹒跚学步到长大成人，我绝少听到父亲的叹息，更不用说哭了。在母亲去世的时候、在婶母去世的时候，我都哭得非常伤心。听我们哭，父亲一定五内俱焚。他全身颤抖，脚步踉跄。但他挺住了，没有眼泪，没有叹息。在以后的十几年里，父亲领着我和小弟苦熬日子，当爹做娘，茹苦含辛，也从未流泪，从未叹息。

只有一次，我看见父亲用手盖着脸，泪水涌潮似的从指间滚落。那是一个残阳如血的黄昏，在一声撕心裂肺的汽笛之后，小弟的身子飘了起来，像一片花瓣，飘落在冰冷的路面……一夜间父亲的头发白了大半。别人见父亲一连几天坐着不动，就劝父亲去田上看看吧。父亲说，我还要田做什么呢？还要谷子做什么呢？于是就泣不成声。然而在小弟被安葬后的第二天，父亲就捎着铁锹踩着虚弱的步子下田了。

望着父亲苍老的背影，我多想痛哭一场啊。

男儿有泪不轻弹，只缘未到伤心处！

轻轻地说

在你妈第三遍哼唱《祝你平安》的曲子时，你终于停止磨人的哭闹入睡了。溶溶的月光透过窗棂投到床前，把你噙在眼角的一颗泪珠照得晶莹明亮。元宁，你好不乖哟，刚才你妈给你洗澡，你哭得那么凶，哇哇的，你是怕水吗？托着你软绵绵的后脑勺和后背，看你小腿踢蹬，我真不知如何是好。现在可以长长舒口气了。

今夜月色如水，要在以往我们一准会去散步赏月，而今却没了这份心境。对我们来说，屋里这片宁静弥足珍贵。关门时我手脚稍重了些，你妈便在眼风和手势里急切谴责，一边特务似的蹑手蹑脚潜到床边"窥探"，我们多怕扰醒你呵！厨房的灶台上放着你妈吃了一半的饭菜，你有个不好的习惯，总在她端碗时哭闹。过道里还有一盆待洗的尿布，那是你的杰作。元宁，你差不多隔两小时尿一次，一夜换包五六次，你妈戏称这是"深圳速度"，你是"高产作家"。而在你这不拘一格的尽情挥洒中，我却手忙脚乱忙得屁颠，我感到赖以进行创作运思的那点可怜的想象力，正如尿布被你一块一块尿湿，晾在风中也飘不起来。

此刻你睡得真好，沐着月光的小脸美丽可人。你妈痴痴的目光如月光般罩住了你，开始了她每夜的必修课。"你一生都幸福，这是我们最大的心愿。"这是她在吟唱，你听见了吗？我的孩子，你睡得真乖，就多睡会儿吧，但愿我关门的响声没有惊扰你的甜梦。

剃 胎 头

　　妻下定这个非同寻常的决心时女儿已快满一周零四个月。哇哇出世猫儿般大小的女儿，我们的掌上明珠，这时候不仅抱起来盈盈满怀，而且腿上也渐有骨力，玲珑剔透的小手儿捧着不倒翁在家里到处走动，两片花蕊般的红唇团住天地元气发出欢快的叫声。在这时候，妻才终于拍板决定给女儿剃胎头，是不是稍嫌迟了点？

　　本来满月后就该落实的"议案"悬而未决拖至现在，妻负有不可推卸的"领导责任"。妻的发质欠优，脑后悠着的"马尾巴"瘦黄得像个"贫下中农"，每晚于电视广告中看到哪位明星抖旋亮丽的青丝，妻的目光就变成了起起伏伏的心电图，于是寄希望于女儿能长出一头如云似瀑的"飘柔"来。有一回，妻在幼儿园看到一个女孩，长发秀逸，黑而亮泽，扎了数个小辫儿，在阳光里笑得开心灿烂，煞是可人。"据说那女孩未剃过胎发的"，后来的日子当妻一遍一遍提及观感，我都表现出一副心不在焉的样子。也许，妻在这之前执意不让给女儿剃胎头，最初萌念于此。

　　妻选择了一个阳光温煦的午后，抱着酣睡的女儿坐进童车一样的理发椅里。发廊静悄悄的，理发大姐一"推"当先，就在我女儿细黄蓬乱的头发家园分出一条鲜明的"楚河汉界"，它们就像一个个有生命的精灵从我的眼前飘落尘埃。我们目光登时散乱，如我女儿骤起的哭声。

“这一年多来盖房、拆迁、搬家，事儿一件一件连着，大人吃了多少苦，孩子跟着遭了多少罪呵！”妻的一番话让我百感交集，默然之中看着女儿的头发渐渐被剃光。我的花发年迈的岳母取来早已煮熟的鸡蛋，剥去壳衣尚存余热的鸡卵纯净如玉，就在女儿的光头上左三遍右五遍地滚动起来，据说这么滚一下今后头不癞哩。岳母还细心地包起一缕胎发，留待日后订于女儿的棉袄上。

我和妻兄妹都很多，妻在家排行为“七仙女”，在小字辈中女儿是“十三妹”。剃头归来，这个说：“哇，元宁这回真成亮（靓）女了，可与日月争光！”那个说：“你爸爸晚上写文章不用点灯了！”一群孩子嘴里更是淘气地叫着没完。温馨的家庭气息烘干我湿漉漉的心情，我发现剃去胎发的女儿那般娇丽，头皮泛着青光更衬得眉清目秀，头也看上去大多了，脑后剃破一点凝起的血迹像一朵盛开的小红花。尤其是在众人的嬉闹中，女儿羞恼地噘着嘴，一个劲儿往妻的怀里钻，似乎想把一颗光头给藏起来，小小的心湖竟也洋溢着美的涟漪。

之后，早晨起床，妻便给女儿戴上一顶单帽。穿红线衣的女儿便拉着朋友送的小火车在门廊玩耍，帽子盖了眼，就见她咿咿呀呀叫着把帽檐拉向右耳边……

床的琐话

现在，致力于"吃文化"研究者绝不在少数的，不知是否有人潜心研究"床文化"？汉刘熙《释名·释床帐》曰："人所坐曰床。"床使人得以安寝，功不在鼎俎之下，理不当被冷落。

床之发明于何时？发明者是谁？不得而知。但必是人疲倦了，想睡，而且想睡得舒服一点，才动起造床的念头。在一片混沌的脑际，跳出这个闪光的念头，是件了不起的事，而实现这一理想，一定经历过很长的时间，很多的挫折。床的造出是件更为了不起的事。

人说，懒汉恋床。其实，此为人之天性，人人皆然。女人却较男人起身早。男女在一起，睡到该起床了，男人被子一蹬，就去盥洗室，去餐厅，去公司，女人呢？于梳妆之前，总是细心挽起罗帐，抚平枕头，铺好被毯。孤身女人的闺床整洁舒适，香气袭人；单身男子的卧榻，大都乱如狗窝，脏不可睹。

女人对床有很深的感情。也许在遥遥远古，是女人发明了床？是娇羞的妻子在情意绵绵的草圃获得了伟大的灵感？是劳累的母亲取样于自己的胸脯最先为孩子造出来的？不知然否。

但床若果为女人所创造，则是女性的骄傲，也是女性的悲哀。在历史长河一段漫长的岁月里，床曾是女人的禁锢，女人的坟墓。为了冲破床的牢笼，床外经过多少艰辛而豪壮的战斗！在向床外迈出的每一步中，流了多少唐赛儿们的血，红娘子们的血，秋瑾们的血！这段惨痛的历史，是床文化中最为光辉的一页。

现代城市，摩天高楼，地下商场，鳞次栉比，"屋上架屋"已是事实，"床上施床"也成趋势。在时代的大潮中，循着豪华、典雅、舒适的方向，床也几经演变。乡下寒酸的土炕已不多见，笨重而丑陋的木床也渐为市场所淘汰，西式床、席梦思床应运而生。床在变软，床将增高。但万变不离其宗，造型似乎永远脱不了长方形了。床因人赋形，被因床赋形，改床为正方，方床方被，人夜里便用不着担心床睡倒了东西，被睡横了南北，岂不更好？然正方虽有可人之处，却呆板无生气，人从中读不到长方的灵气、长方的活泼、长方的包含黄金分割的美。在实用外，人还需要美。

现代化家具制作，在尺寸上，不知是否依然投人所好，承袭着床不离半（伴）的古训？乡人对床有很深的迷信。古书中有"以酒祀床母，以茶祀床公"的记载，词客骚人还留有这方面的诗句，曰："酌水祀床公。"祭床神，盖由来已久，现在农村依然可见，只是不在旧俗年的除夕，而是在洞房花烛夜。吃罢团圆饭，主婚者且歌且舞，以红枣（早）、花生，遍撒婚床，祈愿新婚夫妇早生贵子、白头偕老。在庄重的气氛中，这很美好，让人心头充满圣洁，充满热爱，充满温馨，充满憧憬。

生活中人人都有一肚子床的故事，或美好，或凄哀，或纯洁，或肮脏，或实有，或虚无，丰富多彩，扑朔迷离，美而普通，美而神秘。要问：床是什么呢？会有万千种回答。因人而异、因地而异、因时而异。众口不一，各有千秋。

床是什么？是周岁婴孩泛舟的湖泊，天真少年甜蜜的梦乡，新婚夫妇沉醉的乐园，戍边战士火红的远山，航海水手蔚蓝的港湾……

短笛三章

十月

历经腊月冰雪、三月凄雨、七月骄阳，你，有了母亲般祥和甜美的慈容，给天空崭新的太阳，给大地无限的温馨。于是在你风和日丽的给予中，在你丰饶富足的怀抱里，激荡起镰刀、齿轮的豪情和赞美。这大吕黄钟的交响似在讲述你迎来红旗飘飘的辉煌……哦，十月！融你于心间，便成我满天飞扬的思绪，流注于笔端，即是清溪破译的星语。

忍

忍是心上放把刀吗？

那不过是低房下的弯腰，是"君子报仇十年不晚"一时忍气吞声。心中的刀会在心壁上时发雷鸣，在难忍的绞心痛里，会扼杀掉一切灵性生机，根生仇恨，会有一天飞出伤人。

忍不是包着的火。待到烧掉虚伪的薄纸，便露出凶恶本面目。

自然，屠宰场上羔羊的眼泪，淫风恶雨下冰石的沉默，拱木荒坟中髑髅的僵硬，诸如此类也不是忍。

忍不是无原则的怯懦。

忍是成熟的深沉和大度。

忍是少女一低头的温柔。

真诚、和平、美好。心如出山的幽泉，清澈见底。浮花瓣作彩蜂之舟，稣粪土为游鱼之食。蓄日月星辉，映山川风光，滋草木万物。斫水之剑，如云影一般，其奈我何？是为忍。

东施

这一定是天大的冤案。您住在美的隔壁，人总把西湖比您的芳邻，对您却嗤之以鼻。

庄周一番偏见，遂使您成为千古的笑柄。

您的容貌也许谈不上闭月羞花、沉鱼落雁。您也许的确姿色不佳，但这在您是别无选择的。如果说到丑，却不是您的错。

西施的美倾城倾国。人们附和庄子，极言您丑。也许您只是没有西施的美吧？西施的美是月光般的，而您却是星光的美。

何况美是娇嫩的，难以耐久。熟视的美于是见得平常。而任怎样的丑，熟知了便没有最初感觉得那样丑了。熟知的丑于是现出内在的美。

您有美的企求。您模仿美。人笑您效颦的丑，却不知您美在丑中。

也许您压根就是美的孪生姐妹吧。谁又能考证说不是呢？

闪亮的纽扣

在一本谈论细节决定成败的书中，读到这样一则励志故事：

比尔·盖茨曾做过清洁工？一次他被一家大公司老总聘为经理。公司上下都迷惑不解："为什么要让一个清洁工当经理？公司里人才多得是，他算什么?!"老总说："我观察他很长时间了，他扫垃圾时，总是把垃圾分类装袋，清理得十分仔细、十分干净，而且天天如此，也没有人监督他。你们谁能做得到？"

虽然我很怀疑其真实性，但还是非常喜欢这个故事，愿意相信比尔·盖茨良好的习惯给他带来机遇，最终彻底改变人生命运。

好习惯会影响一生，会给你带来机遇。

富兰克林也是，他有一个很好的读书习惯。在自传《旁观者》中他详细记述了他怎样阅读刊物，操作性很强。"我认为文章写得好极了，如果可能的话，我想模仿它的风格。"他说，他拿了几篇论文把每一篇的思想作一个简单的摘要，接着把它搁置几天，然后不看原书，用自己想得起来的合适词句，把每一点摘录下来的思想用完整的句子表达出来，又凑成整篇的论文，使它表达得像以前一样完整。"然后我把我的《旁观者》与原来的比较，发现一些我的缺点，作了修正。过一些时候，当我差不多已经遗忘了原来的散文的时候，我又把它们重新还原。有时候我也把我摘录的思想搞乱了，经过几个星期以后，设法把它们用最好的次序排列起来，然后再把它们写成完整的句子，拼成论文。这样做是为了教我如何排列思想的方法，在复原后与原文比较时，我发现了许多缺点，就加以改正。"我们看到，经过多次还原——至少四次吧，这样阅读书籍和做这类练习对于写作至关重要。

但不健康、不好的习惯，有如蚁穴，也会毁掉事业的、人生的"千里之堤"。最近在长沙出差，饭间听到几个朋友慨叹独生子女的教育问题，诸如小皇帝、小懒虫、小霸王、小馋猫、小马虎……也是老生常谈啦。就说到一个倒尿盆的"笑话"：孩子玩平板电脑入了迷，妈妈在厨房切菜，叫他去倒尿盆，他死赖着不肯去，最后还是被妈妈硬拉去了。孩子回来，妈妈兴高采烈地说："好儿子，能帮妈妈干事了！"走近一看，却发现只倒了1/3，另外的2/3没倒，又带回来了。妈妈就问怎么回事？孩子懒洋洋地回答："剩下的2/3是你们撒的，我倒我自己的，很公平！"……

不健康的习惯同样会影响一生。"幼不学，何所宜"。重要的是防微杜渐，从第一天开始，从每一天做起，努力克服不好的习惯。

在往返长沙的动车上，加起来有8个小时，这么一大块时间用来阅读简直是奢侈的阅读盛宴，这次我选择谛听魏宁格讲述最后的事情。这位奥地利的哲学天才，弗洛伊德之后最重要的心理学名家，《性与性格》让他享誉世界，1903年他23岁时举枪自杀。他的思维习惯非常独特，一只苍蝇的死对他都是极大的问题，会让他穷追不舍地追问到貌似深渊的洪荒地带。这种思维习惯给他带来巨大的成功，最终也彻底撕毁了他。比如，他从狗迷惘的眼中，看到迷失自我后文明进化与奴才的劣根性交织而成的不安定。他敏锐地洞察到，狗与死亡相关。他二次记录夜深人静的神秘的狗吠，让他嗅到死神的气息，那一刻他发现自己牙齿咬紧被角，灵魂和肉体都痉挛着蜷成一团。其实，毫无疑问，这两次他的枪已经对准脑壳，只是没有扣动扳机。

设想中你只是一颗闪亮的纽扣，

在世界的背心上；然而扣眼不配。

　　这是魏宁格在评论易卜生戏剧《培尔·金特》中所引用的诗句。从中可见，习惯的扣眼虽小，对于纽扣的意义极大。

屋漏破锅

"愿找严公恶婆，不要屋漏破锅。"

岳母说出此话，登时让我眼前一亮，当时因为忙于打牌，只记住后半句。随后一周，我都在为前半句搜肠刮肚，问妻亦不知。耄耋之年的岳母精神矍铄，但耳朵背了，味觉似乎也迟钝了，周日进门，请安过后，我就迫不及待地询问前半句怎么说。看着岳母开心的笑脸，对比我自己的填充，我更加体味到老话的活泼，充满生活哲理，真是精彩极了！

人生一世，吃住无小事。所谓衣食足而知荣辱，安居才能乐业。你看茅屋为秋风所破那诗人痛不欲生的眼泪，男儿有泪不轻弹，何况大名鼎鼎的诗圣呢！女人家成天围着锅台转，切肤之痛更深。严公恶婆虽不可忍，但精神的痛苦尚可强忍；屋漏破锅就不同了，填饱肚皮可是马斯洛金字塔最低的台阶，是可忍孰不可忍。

记得小时候，夏日黄昏，母亲总是把场地扫得敞亮，洒上一桶清凉的井水，凉床用开水抹过，躺着别提有多惬意。母亲一边给我们扇扇子，一边讲起故事。母亲就曾给我讲过一个屋漏破锅的故事，说是夜里一只老虎趴在树丛下，想吃农家的小牛犊，屋内的老妈察觉到了，就叹气说："老虎要吃小牛犊呢。"老伯说："不怕老虎，就怕屋漏破锅哩。"老虎听他们这样说，心里纳闷："屋漏破锅是什么？比我还厉害，可要当心！"它正这样想时，黑暗中一个小偷猛地蹿上它的背，揪住它的毛。老虎大吃一惊，以为是"屋漏破锅"呢，撒腿窜逃。这时候小偷也看清胯下不是小牛犊，是吃人的老虎，顿时魂飞魄散，大嚷大叫。老虎更惧，没命地跑……天亮了，老虎驮着小偷活活跑死了，小偷吓傻了，农家的小牛犊从此安全了。

星光闪耀，椿树梢头的圆月照亮母亲的脸，母亲娓娓动听的故事让我们笑得前仰后合。不远处的黑牛反刍着草料，一堆半干的草屑溽起烟火熏着蚊蝇，我瞅一眼黑黢黢的巷口，心想那高大茂密的霸王草里有没有伏虎呢？我那时哪能体会母亲故事后面的辛酸。母亲一生养育七个子女，四十多岁病逝，去世前几分钟还在给我们做早饭。她辛苦一辈子，没有享过一天福，一肚子磨难和苦水，表现给我们的却是如此轻松温暖的笑容。母亲从不抱怨生活，数九寒天过日子，喝凉水也唱着歌啊。

我家的厨灶那时有两口锅，一口十张锅，一口五张锅，大锅煮饭，小锅炒菜，炒菜后刷锅水烀猪食。三姐每周要把锅端下来，反扣在地上铲锅灰，黑黑厚厚的一圈。乡人迷信，认为走进去会迷魂，就像孙悟空金箍棒画的圈一样灵异，所以必须立刻扫除，我喜欢把锅灰抹脸上扮包公。铲过的锅又轻又好烧，一会儿饭就煮开了。有段时间，小锅锅底破了个指甲盖大的洞，放到生锈，才等来补锅匠。

我想，为人处世的心情，都像一个锅要补，一个要补锅，该有多美。岳母忆起她年轻时候不胜漏锅的烦恼，至今唏嘘不已。"要在现在，就是双手绑着，也要去买个锅啊。"岳母说。那时却没钱买，也没得买，没处买。只好糊点面堵住，先用火烤黏，倾斜把漏处尽量往上，慢慢从不漏的一边注水，就连放锅圈揭锅盖都要轻而又轻。然而不管怎样小心翼翼，如履薄冰，常常是眼见火烧起来，眼见火浇灭了，那个气恼就恨不得把锅摔了。艰难时世，手中能端个饭碗，吃上一口不夹生的饭，着实不易。

破锅如此，屋漏亦然。如果屋漏偏遇连阴雨，半夜那锅碗瓢盆滴水的叮当，那墙角的"屋漏痕"，断无一点音乐书法的美感。我结婚时和妻子住两间平房，夏日暴雨，水泥过道水流滔滔，我总是将裤管挽到膝上，光脚穿着塑料拖鞋，抱着女儿玩水，听雨棚上哗哗的雨声，年轻浪漫的情怀满是看海的喜悦。

后来迁居楼房，濒临琥珀潭，宽敞明亮，楼上是我书房，看书写字累了，到露天的北阳台上喝茶，潭水"澄碧泓渟涵玉色"，公园美景尽在眼前。我们在此住到现在，整整二十年。唯一的遗憾就是厨房漏雨，从装潢入住起一直漏了二十年。

大修小修不知修过多少次，毫无效果。有说万家顶楼万家漏，走不出的建筑宿命；有说草灰蛇线局中局，找不到漏源……每逢下雨，妻子便唉声叹气，嚷着换房，只是我舍不得才罢。直到今年五一度假回来，暴雨倾盆，进门直冲厨房，我惊愕地看到：抽油烟机就像水帘洞。拆开一段橱柜，我把排烟管托起，大水轰然而下。再看窗外，屋面下水弯管紧贴着我家的排烟口，雨大而急，直管都流不及，何况弯头？雨水从方槽喷出，碗口粗筷子高的水浪啪啪地灌入排烟口……

我一把扯下排烟管。一夜风雨，厨房无恙。

二十年厨房墙壁涓涓细流，我确信无疑是屋顶漏雨，楼下也漏，我想当然地认为是从砖墙里面一直漏下，从没想到排烟口外灌才是真正的罪魁祸首。我曾责怪大桥下专修楼房漏雨的工人，施工材料"假牙"；我曾将屋瓦悉数揭去，大动干戈，整个屋面做防水，多么烧钱折腾。二十年确信无疑，原来全不是那回事，为什么我如此自以为是？可见自作聪明多么荒唐可笑。我细细对比，发现前楼下水是直管通下，我们这栋楼却用弯头将屋面和平台下水合二为一。开发商偷工减料，他省了一根下水管，害了住户二十年。我妻子早生华发，其中有多少拜其所赐?！

在同一个简单的问题上，生活竟用二十年时间，反反复复向我昭示它的意义。也许，我们对于生活，应该更多些耐心吧。

孔子说："苛政猛于虎。"屋漏破锅亦然。有口饭糊个嘴，有片瓦藏个头，小民的日子里，就是满满的踏实。

透明的海

现在村里的人茶余饭后闲谈，还时常讲起小月和她的歌。说起来小月也是个苦命的人。我母亲曾说，小月是逃水荒从芜湖来到我们村的，她牵着她爹的衣角挨门乞讨。每到一户，她爹吹笛，她合着呜呜咽咽的笛声，唱一曲忧伤的曲子。不过，我在七岁那年夏天之前，却从未听过小月唱歌，我那时只知道她不会生孩子，因为巫三奶奶整天骂她"是只不生蛋的鸡"；隔三岔五，哑巴恨铁不成钢地哇哇叫着，挥舞铁头农具满村子追撵小月往死里打。田上、家里、自留地，小月似有忙不完的活，人前低眉顺眼，嘴唇惊恐地抿着，我曾怀疑她是个哑巴，哪里想到她竟会唱那么好听的歌。

在我们村子后面，有一条清澈的小河。小月总在天色黑透，村里妇女基本上忙完家务摇着蒲扇乘凉的时候，才挎着一大篮衣服下河湾。母亲有时去帮她搓洗几件，但更多时候是让我去陪她。那年我七岁，在小月浣洗衣服时，我便下河洗澡。小月解下黑布裤腰带，一头拴在我的腰上，一头系在她的手腕上——怕我出事。她蹲在河石上洗衣服，洗着洗着就会哭起来；在阒寂无声的河湾，她的哭声让我非常害怕。"小月姐姐，你别哭嘛，我好害怕！"我站在水中使劲拽她的布带子，小月赶忙用被带子拽起的手揩去泪水："别怕，别怕！是小月姐姐不好，小月姐姐唱歌给你听吧。"我永远忘不了小月在夏夜的河湾一边洗衣一边给我唱的那些如泣如诉的优美的歌谣。四周一片溶溶的月色，夜风在树叶上缠绵，小月的歌如月光般倾泻下来，在滑爽的水面上轻轻地流淌。我不敢相信眼前唱歌的小月就是"哑巴"媳妇小月。我感到自己不是浸润在水中，而是浸润在歌声里。如水的歌声正慢慢托起我还有小月，溢出河堤，漫过黑黢黢的灌木，淹没一切古怪的凹凸和黑暗，一泻千里，流淌成一望无际、平滑如镜的透明的海。海上一轮皎洁的圆月，那就是小月的脸；每一个音符都是萤火虫般大小的精灵，扇着透明无瑕的忧伤的羽翅，在海面上飞翔⋯⋯

有一年正月，村里家家户户凑份子，置办起锣鼓铙钹，扎个五彩龙船，在元宵玩起"旱地行舟"。这是小月在我们村最为辉煌的一段日子，她被选为领唱的"兰花小妹"。明月初上，四村八郢的乡亲已把偌大的场地挤成一个蛋，"蛋黄"地区月光如水人影如藻，泊着一只流光溢彩的花船。锣鼓喧天地响起，矮胖的队长钻进花船，放下帘幕，那船便随着锣鼓节奏上下颠动，恍若行进在波澜不惊的大海上。花船两侧，走着八个兰花小妹，红缎偏襟褂、蓝花围腰手巾、绿绸裤、绣花鞋，挑着花篮前走一步后颠半步地跟着乐拍扭。船头那穿着一件粗布褂、用一竿竹子作撑船篙子的后生便是"趟子哥哥"。整个玩船过程最精彩的就是趟子哥哥和兰花小妹的对唱，形式有点类似于刘三姐对山歌。男一段，女一段，每段六句。男昵叫一声："我说兰花小妹子。"八个兰花小妹便齐声答："趟子哥哥怎么讲的？"男再唱一句。如此往复，轻松活泼。演趟子哥哥的是外地来的年轻货郎。他每次来村总是在我家门前大栗树下歇住担子，吹笛子不摇拨浪鼓。我好用晒干的鸡肫皮和牙膏皮跟他换糖吃，小月也常用鸡蛋换些针头线脑。玩船场上，他和小月配合得天衣无缝，对歌俏皮风趣，场下喝彩阵阵。一个正月，花船走乡串村，巡回演出，他们对歌不下千首。开始小月还有些放不开，唱到后来声音甜了，眼睛亮了，虽是春寒料峭，又穿着单衣，她脸上却泛出诱人的红晕。我感到小月的身体里有什么东西被她自己的歌声唤醒了，她因此看上去通体发光。我朦朦胧胧地预感到可能会发生什么。果然，在最后一场巡演结束之后，小月没有回家，她和"趿子哥哥"远走高飞了。

小月走了，黄鹤一去不复返。但在奔驰的岁月里，小月一如既往地在我记忆的深处婉约着，犹如一弯新月映在寂寞星空的边缘。每当我的心灵因为喧哗和骚动变成一眼黑暗的枯井时，她的歌声便月光般倾泻而下，给我一方透明的海，让我感到精神更朗润，生命更纯粹，生活更具魅力！

我曾迷恋过荷花

我曾迷恋过荷花，在我生命的田野开始展示夏季光彩的时候，我宛如一只幼蝶，热情的眼睛在绚丽的色彩里晕眩了。

尽管荷花陶醉于一池止水，扎根淤泥，通过龌龊摄取营养，而且摆出高洁的姿态骗取讴歌，贪慕荣华、内心空虚，经不起一缕秋风、一痕微澜。

我迷恋荷花，为她绚丽的色彩所蛊惑。田田荷叶中我只寻觅她的倩影，柔柔晨风里唯有她的舞姿让我艳羡。我窥探她融融月色里的笑靥，触摸她涟涟香波里的幽情。全然不见她圣洁后的卑怯，美丽下的丑陋，高傲里的孱弱……

然而，我的唇上毕竟长出茸茸的胡须，我的青春正在成熟。在我思索的视野中，次第出现悬崖上的山菊，风雪中的红梅，还有不畏惊涛骇浪，用生命执着地去追求、去拥抱自由的浮萍……在我生命的夏季刚刚到来的时候，我曾迷恋过荷花。但我已告别浮浅，不再迷恋。

附：

旧题翻新意，翻得大胆翻得好！

——赞《我曾迷恋过荷花》一文

宋文凤

看到报上刊登的在"青春之火"征文中获一等奖的《我曾迷恋过荷花》（下

简称《我》一文），不禁为其创新立意叫绝。

荷，又名莲，一直被视为圣洁之物，古今文人墨客们曾不厌其烦地借荷喻高尚之事。但这首散文诗却别出心裁，全不管祖辈们为荷设计的精美包装，毅然为她贴上一张"故弄姿态、骗取讴歌、贪慕荣华、内心空虚"的标签，真是大胆创新之举。《我》篇实践了写作理论中"在旧题中立新意"之说，而且和以前赞荷之文对比，具有强烈的时代精神。

在封建社会，多数赞荷文章都以荷喻封建制度下具有"妇德"的女子，在某种程度上宣扬了封建意识，具有历史局限性。而《我》篇从另一角度借荷讽喻了当前某些热衷于享受安逸平适生活的男女青年，奉劝年轻人要学那悬崖上的山菊、风雪中的红梅、惊涛骇浪中的浮萍，坚强独立，勇于开拓，把握住时代的脉搏。

时代在发展，某些旧观点已不能顺应潮流。单从写作方面说，切不可人云亦云，一味摹仿。旧题可以用，但立意要勇于创新，《我》篇就不失为一篇"以旧瓶装新酒"的好文章。

乌鸦和海燕

池边的柳枝上栖着一只乌鸦，在正午的阳光下闭目养神。一只海燕飞累了，也落到柳枝上小憩。海燕问："你也是一只海燕，被风暴吹到这里的吗？"

乌鸦不答，只把眼睛慢慢睁开，对海燕瞅了瞅，却又慢慢地闭上了，一会儿又睁开了一点，阳光很强，刺得它眼花。

"你是一只海燕吗？"海燕又问。

"不是。我不是海的女儿。"乌鸦说，"我是乌鸦。"

海燕就起了好奇。

"你是乌鸦呀！看上去这么安详，人类怎就视你为不祥呢？"

"因为人类的成见太深。人类厌弃我们。我们没有凤凰的仪表、孔雀的彩屏，没有百灵的歌喉、喜鹊的谄舌，也没有你们海燕的战斗精神。人类称颂你们为'黑色的闪电'。你们敢向暴风雨挑战，是黑羽鸟族的骄傲。"乌鸦说。

"你们不为人类所理解，却要长年忍受人类的偏见，为什么就不奋起抗争呢？"

"生活中有些东西是必须忍受的。那必须忍受的，你去抗争，却是愚蠢且也无用，这种不明智的举动，证明不了你的果敢和坚强，只暴露出你的怯懦和软弱。其实嘲讽、冷眼和诅咒算得了什么？为此烦恼、呼号、痛苦、抗争，实在犯不上。我们生活得很自在，内心充满和平的阳光，因为我们自重、自信、自强。外人怎样看待我们并不重要，重要的是我们自己怎样看待自己。"乌鸦说。

海燕有些激动了："这是一种放弃斗争的灰色的理论。我不能理解，更不能接受。在我认为，生命的真谛即在于斗争。生命在斗争中升华。放弃斗争，无异于放弃生命!"

乌鸦沙哑地笑了笑，不再说什么，慢慢地把双眼又闭上了。

海燕蓄足了力，就飞起来，向苦恋着的风涛恣肆的大海，继续着自己的无畏的追求。

雄鹰的反思

你是只雄鹰，有刚健的羽，奋飞的力。你心向蓝天，对周围的一切便显出不屑一顾。

傲慢让你无所谓于情面的培养。

傲慢让你忽视了用尊重和爱去抚平暗中滋生的嫉妒。

蓝天向你招呼。于是，你推开温软的空气，飞啊，飞啊，在向上的追求中你感到满足。

白云的梦里全是你矫捷无畏的身影。

你想尽力飞得更高、更远些。一张网却把你束缚了。空气一样温软，却不像空气一样容易推开。

你陷在网中无能为力。

一张嫉妒的蛛网。

蓝天成为遥远。

白云的爱情化成一抹残红，染在秃柳梢头，点缀着你的忧伤。

你咀嚼着失败。

你的心汹涌成苦海。

但愿你能从惨痛的代价中走出浅薄，带着深刻的反思走向成熟，网中的雄鹰啊，蓝天属于你！

灶君和燧人氏

灶君和燧人氏相逢。燧人氏说："看看你灶兄真是风光了。腊月年头，家家酹酒烧钱，丰典祭祀，'猪头烂熟双鱼鲜，豆沙甘松粉饵圆'。也是大神了。"

灶君苦笑："燧兄，莫要讥讽吧。人类祭灶，一年一次，是防我向天帝打小报告的，所谓'上天奏好事''乞取利市归来兮'。和火神比又算得什么？火神身乘双龙，纵火千里，不在话下。人类对他顶礼膜拜，对我却相当马虎了。"

又感慨说："人类的文明是进步多了。你在神位上，越是刁钻得很，他越是虔诚得紧。你有五分打击的力量，他给你以五分礼敬；如有十分打击的力量，他便十分礼敬。像你燧兄的功德，尽管钻木取火，烹生为熟，令人无腹疾，有异于禽兽，但人眼里就没有你。"

燧人氏笑了："灶兄的思想很危险，当好自为之啊。"

灶君喟叹，想燧人氏一味烂好，愚拙可怜，发明火而不知很好地利用，按理有了他哪还有另一火神在？可他还在说什么"好自为之"！灶君想劝燧人氏换个脑筋，但见燧人氏笑得平和，自知被看轻了，说话只会是无趣的，便摇头走开了。

三余学社四题

1989年夏，文学沙龙三余学社成立。效法古人三余读书之意："冬者岁之余，夜者日之余，阴雨者时之余"。众人推举我为社长，文学同好遍及江淮，时时聚会，探讨文学，切磋文艺。三余学社历时三年有余。我后因机关纪律退出，在我担任社长期间，出刊四期，刊名《萤耀》。

致社友

在隆重庆祝建党六十八周年之际，我们三余学社经过多日酝酿正式成立了。作为这个由青年文学爱好者自发结成的学社的社员，我们年轻而富于热情的心灵都倾向于对知识的渴求，倾向于对庸腐的市侩和功利主义的蔑视，倾向于赞美充满真诚的友谊、高昂的情调和五彩斑斓的生活。共同的志趣和爱好、共同的向往和憧憬，使我们情不自禁地走到一起，并且一见如故，相见恨晚。长期以来，我们各自在文学这条马拉松赛道上忘我地奔跑着，就像狂迷的香客，奔向我们的圣地。我们得不到任何援助，高高的门槛把我们拦在神圣的殿堂外面，我们就像被父母遗弃的孤儿，备尝人生酸咸苦辣。对于我们寂寞的眼泪，世人报以轻蔑的嘲笑；我们绝望的呐喊，只有山谷给以同情的回声。那样的生活怎样地令人窒息，不堪回首！生于忧患，死于安乐，这是不错的。然而无穷多的逆境只会更快地扼杀蓬勃的生命。我们都还年轻，我们的生活需要笑声。既然社会是冷酷的，我们不能奢望从它那里得到任何温暖，我们自己就应该联合起来，开诚布公、坦诚相待，紧紧拧成一股绳。一根筷子容易折，十根筷子硬如铁。团结就是力量，我们要高举起"携手并进"的大旗，让所有相知或尚未相知的同道朋友，离开黑暗的凄惨的个人奋斗的道路，站到我们的大旗下，大家肝胆相照，同舟共济，一起乘风破浪前进！

现在真正代表我们自己利益的组织建立起来了。她娇弱得就像刚刚破土而出的小草，需要我们大家用心血来浇灌她成长。这在我们是责有攸归，义不容辞。我们每个社员首先要通过阅读努力提高自身修养；不仅要阅读古今中外文学名著，而且要走出象牙宝塔，阅读自然，阅读人生！清朝万斯同说："必尽读天下之书，尽通古今之事，然后可以放笔为文。苟其不然，则胸中不能无碍。胸中不能无碍，则笔下安能有神。"吾生有涯，时不我待。尽读天下之书，这是不可能的，但我们要尽可能地读书。我们要尽可能地把所读的书融会贯通，勇敢地突破书本的束缚，创造性地使用我们从书本上所学到的知识，写出无愧于时代无愧于后人的不朽的作品来。我们是站在巨人的肩膀上的，如果不能超越巨人，那我们只能是些超级侏儒！没有观察，就没有认识。不知猫和花为何物的人，就画不好猫，画不好花。认为鬼最容易画，是没有责任心的画家，是艺术家的堕落的梦呓。那些闭门造车者是永远不会有伟大的作品写出来的。我们的心应和时代的脉搏一起跳动。我们要努力深入沸腾的社会生活中去，深入幽秘的人类灵魂最深远的地方去。"风声、雨声，读书声，声声入耳；家事、国事，天下事，事事关心"，这副对联应作为我们永恒的座右铭。

我们每个社员都具有很高的修养了，我们的组织三余学社自然就有了蓬勃的生命力。不过仅此还是不够的。学社才刚建立，遇到的困难是空前的，即使想办一份刊物，集中发表社员自己的文章，也要愁无钱购买电脑油印机之类。对此我们不能视若无睹，我们应有高度的自觉性，为谋求学社的发展，满腔热情地扎扎实实地做些工作，积极缴纳社费，积极捐款募款，积极参加学社组织的各项活动，积极扶持学社主编的双月刊《萤耀》，积极向外宣传，积极发展社员。学社在我们不懈的努力下，拥有一支精纯的队伍，一笔可观的经费，就会像羽毛丰满的鸟儿可以展翅飞翔了。那时广阔无垠的蓝空便是她的也就是我们的了。道路是曲折的，前途是光明的。让我们一起为实现那个美好的远景而努力奋斗吧，亲爱的朋友们！

努力养成读书的习惯

这样的话，大家想是听得多了。孩子上学，父母都会说："要好好读书哟……"对于顽皮的孩子，父母每每还会耳提面命一番的。而每一学年，甚至每一周，学校的老师也会反复地说。一些名人也有精辟的论述，大家一定在书里读到不少。大家的耳朵也许都给这些老生常谈磨出老茧来了呢。现在我冒了让大家哕吐的危险，把这些陈词滥调再搬出来，只是觉得这种论调虽是老掉了牙，但还是应该引起大家足够的重视。许多事物，人们本应给予特别关照，只是因为经常看到，经常听说到，反被忽视了。这是很奇怪的。大家都是文学青年，都立志要在文学上干出一番事业。要实现这远大的理想，没有渊博学识是不行的。文学创作充满艰辛和坎坷，有人把它喻为马拉松运动很是恰当。这里仅凭一时的热情是无济于事的。这里需要扎扎实实的努力，一步一个脚印；任何急功冒进的行为，必然欲速则不达。莎剧《爱的徒劳》里有一段话意味深长："读书人总是这样舍近求远，当他一心研究着怎样可以达到他的志愿的时候，却把眼前所应该做的事情忘了，等到志愿成就，正像用火攻夺取城市一样，得到的只是一堆灰烬。"在文学上，大家才刚起步，眼前最需做的事情就是读书。书读多了，创作就能左右逢源，文思如泉，若有神助。所以为了实现自己的梦想，那就耐住寂寞，努力养成读书的习惯吧。这就是我想对大家说的，没有什么新鲜的思想。也许大家就烦了吧？不再絮叨了。

一点顾虑

我这不是兜头给你们浇冷水。鲁迅说："做一件事，无论大小，倘无恒心，是很不好的。而看一切太难，固然能使人无成，但若看得太容易，也能使事情无结果。"我想这段话对你们是有指导意义的。

你们因对文学有着共同的爱好，且都利用"岁之余""日之余""时之余"努力进行创作，于是本着"丰富生活、提高常识、和衷共济、携手并进"的宗旨，组成三余学社，并创刊《萤耀》，集中发表社员自己的习作，加强社内交流。这些诚然是难能可贵、令人佩慰的。但我不知道在你们精神抖擞、热血沸腾地立社办刊的时候，你们是否清醒地意识到你们将会难以避免地遇到许多困难？也就是说你们是否把事情看得太容易了？巧妇难为无米之炊。对于你们的学社而言，社员的素质和经费，犹如鸟之双翅、车之两轮，缺一不可。文学素质的提高有赖于不断的阅读、观察和写作实践。而你们学社经费，主要通过募款筹集，你们能吃得消吗？

我不是给你们兜头浇冷水，我不过坦率地说出我的一点顾虑，也许我应该放弃这些顾虑，充分相信你们每个社员的创造精神和奉献精神。千里之行，始于足下。你们既然起步了，就坚决地走下去吧。贵在扎扎实实，贵在持之以恒。我衷心祝愿你们获得成功！

坚定不移地干下去吧

这是一件新鲜的好事。正当祖国大地"读书无用论"甚嚣尘上之时，一群醉心文学的青年，在胸中燃烧着创作的激情推动下，树起一杆"携手并进"的旗帜，风风火火地结成沙龙，并且自筹资金，办起刊物来。若非青年，有着一种勇往直前、义无反顾的可贵之精神，便决不会有此等事出现。因为立社办刊并不等同于李逵上阵的。他老兄弟梁山上坐了把交椅，平时和诸好汉"大秤分金银，大碗吃酒肉"，一身豪气。等到临敌，便把衣服脱了去，赤膊冲杀，嘴里一声呐喊："黑旋风来也！"凭借果敢，却也斩将夺关，立了不少汗马功劳。而这事就不同了。即使有经济来源，困难也是不少的。换成老者，瞻前顾后一番，便会心存畏惧，裹足不前。青年人初生牛犊不怕虎，竟然热火朝天地干起来！他们一定清楚前途中布满荆榛和蒺藜，但他们克服一切困难的勇气是不容置疑的，他们高度的自觉性和牺牲精神同样是不容置疑的。我毫不怀疑，他们会干出一番事业来，一番大的事业！

萤　耀

　　远在春节，姥姥带了民子，来给奶奶拜年。大人们都夸民子聪明，连奶奶也这样说。他会唱歌、跳舞、写字，他还能背诗，讲故事。可他却不知道萤火呢！他被大人们围在中心，我就走进去问："民子，你知道萤火虫吗？"他不知道，脸都涨红了，登时哭得哇哇的。奶奶就让他夏天里来呢。

　　夏天的郊野乃是天然的萤苑。萤火虫遍地是，走在垄上，不时就会有三只两只擦身飞过，优哉游哉，像是散步，伸手去捉吧，它们却机灵得很，倏地飞远了。不过成心想捉，并不费力，草丛里、禾叶上，伏着很多，一闪一闪的，仿佛夜明珠儿，和风一吹，禾苗窸窸窣窣地响，便成群地飞起，飞向四方，有些就会飞来，落在人的发上、肩上，甚至手掌上。在雨过天晴的日子，萤火就如碧空里的繁星，分外多了，荧荧绿光，明灭闪烁，扑朔迷离，把夏夜点缀得美不胜收。乡村在这片交织着月光和星光的萤火中就如神化了一般。

　　对于我们这些孩子来说，夏夜的田野也是最为美妙的乐园。白天因为炎热，大人们担心我们在阳光下野玩，会晒出一身痱子；更怕我们热了，不问河潭深浅，下水洗澡，闹出什么事来。所以，白天里便不让我们随便出门，把我们关在家里睡觉呢。但当夜幕低垂，白昼和白昼的煊赫一起在晚风中飘逝了，我们的禁令便解除了。我们获得自由，三人一群，五人一伙，冲向田野。我们在草地上打滚,在田塍上乱跑;我们大惊小怪,狂呼乱喊。没有人管我们。大人们并不怕我们玩迷了,因为我们有流萤呢。奶奶说,我们玩迷了,流萤会把我们领回家的。我们的心像萤火一样自由自在,我们感到整个田野都是我们的。

那些没有萤火的夜景最令人绝望。在那样的夜晚,那份黑暗十分可怕,我们便不得不待在家里,待在大人们的身边。

我们热爱萤火,因为它是那样的美丽;它不仅点缀了夏夜,且把夏夜赐予给我们;它带给我们快乐,滋润我们幻想;它是我们的自豪,我们的骄傲,我们心中神圣不可亵渎的圣灵……

然而,这么可爱的萤火,聪明的民子却不知道,而且他似乎还不愿意知道。因为奶奶让他夏天里来,他竟没有来呢。这让我感到多么的失望啊!

于是,父亲进城,我便跟着去了一趟。我原想好好劝劝民子的。到了城里,看到那样高的房子,那样多的车,我的心不禁一沉。比起来,我们乡下是多么的丑陋哟!等到吃过晚饭,民子带我上街来玩,我的心更加沉重了。街上华灯如河,比白天更美丽了。民子问我,萤火有华灯美吗?"有吗?"他一再追问。我咬着嘴唇,什么也不说。但他从我湿润的眼睛里读到了他想要的回答。他的小鼻子一下翘了起来,一脸不屑的神气。

我不能不为我的萤火悲哀了,回家见到奶奶,便忍不住放声痛哭。萤火虫那样微弱,那样渺小,我怎么就奉它为神明呢?它生活在无边的夜里,却愚蠢、不自量力,想用自己那点微光,刺穿黑夜。从夏到秋,它的生命是那样短暂,而它短暂的一生却在这丑陋的乡村冷冷清清地度过。它生有双翅,却不知道飞向美好的地方。可怜的萤火,我怎么就奉它为神明呢?

我独自躺在凉床上流泪,伙伴们喊我去玩我也不理。周围蛙声一片。听着这片不平的蛙鸣,我心里更沉痛了。

奶奶走来，抚摸着我的脸颊，说："孩子，你不可把你的萤火小看呢。民子的华灯似乎很美，却是呆板的，僵死的，哪里就及这灵动的萤火美呢？萤火虫的光很弱，并不像火，可它们在不断努力发光呢。它们的光把乡下变得多美哟。没有萤火的夜，你不知道怎样的叫人绝望哟。乡下是需要萤火的，孩子。萤火虫可不像想的那样可怜呢，它们很快活的。它们死了，精魂儿就化成天上的星呢。"

我惊呆了，眼睛睁得大大的，看着奶奶。奶奶移开她放在我脸上的手，引我看星空。辽阔的天穹，碧净如洗，上面镶嵌的星斗，密不可数。我一时真有些不敢相信奶奶，这些可望而不可即的星儿竟是萤火虫的精魂儿凝成的？星星是天上才有的，在天上发着光，那样的不凡！而萤火呢，像民子，甚至于不屑一顾！怎么可能呢？

但我的脸终究是慢慢地发烧了。先前的沉痛开始变成极度的羞愧和不安。我为自己亵渎了神圣的萤火而不能自恕。一缕和风吹来，我突然在风中看到一点银白的光。这是流萤！我惊喜地叫了一声，顿时忘了一切。我一跃而起，追随这只流萤，奔向田野，奔向萤火的天地……

把美好留给未来

这是一篇本不想写的文章。不想写的原因，主要在于想得太多，往事如烟，剪不断，理还乱。依据经验，大脑昏昏，下笔难以昭昭，强作，那比女人生孩子还要受罪，便想让这份生活、这份感情，在心里沉淀一下。自然，其中免不了也有"何必跟自己过不去"之类的顺水推舟的偷懒心理。而又决定写，是因为其一，纪念创刊也是大事，相关领导都讲了话，大家颇受鼓舞，报纸不惜版面设置专栏；其二，老总殷殷叮嘱，任务定在头上，何日交稿也说死了，到时编辑就讨"稿债"，自是躲不过。一促一逼，也就振作精神，不揣谫陋了。

在这之前，诸同人写的此类稿件，一一拜读，记得有几篇文中讲到"缘"。我对这"缘"字以前不以为然，现在却信，不知信缘与人之经受风雨、遭遇挫折、阅世日深、年龄增长是否有关。所谓"每个照面都是前世修来的缘"云云，换成现代包装就是机遇。郊区报是区委机关报，报道的是郊区人，反映的是郊区事，是郊区人自己的报纸。我也是郊区人，庄子说"吾生也有涯"，能够在有生之年在家门口与之相遇，自然是一种缘分。我本农家子弟，出身寒微，幼年丧母，青少年时期家庭屡遭不测，祸事连连，吃尽人间酸苦。虽诚笃好学却昧于知，既无权要血亲斡旋帮衬，也没余钱闲财活动关节，笨嘴拙舌于马前鞍后又不会请安使乖，可谓两眼黢黑。不想与郊区报相遇之后，相知相交，继而走到一起，伴行弥久，不能不说是双倍的机缘了。

从郊区报创刊起，我便是副刊忠实作者；在1991年底南淝河副刊作者座谈会上，第一次晤面即有相见恨晚之感；参加过"青春之火"散文诗大赛和小小说大赛并获奖。那时，我在乡镇工作，新闻偶尔为之。由这段文字缘铺垫，1993年5月我免试走进郊区报。后来，报社从安大、安师大招聘，俱经过严格面试笔试。对我网开一面，而且出乎意料，一来就让我编辑副刊，报社从一开始就对我表现出的信任，至今让我感动。

由作者而编辑，从记者到部主任，直至1997年9月我参加全市首届公务员招考进入市民政局工作，一晃四年又四个月，犹如梦中悠悠忽忽走了那么远，连自己也难以置信。正如一首歌唱道："有过多少往事，仿佛还在昨天；有过多少朋友，仿佛还在身边……"初进报社的那份新鲜和激动，第一次去三联服装厂采访时的局促和焦急，被组织接纳为中共党员在王卫多功能厅面对党旗举拳宣誓的情景，采写《合钢大爆炸》一稿受到"总编辑嘉奖"的自豪，被评为安徽省优秀编辑的兴奋与喜悦，对照"深、实、细、严、快"五字作风和"真、勤、公、正、洁"五字职业道德"做健身操"时灵魂洗礼的感受……一切都还历历在目。人之一生，嫁接一句新闻术语来说，原不过是一次采访。一万八千年是什么？卑琐如我者管不了那么多，只争朝夕——过一天算一天吧。那么，四年又四个月是多少天？生命中最珍贵的青春时光又有多少个四年又四个月？坐在一张橘黄色办公桌旁，整日就像狄更斯小说《双城记》中得伐石的女人（也不排除在若干人眼中是安徒生童话《皇帝的新装》中的"超级织手"的可能），手捏一管秃笔埋首于文字之中编啊织啊，忙忙碌碌地编织一件似乎永远也编不完的毛衣，抬头揉揉倦眼，却猛见落木萧萧、秋雨绵绵，不觉中斗转星移，物事变异，而日子便这样落叶般一天天打发了：子在川上曰，逝者如斯夫！

　　有一件事，即便在这寒冷的秋夜想起，一股生命的暖流犹自溢满全身。1995 年，一环路拓建，我的两间平房必须拆除；房产证一直拖而未办，拆房还房的想头便没有。妻很悲痛，怨我："你天天在区里跑，连个房产证也办不了，这回让我们娘俩住哪?"抱着几个月大的女儿，看着妻子憔悴的泪脸，想到拖累她们无家可归，我心如刀绞。那段时间，感情郁结到了极点，但白天还得照常上班。在桐江饭店举办清明诗会，我上午布置会场，下午跑东跑西将诸位评委一一请来，领导讲话，评委讲话，与会者诵诗，我退至走廊，缩在沙发一角，泪水无声泉涌。不知过了多少时间，鲁书潮先生走来，关切地问我怎么了。承蒙他关心，但他哪里知道我心中的悲痛。我想强作欢颜却不能。后来，张玉轩部长过来，让我陪他出去走走，我清楚他的一片苦心，他想让我忘却忧愁。领导做到这个份上，我已感激，但我依然无法释怀。张部长就说："多大的事啊！租房住吧，房租报社出。"淡淡一语，情重于山。当时我没说话，最终也没领情，但彼时彼境，彼人彼语，我将终生感念。

　　五月建房，宅基臭水汪洋，用二米多长的竹竿往里一戳，深没竿顶。我头皮发麦，但这还是沾妻的光，对我来说已是救命的稻草。聚亲友商议，俱反对，劝我求求人吧。求人不如求己，我咬咬牙："盖房！"五一放假两天，我和妻子便开始了经夏复秋历时半年的垫土工程。我 1994 年结婚，1995 年元旦生女，两件大事把钱花空，建房款尚需筹借，垫土工程只好自己干，能省则省。起早贪黑地垫土，一锹一锹往塘里甩，几个月下来，人都干傻了。上下班依然准时，加班一如从前，只是很对不住妻子，那段日子她总是蓬头垢面，一身泥土。在做安徽省第二届体育舞蹈锦标赛采访时，省市几个新闻道上的朋友见了不敢相认，想是我已瘦黑得变了人形。他们问我在干吗，我调侃："在家割油菜。"七月上旬一个周三，张部长吩咐我这几天准备些锹筐，多拦几车拆迁土放着，他说周末报社安排一次义务劳动，帮我干活。我听了很慌乱，为我的事劳累大家，既感难为情，又怕条件差招待不周，就推辞，但第二天早上，通知已写在黑板上了，我很不安。周五夜，下了场雨，早晨我去垫土，甩了两锹就无法再干——平锹变成泥榔头，潮泥巴沾锹甩不走。我倒如释重负。六点多钟，打电话到报社，想不到李总这么早就来了，我在电话里说："下雨，没法干。情我领了，活就不要来干了。"李总说："下雨天凉快，正好干活！"七点多钟，张部长、李总带着十多位同人开车来了。都是拿笔杆子的，现在却抡起了锹杠。冒着毒日干了三个多小时，污了衣鞋，汗流浃背，女同胞手掌磨出血泡。干活中一个同事掉进塘中，臭水齐颈，爬上岸来，头发里、眼镜上、湿衣里沾满污草碎屑、黑绿水藻，我看了鼻子发酸，他却哈哈大笑。还有一位实习记者，一声不吭地光着膀子干……积存的土全部填进塘里。活干完了已近中午，大家却要走。这不是骂人吗！我请留吃饭，张部长笑着说："来干活是给你一份人情，吃了你的饭，那人情不就平了吗？"大家连手脸都未洗就回去了。我省了一顿饭，却留下了一份沉甸甸的心债。而尤其让我感动的是，事后我才知道张部长、李总面临工作变动，到我这里干活时他们却有说有笑，挥汗如雨，究其笑容下面是怎样一种心情，我不得而知，但至少工作交接手头有一大堆重要的事急等他们去做，他们却为我这不上提的小事操心烦神，在我最困难最需要帮助时向我伸出温暖之手，临走还帮我如此大忙！……

是的，郊区报是个温暖的集体，大家都是年轻人，年轻的心是火热的。大家把青春奉献给郊区报，尽管超常辛苦却无怨言，尽管必须时时面对许多困苦和无奈却志存高远，和衷共济，风雨兼程，共同书写着人生的辉煌，也创造着郊区报的辉煌。这是锻炼人的地方，也是干事业的地方，四年多来，是郊区沸腾的生活丰富了我苍白的头脑；是郊区报这座熔炉，把我这块生铁锻熟了。无论今后生活发生怎样的变化，无论结果如何嘲讽初衷，我将永远铭怀并感激这段岁月。毕竟我把生命中最宝贵的青春年华献给了郊区报，这是我人生中最酸苦最幸福也最美好的风景。

侗家四碗酒

高山住瑶，半山住苗，侗家住山槽（近水垌场）。

走进侗寨做客，进屋主人奉上三碗茶，开席先喝四碗酒，席间要敬八袋烟。侗家人待客，脸热、酒热、歌更热——

> 侗家糯米酒，
>
> 香醇永不朽；
>
> 喝上一二碗，
>
> 醉也不上头。

四位"哪乜"（侗族姑娘），一律头系银花环，胸挂大银牌，手腕上戴着银手镯；黑发质朴地绾个髻，略偏于左侧，发髻插银花；耳环下吊着三四颗亮珠。身穿自织侗布剪裁的青色上衣，胸前开襟，衣领四周披深色坎肩，袖口镶深色花缎，菱形青色围腰配有精美艳丽的花鸟刺绣；下穿青色百褶裙，裙边绣有盘蛇纹与游蛇纹，连环锁丝，华丽神秘。脚穿绣花翘尖鞋，鱼贯而入时衣裙袅娜，银饰繁复，一桌惊绝。

姑娘们每人手执一壶米酒。领头的哪乜个头稍矮，左手拿碗，右手提壶，双臂从后面绕过来，酒碗一直举到你的嘴边，紧贴着你的嘴唇，叫你都不好意思不喝。四而三，二而一，壶酒次第下注，最后汩汩注入你嘴边的碗里，这叫"高山流水"，是最高的待客礼仪。姑娘们一边注酒，一边齐声唱歌，歌不停，酒不断，直到你"咕咚咕咚"把四碗暖暖的甜甜的米酒喝到肚里。

　　喜欢你要喝，

　　不喜欢也要喝，

　　喜欢不喜欢都要喝……

　　酒歌曲调悠长婉转，连绵多情，满满的幽默情趣和侗家情谊，让每一个身临其境的人如醉如痴。

　　姑娘们从主客开始，按顺时针方向逐一敬酒。先前朋友就郑重告知，姑娘来敬酒，千万不要碰其手指，"掐指"可是侗族小伙子向姑娘求爱的方式呢。据说少数民族姑娘喜欢文化人，同桌的"眼镜哥"便有特别的待遇。"我一进屋就看上你了！"敬酒到他时，领头的哪乜毫不掩饰自己的热情，欢叫着和他干了一碗。举座哗然，满席欢笑。

　　我不善饮，且对酒过敏，还是情不自禁，满上一碗，一饮而尽。"高山流水不必了，但歌要唱！"以酒和乐，以酒滋情，清泉般闪亮的歌声四处飘扬。

　　你们急着要离寨，

　　这是为哪样？

　　你们急着要回家，

　　这是为哪行？

　　难道你的妻子白天换衣服，

要你拿灯去照亮？

难道你的妻子踏着石碓在舂米，

等你回家去簸糠？

难道圈里的肥猪，

等你戴帽子？

难道井里的鲤鱼，

等你替它穿衣裳？

若不是为了这些事，

你们急着回家为哪样？

　　窗下舞水悠悠，月光溶溶，夜凉如水，歌声如练，掠过古梦边缘的旋律，随风飘向远方。不远处，龙津风雨桥上，华灯齐放，芦笙彩舞，那里更是酒的世界，歌的海洋……

独秀大别山

七月流火，斑竹依依。上下浮沉的瓜片，给我一个提神振气的独山。

山民好客，一杯酽茶，消解半日的暑渴。在清幽的茶香里，我寻思着独山地名的旨趣，是仅仅一山还是眼见皆山？酷烈的阳光下，苏维埃城空旷而寂静。宽阔的街道行人稀少，两边徽派建筑的店铺鳞次栉比，六霍起义纪念馆和红军革命遗迹就珍贵地散落其中。西边一条山溪蜿蜒北流，今年梅雨季节降水少，山溪干枯，白细石子铺满河滩。目光越过溪边茂林修竹，远处就是绵亘千里的大别山了。

欲知大道，必先为史。中国革命历史就是最好的营养剂。

全国9个将军县，大别山就占5个：湖北省红安县、大悟县，河南省新县，安徽省六安县和金寨县。大别山牺牲50万烈士，走出409位将军，还为中华人民共和国培育出董必武、李先念两位国家主席。

而独山镇，一镇十六将，独秀大别山。

将近一个世纪的光阴流水般过去了，三大展厅以图片、实物娓娓讲述着英雄史诗。天井红花盛开，兰香袭人。一面长墙上镌刻着烈士名录，其中牺牲在土地革命战争时期的人最多，他们的一生，就像一枚小石子投在江河之中。就是无数这些普通的小石子，砸烂了旧社会专制腐朽的"大水缸"。

展厅悬挂着一些起义领导人和红军将领的肖像，一张张脸那么年轻，有的牺牲时才二十刚出头。据讲解员说，有不少肖像只能依据多方描述补画，逝者如斯，聊胜于无。褒扬烈士理应细致入微，我对此心生敬意。之所以这样说，是因为我曾在一个纪念馆发现一桩极其荒谬的事：因为找不到烈士遗照，竟用其活着的儿子的照片代替！张冠李戴，已是不经；以子代父，更为不伦；何况以生代死，即使再像，也是令人哭笑不得。虽然我提出了意见，但事后无缘再去，也不知那家纪念馆是否改正。

在许继慎将军半身铜像前，我久久肃立，心潮澎湃。在许世友将军还是班长时，许继慎已是红一军军长，当时红军另一位军长就是井冈山上的朱德。许继慎的牺牲是鄂豫皖苏区最为惨痛的历史。

还是对面的苏维埃俱乐部生机勃勃。在战火纷飞的岁月，竟有一块净土可以集会、娱乐、演戏歌咏，真是匪夷所思。这里原为火神庙，始建于清道光年间，清代中期的建筑风格，面阔七间，上下两层，上为戏台，两边石柱上刻着一副对联：戏演旧衣冠经文纬武，楼增新气象革鸟飞翚。在戏楼的墙面上，还能依稀看到当年上演的各类戏剧宣传画，让人感觉到红军岁月激情燃烧的生活片段。根据大别山民歌《八段锦》改编的歌曲《八月桂花遍地开》，就是在这个戏台上首唱首演，后来经音乐舞台史诗《东方红》唱红全国，成为受到几代人喜爱的经典。

少共县委南厢有几排长条板凳，当时在此召开支部会议，现在看来颇有隔世之感。"革命理想大如天哪！为什么现在生活富足，却信念缺失？"走在将军第一镇，心里满满的正能量，大家慷慨陈词，讨论热烈。突然，啪的一声断电了。什么情况？恍惚间似乎听见斑竹园白色恐怖的枪声和狗吠，这样的镜头，我在影片中也没少见。原来是管理员拉闸，他嘴角调皮地浮起会意的笑容。

独山老街虽然不长，还是让人走得大汗淋漓，毕竟骄阳似火啊！坐在返程的车上，我不期然地想起用作红军指挥部的马家宗祠里的拴马石，岁月沧桑已经将其洗刷得斑驳陆离，风起青萍之末，是否会有嗒嗒的马蹄声唤起一片红色的记忆？

群山环抱，山峦叠嶂。巍巍大别山，厚重肃穆，就像卷帙浩繁的史书。

峰影不随流水去，鹤声犹带夕阳飞。

时光四溅，孤独如血

淅淅沥沥的雨，下了几天，只有在韶山的半天，烦人的阴霾才难得地隐匿了。

一下车，清新的风夹杂着映山红和玫瑰花香扑面而来，大家顿时兴奋起来，鼻子嘴巴使劲呼吸，那解馋的满足和暴爽啊，都在清澈的眸子里波光荡漾。雨后的韶山花朵绽放，鸟语啁啾，新的生命充盈天地之间。

沐浴着久违的阳光，我不由得想起毛主席的待人接物。

"敌人来了有猎枪，朋友来了有笑脸。毛主席待客周到呢！"我开玩笑说。大家十分认同，尤其是在下午返回长沙的车上，看着车窗外雨又下起来——说来也巧，就是在韶山期间出太阳，大家啧啧称奇。

追想相似的感觉上一次浮现，已是十几年前，真是弹指一挥间了。那是我第一次拜谒韶山，就住在铜像边的韶山宾馆，那时的铜像广场也不大，晚上我在主席故居到毛氏宗祠的一条窄窄的山路上散步，鸡鸣人家，蛙声一片，月明如水，抚慰着我青春躁动的灵魂。一转眼，十几年，岁月如斯，芳华不再，昔日简朴的山村现在已是游人如织的韶山市了，以至刚下车时，半天我都找不到北。直到看见主席故居，就像迷路的司机看见熟悉的地标，方才豁然清晰，方才明了风在哪一个方向吹。

我是农民的儿子，上三代都以种地为生，无论家世、财富、学问、权位，在我故乡都微不足道。我的父亲母亲一辈子面朝黄土背朝天，他们对于毛主席怀着最为朴素的深情。从我记事起，我家堂屋就一直挂着毛主席像，每年大门春联都写：听毛主席话，跟共产党走——我的父亲始终也是这么教育我的。毛主席逝世那年，我八岁，记得公社在镇上粮站设公祭堂，学校组织班级去吊唁，临行前母亲给我穿上白衬衣白球鞋，拉着我的手再三叮嘱："毛主席是我家的恩人，去了一定要哭啊！"我那时也似懂非懂，只是不敢忘母亲的叮咛，于是去到好几里路外的公祭堂放声大哭。我母亲离我而去已有三十多年，我父亲今年八十多了，他一生最爱说毛主席的故事，我耳熟能详的是这样几则：毛主席三年困难时期不吃肉；一件内衣有一百多个补丁；给儿子结婚的礼物是转战陕北时的军大衣，白天儿子穿，晚上媳妇盖；大兴水利，"一定要把淮河修好"；毛主席的后代没有做"官倒"……我发现，父母一辈人对于毛主席的感情是溶于血液里的。我的血管里自然流淌着父母的血液，参加工作后我孜孜研读《毛泽东选集》（五卷）、《毛泽东文集》（八卷）、《建国以来毛泽东文稿》以及毛主席各种传记、诗词等，有首歌叫《毛主席的书我最爱读》，对我来说确实不虚，虽然不像歌中唱的"千遍万遍下功夫"，但废寝忘食地读八遍十遍是有的。所以，在《东方红》的乐曲声中，我们向毛主席铜像敬献花篮，深深地三鞠躬，绕行铜像一周，我的心庄严肃穆，充满虔诚。

穿过铜像广场，跨过一座石桥，沿着潺潺的河水向东步行几分钟，就是主席故居。十几年来，这儿依然保持原貌，只有南岸私塾是新开辟的景点。我登上窄窄的楼梯，从木门往里张望，目光寻找着主席小时候读书的桌凳——是在里排第二张，幸好过去私塾不用板书，不然以主席的大个头，后面的学生哪能看见？南岸私塾路边立着一座 LED 显示屏，有温馨提示：参观主席故居，还需排队 150 分钟。我第一次来时，游人可以直达故居大门，真想不到现在需要这么久！

在中国农村传统文化里，床、饭桌的尺寸和房屋的间数都不是整数，都带"半"，祈愿夫妻终生厮守、父母兄弟自始至终地相伴。主席故居不大，13间半，土砖青瓦，坐南朝北，门前荷塘，屋后青山，所谓"前有照，后有靠"，一切简单而普通。一个孩子就在这座普通的农宅诞生，并在此度过整个童年和青少年时期，没有人知道这个孩子将来会改变中国，改变世界，甚至他出生后能否存活都让母亲忧心，因为在他之前的两个孩子都未能存育，所以母亲抱他拜石观音为干娘，小名唤作"石三伢子"。在主席父母的卧室，我久久地端详着挂在墙壁上的这位伟大母亲的照片，那么亲切，那么安详，那么善良！她总是把家里收拾得不染一尘，"整饬成性，一丝不诡……洁净之风，传遍戚里"。1919年中秋之夜，青年毛泽东从风起云涌的运动大潮中星夜赶回，母亲病逝已入棺两天，去世前她声声呼唤她的石三伢子，望眼欲穿，终未能见最后一面。

由供着佛龛的堂屋的侧门一转，即是一家人吃饭的厨房，这是我参观后最喜欢的地方。灶台、地面、厨具，一切就像主席母亲生前一样，干净舒适。墙边还有一个火塘，想象寒冷的冬夜，父母带着主席兄妹团团围坐，火塘上吊着的水壶冒着热气，屋外雪花飘飘，屋内亲情融融，熊熊柴火映红每一张脸，这是怎样温馨的画面啊！"别梦依稀咒逝川，故园三十二年前。"为了革命事业，妻子杨开慧、弟妹毛泽民毛泽覃毛泽建、儿子毛岸英等六位亲人先后牺牲。中华人民共和国成立第十年的夏天，主席回到家乡，阔别32年，终于回到家了，而此时主席的身边，没有一个亲人陪伴。

时光四溅，孤独如血。

1976年9月8日夜晚，这是主席生命中最后一个中秋——第二天凌晨零时十分，毛主席与世长辞。垂危之际，除了党事、国事、天下事，主席还会想些什么？或许，他又想起了韶山的风声、雨声，想起了在厨房里忙碌的母亲的身影和呼唤，想起了 57 年前那个中秋之夜吧？

"当然，伟人的生命并非命运护佑之下的和谐。"在参观主席故居过程中，我想起哲学家魏宁格的话，他曾深刻地分析了伟人内心世界的可怕情形以及孤独、绝望的必然。"其中必然包含着巨大的、极不平衡的对立，具有产生最不可思议的困惑的倾向，内心自我斗争也最为激烈，绝无尼采认识里维埃拉之后所渴求的那种快乐的科学和宁静。"

走出故居，阳光普照。在荷塘边柳树旁，我又拍了一张照片留念，和十几年前同一地方、同一背景、同一姿势。对比看两张照片，心中就生出无限的感慨。

岁月静好。荷塘边的土地种着油菜，一枝枝菜荚丰稔甜熟，在阳光雨露中，圆着一个季节的梦想。

顺着黄河的流向

梦开始的地方

车过滹沱河，赶飞机的心也正定了。平原画卷，八百里金色麦浪，殷殷相送。

出门数日，确有些归心似箭。一车人就笑："京油子，卫嘴子，保定府的狗腿子。"自家的狗窝，胜似金窝银窝呢。河水的粼粼波光还在眼前闪耀，倏忽想起古书上的一段记载。滹沱冰合渡过刘秀，随即冰开，阻断追兵。同样境况，乌江却是霸王别姬的末路。至今，河岸还有一村名水冻，从这个意义上说，是滹沱河成就了光武中兴。

"风沙睢水终亡楚，草木公山竟蹙秦。始信滹沱冰合事，世间兴废不由人。"难怪被押解进京的文天祥，在途经滹沱河时要发此感慨了。

正定也是三国名将赵云故里。一座一身是胆的古城，彪炳史册。

又是一年高考时。过安检候机，吃着枣夹核桃，朋友圈被高考的消息刷屏。昨天在西柏坡，我拍下一张赶考的花絮，推波助澜赶一回趟儿。我也曾是毕业生家长，高考的煎熬让人无语。就像电影院散场，顺着人流走都脚步踉跄，都可能跌倒，借我一千个胆，我也不敢赌上孩子的未来逆流而动。

我的女儿留学澳洲，眼下正在寒假考试。动态里有几张照片：考场里的安慰犬，女儿摸着狗狗笑得阳光灿烂。

偌大玻璃墙外，登机桥高高架起，几个穿蓝制服的男人推着飞机后退，调整舱门和伸缩篷的联结。廉价航空，给旅行社的机票低廉，对乘客却有要求，在霸王条款的尺子下，拉杆包必须托运，而且收费不菲。一茬一茬的愤怒随钱拍下。好在，开始登机了。

蓝天像梦一样宽广。

每一条道路都通向家园……

延安好啊，都是红军

从西安到延安，动车两个多小时。

多少年清清延河水淌在心田，巍巍宝塔山照我暗夜行。延安行，是我的一个梦。

"延安好啊，都是红军。"父亲说。

黄土地辽阔的墚塬、沟峁、田野、村落，拦羊嗓子、回牛哞吼出的山野之声、里巷之曲，辉映着初夏的夕照，雄奇壮丽，美得撩人。凤凰山、清凉山、宝塔山三山环抱，延河、羊河像母亲张开的双臂拥我入怀，也深情地把革命圣地拥在怀中。

"陕北好地方呀，小米加步枪，毛驴驮姑娘呀……"毛主席当年在联欢会上扭着秧歌的清唱，仿佛还在河谷热烈而欢腾地回荡。

凤凰涅槃，浴火重生。红军长征找到这块落脚的地方，历经六次生死转折：黎平会议，转向川黔边；遵义会议，转向川西北；扎西会议，转向云贵川边；会理会议，再向川西北；两河口会议，转向川陕甘；俄界会议，转向陕甘。1937年1月，骊山西安事变的枪声平息，东北军撤离肤施，红军接管，改称延安。

延安十年赢天下。

也许，正像斯诺在《西行漫记》中所说，是一种天命的力量？

时代感情：单纯到透明

从陡峭的河岸走下十几个台阶，平坦宽阔的小石子河滩不见一人。我向远方一大片黄花走去，仅穿运动短裤，风吹在身上凉飕飕的，弯腰掬水也有点寒手。六月初昼夜温差竟这么大，出门时看见扫街的女工还穿着两件衣服。东方才现鱼肚白，河滩一埯一埯栽种着花草，清澈的河水在宝塔山下折头向东，流向杨家岭，就像一条飘舞的白练。

那片"黄花"，近前才看清不是花，是叶。我曾在盛夏的青藏高原上看见金灿灿的油菜花，刚才就兴奋地把这片叶当成油菜开花了。跳过几片青石上到对岸，慢慢走到清凉山下，火红的榴花闪耀枝头，广场已有几支晨练队伍。山门雕梁画栋，山坡的窑洞是陕北公学、成仿吾旧居。盘山而上，太阳冉冉升起，宝塔金光闪闪，就跟镌刻在我心中让我魂牵梦绕的圣图完全一样。

群山沸腾，仿佛有一只军号，嘹亮地吹响……

延安是一个时代的先锋。从艰苦中找得乐观，从劳动中获得幸福，从奋斗中取得成功和发展。战争岁月，奔赴延安，成为一代青年的理想追求。

在抗大，在杨家岭、王家坪之间的中国女子大学，在"延安门卫"——安吴青训班，在大砭沟、"鲁艺"和蓝家坪的"文抗"，从全国各地拥来的年轻人意气风发。几人挤住一窑，共睡一个木板通铺，共用一盏小油灯，共用一盆木炭取暖，火盆上煮一缸红枣，满窑飘香。一声同志，就觉得浑身的血管都冒出热气来了。

> 人们骄傲的称呼是同志，
>
> 它比一切的尊称都光荣。
>
> 有这称呼各处都是家庭，
>
> 无分人种黑白棕黄红。
>
> 这个称呼无论谁都熟悉，
>
> 凭着它就彼此更亲密……

"这是我们心里的歌。"作家韦君宜来延安前，在清华学子眼中是才女，穿着质地讲究，走路很快。"我想，那其实不是一个人的，而是我们的民族的精英当时都处在那么单纯到透明的时代的感情啊！"

三十年后，又一代知识青年奔赴延安，薪火相传，信念之火熊熊燃烧。

一个高大瘦弱的北京知青，肩挎布包，身背铺盖，坐着驴车来到梁家河。他在这个贫瘠荒凉的山村插队落户七年。

"15岁来到黄土地时，我迷惘、彷徨；22岁离开黄土地时，我已经有着坚定的人生目标，充满自信。"习近平总书记深情地说。

"无论我走到哪里，永远是黄土地的儿子。"

延安改变了历史，延安孕育着未来。

窑洞有多暖，天空就有多高。

雄安，雄安

淀泊一望无际，苇田星罗棋布，烟波浩渺，芦苇苍苍。

"冀中有个白洋淀，九河下梢通天津。出些虾来出些鱼，出些芦苇编成席……"渔歌飘荡，惊起一群鸥鸟，盘旋着飞向水天相接的远方。

燕赵自古多慷慨之士。燕昭王是雄安历史上第一个故事，黄金台、千金市骨的典故，在怀才不遇的诗词中屡见不鲜。"风萧萧兮易水寒，壮士一去兮不复还。"易水注白洋淀之处，有古秋风台，还在向游人诉说荆轲刺秦的悲壮。

雄县、容城、安新，华北平原上三个不大的县，正在华彩蝶变。千年秀林，绿涛阵阵，每一个入驻企业都要种植一片树林，每一棵树木都有自己的二维码，扫一扫即可读只属于一棵树的前世今生的年轮。央企一条街，挂牌密密麻麻，是另一片森林海。

我的目光越过十字路口石磨棒的雕塑，看见一个老人挥舞着铁锤，"嘭——嘭——"，一声声沉稳有力，汗珠映着太阳滚在黝黑的脊梁上。这是雄安拆迁第一锤的剪影啊。

"高起点规划高标准建设雄安新区，推动京津冀协同发展。"建筑工地红旗招展，塔吊林立，一派热气腾腾。

这是一张 21 世纪的中国名片。我们不断按下快门，记下一个个珍贵的历史瞬间。

几个庄子

顺着黄河的流向一路向东，在河北，看了几个庄子：冉庄、城南庄、李家庄。当然，最大的是石家庄。

石家庄是火车拉过来的城市。住了一宿，在保定会馆吃李鸿章大杂烩，就是我们徽菜一品锅。吃好吃不好不重要，石家庄人上保定会馆，主客都会感到特有面子。朋友调侃我们来晚了，李总督在此镇守时，只要会说合肥"老母鸡话"的，都能捞个官做。

华北平原的村庄房屋整齐，道路宽阔。冉庄的地道机关重重：有猫耳洞可以狙击，有陷阱；驴槽下、炕席里、锅灶口、槐树杈、水井底，都是，在大地深处结一张网。挖地道，各有各的高招。

李家庄这个秀丽山村，新中国统一战线从这里走来。1948年秋，众星拱北，万水朝东。为掩护民主人士"大迁徙"，护送人员按百家姓和天干地支编排特殊接头暗语，诸如赵子甲、钱乙丑等，变装到天津南市清河大街雇上骡马大车，来到解放区泊镇找中国建设公司经理高棠接头，说是李爱介绍来的，联络暗语是一首打油诗："高棠李爱何时了，清河骡马街头找。小楼昨夜又东风，故园花落知多少。"步步惊心，像一部跌宕起伏的谍战剧。

滹沱河北岸鱼米之乡西柏坡，有"晋察冀的乌克兰"之誉，新中国从这里走来。如果没有城南庄遇险，毛主席可能不会去西柏坡。但历史没有假设，至今院中的树干、门柱和墙壁上，炸弹碎片和弹洞依然历历在目。

考试还在继续

新桥的"热带鱼"缓缓游动。

飞机滑行。停稳。就像关着的院门被风吹开，耳朵的院子豁然贯通，阳光普照。手机开机的音乐次第响起。微信朋友圈瞬间被高考散场爆屏。

考试还没有结束。

历史性考试还在继续。

想起几天行程，新朋故知聚散依依，赶忙推送一条动态，报送平安，在这一刻的想法，写下未能免俗的文字："感恩。感动。感谢。"

孤飞一雁秦云秋

去当涂，就是去凭吊诗仙李白。

半夜，竟然梦醒了。

夜梦故乡的河岸边，布满一望无际的沙雕，那么壮观。远处的河湾，矗立一大片动物雕塑，色彩在太阳下深浅变幻，让我惊奇不已。我顺着河湾奔跑，那些五彩的鹿、马、骆驼……都奔跑起来，在阳光中闪光。明亮的天空，飞翔着一只大鸟，越飞越近，好大好大的鸟翅，我甚至可以看清它白色的羽翎，仅仅半边的翅膀就把整个河谷遮住了，就像巨大的罗盖……

这么美丽的梦让我心生喜悦，趁着梦境清晰，笔录于纸。卷帘见月，李白的诗句，水一样从心里流出来："床前明月光，疑是地上霜。举头望明月，低头思故乡。"只有李白这样伟大的诗人，才能写出如此简洁明朗的诗篇！轻轻的一个"霜"字，却有雷霆万钧之力，写尽乡愁的凄寒和历经沧桑的人生况味……心中正自感叹，蓦然又想到梦中的大鸟，不禁一颤……哦，诗仙，是你吗？是你穿越一千多年的时光来到我的梦中吗？

一天的时光，早在几天前就被定格在方案中：祭奠太白墓园，了解当涂人眼中的诗仙太白；参观大青山万山村、詹村、禾兴村，漫步谢朓、李白钟情的山水人家；徜徉金色田园，亲近江南荷塘陶然水乡；浏览当涂古城墙护城河，感受姑熟新貌沧桑巨变；登临凌云塔，凭览三塔两桥风吹雨打；凭吊采石矶，领略水清岸绿秋水长天。

　　中国诗歌，《诗经》与《楚辞》分别是现实主义和浪漫主义的源头；李白是继屈原之后最伟大的浪漫主义诗人，没有之一。"安能摧眉折腰事权贵，使我不得开心颜。"诗人六十二年狂放不羁的诗酒人生，我的故乡安徽给了他"桃花潭水深千尺"般的最为温情的抚慰。他曾七次来到马鞍山，写下《望天门山》《夜泊牛渚怀古》《横江词》等五十多首脍炙人口的诗篇。晚年流放夜郎，遇赦放还，穷困潦倒，年老体病，他来到当涂，度过人生最后岁月。病重弥留之际，枕上授稿当涂县令李阳冰，请求编集作序。一曲《临路歌》，诗人走完了自己坎坷艰难的一生，最终长眠于大青山下。

　　　　大鹏飞兮振八裔，

　　　　中天摧兮力不济。

　　　　余风激兮万世，

　　　　游扶桑兮挂石袂。

　　　　后人得之传此，

　　　　仲尼亡兮谁为出涕。

　　心里默诵《临路歌》，绕墓三周。墓草青青，野菊盛开，芳香扑鼻。诗人的雕塑把酒临风，一如他身后的大青山，傲然而立。

　　在李白的时代，巍峨的大青山下，还是一方波光粼粼的湖泊。只在风霜高洁，水落而石出之时，泊出一块一块的滩涂，其上鸥鸟翻飞。后来移民在此联圩垦殖，沧海桑田，渐次炊烟袅袅。时下秋高气爽，风从逶迤群山的垭口吹来，翻动白杨林金黄的叶片，哗哗作响。柿子在枝头熟透；毛茸茸的栗壳炸开，露出紫红的板栗。一大片黄豆在地里沙沙唱着歌，似乎在呼唤村民快快来收割。随后足有一千多亩的荷塘映入眼帘，田田荷叶连天蔽日，荷花宛如卸妆的少妇风韵犹存，荷香馥郁，沁人心脾。美丽山村，一派喜人的丰收景象，诗仙若在，又该激发怎样的诗情啊！

峰回路转，宽阔的草地像一条晾晒的绿裙，马路就是镶着的裙边，一头连着把灌木长成高大乔木的千年神树猫耳刺，另一头却是一方莲池，煞是招人。翻开莲叶，摘了一把菱角，一掰即开，处子般白净，那甜滋滋的味儿沤开，让我真切地感到秋天的气息，那么纯净，那么朴实，那么清新……

"大鹏一日同风起，抟摇直上九万里。"李白喜欢用一飞冲天的大鹏鸟自比，大鹏鸟的形象在他奔腾直泻的诗歌中俯拾皆是。在三面环水的采石矶上，面对滚滚长江，一尊雕塑巍然高耸，竟然就是诗人与大鹏鸟合二为一在飞翔！当这尊雕像出现在我眼前时，我惊愕得说不出话，恍如梦中……

此行，我的包里带了一本《李白诗选》，用于往返车程中的阅读。这本书由复旦大学中文系古典文学教研组选注，人民文学出版社 1961 年 8 月第一版，1977 年 11 月第二版。上海亲戚送我父亲一瓶飞天茅台，父亲舍不得喝，托人卖了七块五毛钱，花了七毛二分给我买的。扉页有故宫南薰殿旧藏《圣贤画册》中的李白像，乌帽圆衫，剑眉飞扬，丹凤眼略带忧伤，眼角高挑，须髯修长飘逸……翻过来影印着北京图书馆藏、宋本《李太白文集》卷第一李阳冰《草堂集序》。这本书跟随我四十年，从农村到城市，数次搬迁，一直相伴。少时每天早晨捧着书在河湾背诵，以后不知读过多少次。记得最近两次再读，都是出差期间，一是五年前在杭州浮山脚下，一是去年在重庆嘉陵江边。时光老去，书页黄旧，后面的书页掉失，连贴着的一层牛皮纸也多处卷裂，书脊的牛皮纸全部脱烂。当我从不求甚解的少年，成熟到"今古一相接，长歌怀旧游"的成年，一段丰稔质变的人生历程已如眼前滔滔江水，一去不复返了。

弃我去者，昨日之日不可留；

乱我心者，今日之日多烦忧。

长风万里送秋雁，对此可以酣高楼。

蓬莱文章建安骨，中间小谢又清发。

俱怀逸兴壮思飞，欲上青天揽明月。

抽刀断水水更流，举杯消愁愁更愁。

人生在世不称意，明朝散发弄扁舟。

    我背诵着李白这首《宣州谢脁楼饯别校书叔云》，从太白楼到三元洞，环江而上，踽踽独行。江风吹衣，高柳蝉嘶。两旁山坡，一溜一溜盛开着彼岸花。这花名字特别，花开更奇，一茎特出，没有一枝一叶，一如李白诗歌，直接爽快，直抵人心。据说此花春叶秋花，叶在此岸，花在彼岸，永不相遇。山上种下两万多株，我们今来正赶上趟儿，遍地的嫣红随风摇曳，触目惊心。这花了无牵挂，颇多禅意。山岸一石直出，伸在江面，名曰捉月石，传说诗仙就在此石上举杯邀月，最后抱月跳入江心。抱月的诗仙不就是开在此石顶端的彼岸花吗？

    我坐在石上，很想等到江月升起，却是不能。回望宽阔的江面夕阳如金，汹涌的江水拍打着采石矶，卷起深不可测的漩涡，青山遮不住，毕竟东流去。来去匆匆，在车上再次翻开《李白诗选》，沐浴着温煦的阳光，我的心丰饶而宁静，就像秋阳下无限伸展的广袤的大地。

    是啊，李白的诗歌不就是直抵灵魂的永不凋谢的彼岸花吗？！

第二辑
梦回兰亭

善待芳华

算起来我和夫人已有二十多年没进电影院看电影了，这使我走进影院时心中平添许多对夫人的愧疚，其中也有丝丝因为自己多年没有票房贡献而对冯小刚们的歉意，虽然这种歉意远没有对夫人的愧疚来得强烈。我们特意选择在一家承载着我们恋爱记忆的老影院看《芳华》。影厅不大，音响时前时后地响着（显然前面的音效更佳），空气中弥漫着一股阴暗的霉味，但这并不影响我们分享《芳华》的美好和温暖，恰恰相反，我倒觉得氛围就像刘峰和何小萍穿着雨衣走进文工团时一样，这种背景和冯小刚呈现的有体温的价值世界非常契合。

文工团整齐的大长腿、洗浴的剪影、泳池的身姿……就像在粉红色的朦胧的光晕里听邓丽君，影片一开始，观众随着冯小刚充满古典主义美学的情愫，看到美轮美奂的典雅。这里没有迎合市场票房的低级趣味，没有低俗。冯小刚在这里展现的是基于青春记忆的理念：朦胧，浪漫，美好，神圣而不可亵渎。

"其实有的时候源于一个特别小的细节。"冯小刚多次深情谈起他在文工团的生活，那段期间那些女兵给他留下特别美的印象：夏天她们练完功去洗澡，光穿着军装，湿着头发，底下穿着蓝色的裙子，特别漂亮。"我感觉她们走过来的时候，整个空气都香了，就是那个感觉。"为了艺术地再现这种感觉，他等待了二十年，直到等来严歌苓和她的小说《芳华》。"当然了，可能这些年这个东西一直在我心里头成长，可能我也放大了那个时候的美好。"冯小刚说，"所以我想这也是拍这部电影。它不仅是载歌载舞的一部电影，不仅是反映青春那种美好的电影，同时这里头也有流血，也有牺牲，也有残酷的东西。"

残酷透过光丽的表面不可避免地显露出来。冯小刚足够现实，他用不急不厉的蒙太奇语言，像剥笋一样一层一层叙述着时代和生活在刘峰和何小萍的人生中表现出的残酷。何小萍从踏进文工团开始，就注定成为人们的笑柄。"假胸事件"中林丁丁们的欺负让她痛入骨髓，"军装事件"更是把她最后一点生命的梦想和尊严无情地撕得粉碎。不就穿一下军装照个相吗，什么大不了的事不敢承认呢？在这一点上，何小萍有责任，这种噤若寒蝉的孤僻，可能是痛苦无爱的成长经历造成的性格缺陷。她六岁时，父亲被批斗被捕入狱至死无缘再见，母亲冷酷地将她抛弃，她受尽家庭、社会、集体和同事的歧视、欺凌和伤害，在那个穿着军装就会被全社会敬仰的时代，她满怀希望地走进军营，正如她父亲在信中所认为的，"在部队就不会受欺负了吧"，照片中她穿着军装，一切多么阳光明媚！但文工团的现实那么迅速那么坚决地把她打入冰窟。她撕碎照片的表情绝望而麻木，撕碎的岂止是照片，被一点一点撕得粉碎的分明是她滴血的心灵和尊严。何小萍的人生痛苦压抑得透不过气，只有在刘峰那儿，她才感受到一点人性的温暖。

如果说何小萍在战友的眼中只是生活的笑柄，那么活雷锋刘峰在时代的大潮中也沦为人们的笑柄则有点匪夷所思。他毕竟是一个文工团的标兵，被整个文工团认为是一个好人。他的美德真实不虚：出差给每个战友大包小包地带去或带回，农村战友结婚没钱买沙发他买材料加班给打一套，抗洪抢险伤了腰，把进修提干的机会让给别人，吃饺子拣饺皮吃，就连连队的猪跑了也非请他帮忙去抓不可。总之，他像雷锋一样有着春天般的温暖，他做好事，人们习以为常，甚至认为天经地义、理所当然。就这样的时代楷模，却在"触摸事件"中仅仅因为不分青红皂白的诬陷，就受到隔离审查严厉处理。我就不明白，持久的美德为什么如此不堪一击？为什么活雷锋刘峰会为整个集体所不容？为什么出卖灵魂诬陷模范的势利的林丁丁受不到一点组织的批评、道德的谴责——半夜是不是受到良心的拷问不得而知，从"幸福肥"判断似乎也没有——在现实生活中如鱼得水，左右逢源？"我们要学习刘峰一不怕苦二不怕死三不怕臭的精神"，当听到这样公然的嘲弄和甚嚣尘上的哄笑，我的心被猛烈地刺痛，更别说刘峰了。

哀莫大于心死。刘峰离开的导向作用，在何小萍身上也以一种匪夷所思的大胆表现出来。她在文工团大门口恐怕是空前绝后第一次大声呼喊："刘峰，你走时我送你！"只有不被善待的何小萍，才能精准地感知善良，善待善良。刘峰离开文工团准备丢掉一大纸箱奖状勋章，这个细节竟然和我如此相同，不禁使我潸然泪下。2017年春天，我轮岗履新，同事帮我从办公柜子里整理出41本获奖证书，并以"八千里路云和月"为题晒在微信朋友圈里，当我抱着一纸箱获奖证书离开工作22年的民政局时，我的眼里满含泪水。"印的都是好字啊。"何小萍说。在高原演出中她假装发烧拒绝演出，我能深刻地理解何小萍的失望和放弃。

鲁迅说，悲剧是把美好的东西撕碎给人看。冯小刚的美好，伴随着撕碎的残酷还在继续。何小萍和刘峰的笑柄还没完。后来他们都成了英雄，何小萍却疯了，人们说她是受欺负惯了，受不了荣誉的刺激，在昔日文工团的战友眼里，她在血雨腥风中没疯却被光荣刺激疯了，真是天下最可笑的事。战争的硝烟散尽，英雄当然不能从此躺在功劳簿上，尤其是像刘峰这样的英雄还在本分低调地讨生活。时势变迁，世事弄人，在异地蹬三轮的刘峰带着一条香烟走进联保办，受到联保办队长的羞辱和联保队员的群殴，他在战争中失去右臂后所装的义肢被打落在地。

"我是很阳光的。"冯小刚说，"就是它有一些非常人之间的那种善意，和美好的东西。并不是说我们就只是拍那个浮光掠影的美好，它是有残酷的东西伴随着的。但是即便是有残酷的东西在里边，他内心的那点暖和气，就是作为那点人味，那点暖和气没有泯灭。"这就是冯小刚远比一般的悲剧家高明之处。他撕碎美好的同时，着眼于在更高的层面重构和缝合。通过何小萍和刘峰历尽沧桑的坚守，冯小刚呈现的价值世界更加美好，更加温暖，更有力量。

于是我们动情地看到：萧穗子在文工团解散和爱情的幻梦破碎后人生的升华；精神病人何小萍走出喧哗和骚动的剧场，回归自然，完成生命的独舞和清醒；清醒后的何小萍在烈士陵园的长椅上，向刘峰说出二十年前想说而没有说出的话："你能抱抱我吗？"刘峰则把当年撕碎的军装照片重新贴好送给她，并用仅有的左臂搂住她，何小萍重拾爱和尊严，刘峰残缺的右臂并不影响他最终拥有完满的幸福。虽然有些遗憾他们的幸福来得如此之迟，芳华已逝，但他们的感情一如韩红演唱的片尾曲，那么朴实，那么入心。

走出影院，我依然沉浸在《芳华》温暖美好的艺术世界。我忽又想起冯小刚的黑色幽默：想入党都争着打扫猪圈，却没人关圈门，连队那头大黑猪因此跑上大街，跑进游行队伍中。这样的黑色幽默让我忍俊不禁。我想起了势利的林丁丁，想起了肆意踩蹋良善的主犯和帮凶，想起了穿着制服祸民谋私的联保队长，想起了镶着萧穗子足金项链做的金牙却从此不再吹号子的"钱串子"……我想，现实中的我们谁敢说比这头黑猪聪明呢？从历史的天空俯视苍生，谁才是真正的笑柄呢？

一片馨香的世界

只要在我眸中

曾有你芬芳的夏日

在我心中

永存一首真挚的诗

那么　就这样忧伤以终老

也没有什么不好

——席慕蓉《让步》

　　记得我是以一种谨防上当的心态翻开席慕蓉诗集的，随便挑两首读后，诗中的清丽顿然打消我一切的猜疑。再不敢亵渎，恭恭敬敬地翻回到第一页，一首一首细细地品读，便觉着鼻尖下来了一缕柔润的莲风，夹有栀子花香、茉莉花香，沁入肌骨。漫天的云翳吹去了，露出纯净的湛蓝。心如沐浴在芬芳的爱河里，神清气爽，魂魄澄清……

　　"如果在我们的心中放进/一首诗/是不是　也可以/沉淀出所有的昨日"（《试验》）。诗人的诗思如此玲珑，情感如此晶莹，而意念的表达既婉约又浅白，在她展示的馨香的世界里，读者怎能没有共鸣的感动、净化的喜悦？难怪诗人的诗集被少男少女们视作"生活教科书"畅销不衰了。

正如评论家圣诞所说的："她的诗不是绢花，而是把繁茂的根系扎在心灵沃土中的大自然赋予的真正的花草。"

是的，这"是一件流着泪记下的微笑/或者　是一件/含笑记下的悲伤"（《艺术品》）。这里有无怨的青春，清远的乡笛；这里有莲花的心事，昙花的秘密；这里有别离，有重逢，有"绝对的宽容、绝对的真挚、绝对的无怨、绝对的美丽"……哦，亲爱的朋友，你还是丢开我这篇夹七杂八的文字，让自己早一点沐浴在那一片爱的柔光里，领略那一片馨香的风光吧！

走近那沙

我选择在这个清明无风的午后去拜见那沙先生，似乎相信这样的气候有益于心灵的沟通与对话。

美丽宽敞的寓所，门外是一片温熙的阳光。客厅两壁字画，一座挂钟，坐在沙发上可以嗅到庭院花草的馨香，潮汐般的市声滤去凹凹凸凸的喧嚣变得轻柔而缥缈。在这样的氛围里，你举起一颗虔诚的心和一个文艺战士对话，和一位温文诚挚的长者对话，世俗的积垢与浮躁纷纷剥落，你会感到通体透明，心情平静如水。

与后方或和平环境成长起来的作家有些不同，那老是经过战争年代前线枪林弹雨洗礼过的，"说我是作家、诗人也可以，但严格说我是文艺战士，文学创作、文艺活动，自觉服从并服务于战争需要、政治需要，我是这个意义上的这么个文艺家。"从1936年发表文章至今，60年文艺生涯，他给人民留下大型话剧《屠刀下》《让战魔发抖吧》《毒手》《种子撒在人间》以及大型歌剧《捉鬼》等20余部，诗集《英雄岩》《你早啊，群山》《关于自己的广告》以及叙事诗《金桂之歌》等，此外还有大量的小说、论文。1958年他由军委公安军文化部副部长调任安徽文联，当初说是干2年，结果一干30多年，先后担任安徽省文学艺术界联合会党组副书记、副主席、名誉主席，安徽省政协常委，《安徽文学》《清明》《戏剧界》杂志主编，《小说月报》顾问。

为工农兵服务，为社会主义服务，这是那老坚定不移的文艺观。"我认为这条文艺路线、文艺方向是不错的。也许会有人据此说我思想保守，但我是不会改变的，也改变不了了。我感到改革开放以来，文艺处于一个比较动荡的时期。当此新旧体制转轨的新形势下，'双百''二为'方针如何贯彻执行，这是摆在老中青每一个艺术家面前的时代课题。党中央提出，以科学理论武装人，以正确舆论引导人，以高尚精神塑造人，以优秀作品鼓舞人，是非常及时而又深刻的。文艺离开民族，离开时代，离开人民，我看是不行的，是不会有出路的。尊重人民，把自己看成人民的一分子，我希望永远做到这一点。"严肃的神情，砭骨的忧思，深邃的见解，这里面蕴含着多少创作的真理！

那老把毕生的精力都献给了他热爱的社会主义文艺事业。"我把我很多的时间给了工作，我不悔。"晚年他和夫人过着简单的平民生活，五月是他们金婚期。"我是一个兵，来自老百姓。"这是他非常喜爱的一句歌词。他怕被人看成艺术家、作家，很不愿让人感到有架子。他兴趣广泛，除文学、戏剧、音乐之外，他还养花，有一阵养金鱼、热带鱼，都很热衷。自己做饭洗衣，生活全部自理并以自理为乐。时而上街转转，累了打的回家，怡然自得。

那老每天 8 点起床，夏日更早；午憩后读报。早起盥洗毕开始打电脑，这是必修课，有新构思就用这支"现代笔"写作，没有新得就整理旧文。

当前，那老的工作重点集中于 100 万字《那沙文集》的整理与出版。一些朋友多方搜求，给他寄来 1937 年刊发于报刊的文章，这是迄今所能找到的那老最早的作品了；在这之前发表的文字，已无从寻觅，不能不说是个遗憾。

三个小时的访谈很快过去了。起身告辞，已近黄昏，我们置身其中的这座城市正沐浴在一片夕晖晚照之中，一轮金黄色的太阳悬在西天，它是在昭示某种生命的真谛吗？

魁雄的曾来德先生

曾来德先生再赴大湖之约已 24 年过去了。2016 年 11 月 12 日下午，秋高气爽，坐落在美丽的天鹅湖畔的合肥大剧院座无虚席，曾先生的到来和演讲成了合肥书法界、文化界的一场精神盛宴。

坐在台下，曾先生洪钟一样的声音萦绕耳际，我思索着 24 年的时间，对于一座城市、对于一个艺术家的非同寻常的意义。24 年前的那个夏天我对曾先生的采访已经显得那样遥远，就像蜀山湖边远柳梢头的一抹晚霞，惟恍惟惚的碎片在记忆的深处闪光。当曾先生走出安徽画廊，漫步在长江路凉爽的法梧的浓荫下，他眼里第一次所看到的合肥和现在相比已有天壤之别。

那时的合肥更像一座小县城，小东门外是蛙声一片的菜地，诸如合肥大厦、百货大楼、工农兵商场、长江饭店这些城市名片，现在早已淹没在鳞次栉比的摩天高楼之间。光阴荏苒，24 年弹指一挥间，而我对曾先生的敬爱也已 24 年了。在我的感觉中，无论是合肥这座古城，还是曾先生，还是我对曾先生的敬爱，24 年的时间一圈圈积累成参天大树的年轮。

"可能我名不副实，我想来的，但不一定来得。"曾先生诙谐的谦逊不时赢得一片愉快的笑声。这次他应艺术名家大讲堂的邀请，以《汉字书法的命运与中国文化的兴衰》为题，贯通中国思想发展史，生动地阐述了中国汉字书法的发展历程，为观众解析了书法艺术与中国文化间的关系与兴衰演变。

在剧院廊道两边的海报上，在讲台右侧电子屏播放的幻灯片里，一张张精美的书法作品向人们展示着曾先生弘毅雄强的艺术世界。

曾先生为人魁杰雄伟，勋德巨业固已伟然于当世，必将刻金石而耀青史。他的美誉遍布世界，皆在耳目；"曾来德书法文化现象"在国内外产生广泛而深远的影响；专题纪录片《墨海新秀》被国家作为中外文化交流影片译制成七种语言向世界各地发行；他站在维也纳最高的艺术殿堂尽情挥洒中国文化自信。但他心中的艺术世界依然是阳光明媚的神圣之地，他依然保持着当初戍守边疆用骆驼刺当笔在戈壁沙漠上书写的激情和初心。

曾先生是个勇于创新的自由精神探索者。谈到风格问题，他精辟地指出："大气也罢，雄奇也罢，磅礴也罢，俊秀也罢，秀美也罢，我想它与人的气质和性格、属性有关系，和人的学问、修养和历练也有关系。"在他的作品中，在那大气盘旋的线条、珍奇拙崛的空间切割、像风一样自由的率真豪放的尽性抒情中，我们可以强烈地感受到他在艺术追求上的创新性、自由性、文化性和现代性。

——"塑我毁我"，实践品格的创新性。塑我是对传统和他人的超越，毁我是自我超越。"苟日新，日日新，又日新"，他用笔墨不断追求时空裂变、视觉革命与情感革命，正如著名画家、中国美协理事、湖北文联主席周韶华所说的，"曾来德的过人之处，就是抓住了书法艺术手段的关键，他正是从不同惯常的执笔方法入手，切入了对线条千变万化的实验，在形态的汪洋恣肆上进行视觉革命"。

——"六经注我"，生命意识的自由性。宋儒陆九渊说，一旦豁然贯通，六经皆我注脚。理学也好，科学也好，艺术也好，都是相通的。正是有了"一览众山小"的融会贯通，才有了曾先生"随心所欲不逾矩"的主体意识的自由书写。"就像那个十月怀胎，"对于这种质变，他打了个耐人寻味的形象的比喻，"母亲孕育儿女，有的三五个月生下来的就是流产，如果十个月还出不来，那可能就是死胎。"换句话说，就是六经注我，我活；我被注脚，则死。

——"技进于道"，书法境界的文化性。儒家思想主张"志于道、据于德、依于仁、游于艺"，曾先生认为，"技进于道"是书法哲学的核心。"现在我们写字写得好的人还是不少，但写出文化感的人很少。所以我觉得今天我们对待书法的态度，更多的就应该从书法文化这个角度来理解。"谈到技和道的问题，他特别强调："今天书法家很多，但更多是停留在技的层面上，能够进入道的程度上很少。他要有思想，他要注入他的情感、他的学识和人生的很多经历，要把这些东西化解到里头去，这点非常不容易。"

——"双重变奏"，艺术精神的现代性。他一方面深深扎根于笔法、墨法、章法之类的书法传统，另一方面又注重以线条、音乐感、空间切割、时空张力等来重新审视书法本体的奥秘。但传统和现代的双重变奏不是无主题变奏，其中分寸的把握至关重要，对此曾先生有个绝妙的"钓竿比喻"，他说："就像钓鱼竿一样，钓鱼竿有一个母体，就是它一节一节的话可以从母体里头延伸出来，但是它有一个相对的长度，就是每一个时代超越都是有限的，如果你拿猛了，就脱离了母体，可是你拿的不够的话，又没有完成你这一时段的任务，那么这样的话，整个历史的进程就受到你的影响和障碍。"

"书法具有美教化、敦人伦、正人心的巨大功效"，曾先生十分认同儒家这一审美思想。在 2016 年深秋的那个下午，他在最后着重指出，当经济发展突飞猛进，工业文明、技术文明、消费主义和媒介的泛滥正悄然修改我们的生活目标，甚至疯狂地涂改我们的生命意义，让我们感到失意、茫然、信心不足时，我们其实可以从古老的中华文化、从中国的伟大传统中寻求帮助。"中国现代化进程中人文精神的复兴，中国未来社会中坚力量和精英人群的培育，中国文化精神的世界弘扬和国际传播，都是完全可以从书法这门具体的艺术活动开始的。"

三小时的演讲很快结束了，精彩纷呈的思想使听众不时报以雷鸣般的掌声。我抓住机会拿起话筒，向曾先生讨教有关审美鉴赏的问题。"谢谢你对我的表扬！"他如此谦逊，略一思索，便滔滔不绝地开始旁征博引答疑解惑，他还特别援引毛主席戎马倥偬的政治军事生涯在他书法上所呈现的刀枪剑戟的气象，以此深入浅出地阐述如何解决书法和书法人这样一种关系的问题，令我受益匪浅。

曾先生这次合肥之行由李明先生陪同，这也是我和李明先生第一次见面，让我很高兴。李明先生作为"沈门七子"之一早已名满书坛，曾先生出席京沪贵陕等地的活动，李明先生都始终陪同，我从中深深地感佩李明先生对曾先生的难得的心意和敬重！当晚当我电话约请曾先生和李明先生，但两位先生已坐上高铁奔波在返京的路上。

往返千里，来去匆匆，其中鞍马劳顿可想而知。曾先生惠人多多，孜孜致力于中国书法中国文化的创新和传播，先生永远在路上！

走出灵魂的困厄

    我在年轻时喜欢探险，有一次被困在大山深处，十多个小时都没有走出来，"日暮乡关何处是？"暮云四合，前不见灯光，后不见来者，那种恐惧、迷惘和绝望真是无法用言语表达。多年后当我面对张江舟先生的画作，那次走不出大山的困厄的痛苦感觉，再次刻骨铭心地袭来。

    著名画家张江舟擅长水墨人物画。作为当代中青年画家领军人物和中国国家画院多年分管外事工作的副院长，他自十二岁开始长达四十六年的艺术生涯，特别是极具现实批判意义的当代艺术探索和创新实践，宽广的世界眼光，深厚的理论功底，鲜明的艺术风格，丰硕的艺术成果，在国内外产生广泛而深远的影响。对于张江舟在现代中国画变革发展中的价值意义，学界有全方位多层次的评论，我的研究可能只是一种破题和延伸。

    时间是 2018 年 2 月 28 日下午。早春二月，春寒料峭，天鹅湖畔，红梅盛开。应家乡"大湖之约"，张江舟一身黑色西装，登上艺术名家大讲堂，与合肥同道精彩分享他对全球化浪潮中的中国艺术的实践与思考。"对问题的关注是画家的责任，"他说，"一笔草草是对责任和担当的放弃。一个专业画家如果放弃责任、放弃担当，就什么都不是了。"正是这种自觉的对问题的关注，强烈的责任意识，舍我其谁的担当精神，使张江舟在艺术实践中不断求变创新，用自己独特的绘画语言、绘画元素展现现代中国画变革发展的新传统、新古风、新笔线、新型神、新品兴、新水墨、新气象。

"都市"系列是他代表作之一。作品在构思上的妙处是并不直接描绘都市景观、都市生活，而是把着力点放在对都市人物尤其是都市青年精神异化的关注上。在扭动的似乎有些歇斯底里的癫狂的笔墨型神里，传达出一种世纪末的略带一丝颓废气息的情绪和精神特质：迷惘、反叛的挣扎、喧哗与骚动、人欲横流"想乘风归去"却无法逃出的灵魂的痛苦和绝望。

这种对于精神异化的关注，到了"殇"系列已经上升为对于生死的关切，对于生命的终极关怀。"殇"系列是"都市"系列的继续，创作于2008年汶川地震之后，40多件作品都是大幅巨制，最小也是 2m×2m 大小，具有瞬间抓住人心的视觉冲击力。艺术家没有直接表现地震惨烈，而是根据自己的感受改变对象，人和肢体在线条造型上夸张和变形，像石块，像群雕，像块垒，像山峰，像风轮，像丰碑，画出毁灭、死亡的感觉，引人关注和深思。

我很奇怪他为什么有如此痛苦的生命体验，这和他生活中给我留下的印象大相径庭。他高大俊朗，坦荡弘毅，行伍出身使他在平和中透着刚毅。也许是与参加过战争的战地经历有关？这些崭新的都市水墨人物作品，成功完成了传统水墨表现技巧与造型对象关系的现代转换。在艺术表现手法上，可以看出艺术家对中国水墨画，特别是从徐悲鸿、蒋兆和开始的徐蒋新传统体系和西方现代主义的融会贯通。在审美取向和艺术观上，可以看出尼采、萨特和弗洛伊德哲学对他的深刻影响。他年轻时，在铺着油毡的地摊上，在拉着四处走的售书板车旁，如饥似渴地阅读经典哲学巨著，一如少年时期就开始的独特的线描训练，为他日后的发展打下扎实的根底和坚实的基础。

在"都市"系列中，《轻幔》是比较独特的一幅作品。其他这类作品画面让人压抑得透不过气来，人物都是向上飞翔，既表现出无法飞出的挣扎和痛苦，也表现出向上追求、不甘堕落的精神。只有《轻幔》像在黑压压的乌云缝隙中透出一丝阳光，淡灰的墨色和黄色的水彩少了凝重，人物表情神态也多了些恬静，右侧那个向下飞翔的少女简直就像敦煌壁画中的飞天女神了。

《轻幔》的特殊价值，我认为还可看作是"都市"系列和"边民"系列的过渡，我没有考证它们在创作时间先后上的关系，只是在风格变迁上说《轻幔》是一座桥梁。"边民"系列以青藏高原异域风情为题材，用写实的笔墨表现少数民族日常生产生活的美好情景。边地清风朗月，似乎就是失乐园的"都市"苦苦寻觅的精神家园。走出困厄的灵魂终于找到归宿。但那牦牛像八大山人的呆鸟一样翻着白眼，像道学家一样黑着脸，强烈的对比似乎又表示某种不认同、疑问和困惑。

作为新传统体系的代表画家，张江舟近年还参与了国家重大历史题材的创作。他认为徐蒋体系填补了中国传统水墨画精神指向的空白，这种方法最适合驾驭大型的主题性创作，能够描绘现实生活，可以更直接地表达当时人的精神情感。

他创作的《热血一二·九》，虽然题材受到历史事件本身的限定，但在表现手法上已不是严格意义上的现实主义创作方法，而是结合西方超现实主义和东方敦煌壁画的手法，打破时空局限，人物不是同一时间、同一瞬间、同一场景，避免画成历史事件的插图，避免概念化的图解。同仇敌忾、众志成城的历史人物群像，岿然屹立的沈阳故宫，背景的云涛让人联想到东三省的沦陷以及《黄河大合唱》一样的全国人民的抗日怒潮，作品大气磅礴、斗志昂扬，既有对历史的深刻反思，也充分反映了中华民族不为任何列强所屈、巍然屹立于世界民族之林的不屈不挠的斗争意志和时代精神。

从"都市"系列、"殇"系列到"边民"系列，从对人性和生命的关切深思，到弘扬民族精神的重大历史题材和主题性创作，饱含了张江舟的思考、实践和创新，呈现一个富有责任和担当的艺术家，在全球化浪潮中开阔的视野、矫健的身姿和坚定的艺术选择。当前他正忙于实施一带一路艺术创作工程，组建国际艺术同盟，中国艺术引领世界潮流迈出坚实的步伐。

大道至简

写这篇文字，心里颇有些忐忑，手无缚鸡之力而想扛鼎，被人骂为愚陋是小，有辱师名罪大。承蒙先生不弃，嘱我无须多虑，也就不揣浅陋了。

当今书展不少，但像陈敏权先生、徐宏静女士伉俪联展却难得一见。这次广东展不同凡响之处有三：其一，有益于徽州文化与岭南文化的交流、渗透和发展；其二，陈先生、徐女士伉俪均为中书协会员，乃当代实力派中青年书家，这在全国也是凤毛麟角，且两位艺术家德艺双馨，珠联璧合，比翼双飞，更是书坛佳话；其三，这次展出是继去年"备魏取晋"主题展之后的系列联展，作品都是近期新作，集中展现了各自最新的艺术理念和表现形式，这与嚷出来的诸多名家名作迥异其趣。有此三点，无论在个人艺术履历中，还是在推进皖粤两地区域书艺的交融互补上，这次书展便都具有里程碑的意义，其持续影响也将历久弥深。

陈先生其人，见之如临秋水，爽洁澄澈。滚滚红尘，多少赤子根基不牢，一经耽染，便成浑浊。而先生年逾不惑，依然目清骨清神清，意地干净，了无一丝芥蒂，这不能不说是诗书涵泳之力。先生是资深的书法教育专家，诲人不倦，我于漫水湾临水楼之先生工作室，常见于众多弟子中，不乏千里慕名求学者。其常年传道、授业、解惑，提携后学，显荣者多多，自谓乃"幸福的播种"。

书法哲学的核心是道，书家"澄怀味像""与道同机"，书近乎道即是书法的至高境界。两位伉俪书家，深谙此理，勤于笔耕，五体兼擅。上溯商周、下迄明清，靡不求之。作品风格不受时风所囿，不为古法所缚，或流露纵横捭阖、沉着痛快之风；或表现整饬典雅、清心怡神之韵。锐而不峭、厚而不滞的艺术表现，正是两位书家朴素的精神外化。

李杜文章在，光焰万丈长。陈先生伉俪蜚声海内外，书法成就有目共睹，无需赘言。但他们的艺术追求并未止步，而是上下求索，不断寻求自我超越。"天行健，君子以自强不息"。这从近年来，陈先生斋号由"惊笋斋"而改钤"洒翰庐"即可探知消息。现将拙诗一首《咏竹·题赠陈敏权先生》，聊以记之："惊笋破土出，新梢喜上墙。洒翰节节秀，虚怀拂云长。"

陈先生自号岱山湖人。岱山湖现已是安徽著名的风景名胜之地。两位先生德化其人，书润其地，必将成为中国书坛一道亮丽的风景。

野草的出路

近三十年过去，在小镇的日新月异中，我已找不到记忆里的古朴情调。我们彼此从外貌到内心也都发生了巨大的变化。

当然，也有不变的。我写作，他画画，对于艺术的痴情没变。"还记得一起出黑板报，你嘲笑我的舞蹈插图是百年魔怪舞翩跹……"一杯秋茶，让我们的思绪飘向悠远的光阴，我们的童年、少年、青年……

回不去了！看一片落叶渲染了秋色，看一季落花沧桑了流年，我只有轻轻的喟叹。

耐得住寂寞，守得住清贫，是艺术人生的第一关。翻看他一大摞山水画作，我敬佩他这么多年的坚持、专注和用功精深。无论是挺拔的松木、逶迤的云岭，还是飞瀑的山峦、旖旎的风光，画面气氛浓郁，取像灵秀，运线用水清爽，笔墨构图饱满，给人以气势恢弘、意境高远之感。

锋利之剑，来自砥砺之功。孩提时代，小说插图和连环画培养了他对绘画的浓厚兴趣，床头墙上贴满董存瑞、黄继光等英雄人物的画像，于起卧间观摩领悟。初中毕业，已能为左邻右舍画些"小东西"；去中菜市批售蔬菜，便把一间门市部布置成"个人画廊"。遍访名师，悉心求教，循序渐进临摹古代和当代大量优秀山水作品，通过临摹了解作品意境、创作思想和构思技巧，从中汲取营养，作为创作借鉴，同时尽可能地到真山真水中去体验生活，进行山水写生。近在咫尺的名胜风光自是了然于心；为了"搜尽奇峰打草稿"，他在妻子和家人的支持下，只身在黄山待了两个月，写生40多幅。

在他娓娓叙述中，我衷心为他所取得的成就而欣喜。外师造化，中得心源。他在部队服役期间，即举办过个人画展，近年作品更是屡屡在省市各种大赛入展获奖。不被古人传统技法所束缚，也不被今人新奇狂怪所迷惑，在现有的基础上他正刻意飞跃，寻求新的笔墨技法，用以表现新的时代，新的山河。

陈丹青说："高兴不是指你今儿挣了50万，或是哪个姑娘约你吃饭。高兴是指：你终于喊了出来。"画为心声，就像扎根于大地的野草，持本性而已，一任自然，长成自己。作为发小，自然关心他的未来，希望他在艺术上有个更好的前程。

站在秋的路口，收获过的原野一览无余，多么坦然，阳光下的一切，总是那么美好而不可替代……

紫铜色的天空

豆蔻年华的心田，总是最适合神话故事的生长。至今记得在瑟瑟发抖的漫长的冬夜，蜷缩着阅读楚图南先生译著的《希腊的神话和传说》那样一种热切和喜悦。希腊的神长着翅膀，在我的印象中他们较为辛苦，飞越爱琴海似乎需要花费不小的力气，中途还得在海礁上休息片刻。不像中国的神仙是在云彩上过日子，腾云驾雾，逍遥自在，一个跟头就是十万八千里。

"当太阳渐渐升起，离开绚丽的海面，腾向紫铜色天空，照耀不死的天神和有死的凡人，高悬于丰饶的天野之上。"这是荷马对众神不朽的礼赞。众神中我最喜欢胜利女神，传说她曾协助宙斯战胜泰坦巨人。她衣袂飘然，从天徜徉而下，胜利便随之而来。

胜利女神也是希腊雕塑中常见的题材，其中最为有名的是公元前 2 世纪至 3 世纪，为纪念塞浦路斯海战的胜利，罗得岛的雕塑家创作的那尊。雕像矗立于海边山崖之巅，迎着海风，胜利女神犹如从天而降，在船头引导着舰队乘风破浪冲向前方，雄健硕大的羽翼，丰腴健壮姿态优美的身躯，轻盈飞扬的衣裙，无所不包的和谐以及庄严与静穆……充分体现了胜利者的雄姿和一个民族磅礴的生命力。

与这次塞浦路斯海战差不多同时，古老的东方也发生了秦灭六国之战。同样是庆祝胜利，同样是铭功颂德，东西方选择的表现形式不同：希腊雕塑，中国刻石。雕塑作为一种具有实在体积的三维空间艺术，用静止实在空间的形式与时间相抗衡。而先秦李斯的六大刻石则成为中国书法史上划时代的丰碑，从此以后，"燕然勒石"成为中国历史上特有的文化现象。

这种微妙的差异无独有偶，在罗马凯旋门和秦汉碑刻中还可看到，前者用了浮雕，后者只有文字。相对于中国精神的主观倾向，浸透了一种明晰的理性主义的西方精神在后者中有趣地显现出来。在审美观念上追求最美、最和谐的比例、形体；在艺术观上，强调摹仿自然；重视个体生命的存在和价值，把人提高到神的高度并加以肯定，神和人是同形同性的，在人体美中发现神，成为希腊艺术的显著特色。

黑格尔说，古希腊是"整个欧洲人的精神家园"。希腊神话是西方艺术的精神本源。希腊精神锻造了整个西方文明，并对世界文明产生重大影响。公元前326年，在塞浦路斯海战不久，马其顿的亚历山大率领希腊人征服印度。希腊雕塑进而影响印度佛教，产生"希腊的菩萨"，这种"犍陀罗"风格的佛教造像艺术盛况空前，以至佛教一度被人称为"像教"。佛教文化沿着古老的丝绸之路传入中国，到了魏晋南北朝时期，随着佛教的繁荣，佛教造像题记艺术也达到极高峰。

"南朝四百八十寺，多少楼台烟雨中。"在这里，中西艺术微妙的差异，更为有趣地显现出来。北朝题记在清代掀起书法史上的狂飙突进运动——碑学，中国书法自此分出碑帖二派，碑派古拙凝聚原始意趣，帖派捕捉生命个体情趣。碑学的兴起，由阮元、包世臣倡之于前，康有为《广艺舟双楫》总结提升于后，在实践上成就于邓石如、吴昌硕等。尽管北朝造像与题记同刻在一块石壁上，但碑派书家学者只发现题记却忽视了雕刻。

而西方专家恰恰相反，只看见造像，未看见文字。"魏的雕刻——无论是亡于534年的北魏或其后继者，534年之后的东西魏——代表人类宗教艺术的一个高峰。"以研究东方文化史而著名的法国汉学家雷纳·格鲁塞，在《中国及其美术》一书中高度评价北朝石雕，而题记却被忽视了。

中西文明的发展不是线性的，而是交互的。从爱琴海到丝绸之路，从胜利女神雕塑到北朝造像题记，从古到今，中西艺术灿若星河，交相辉映。

李斯的叹息

看完司马迁《史记·李斯列传》，再临《峄山碑》，我的心境不期然而然有了绝大的改变，两声沉重的叹息从历史的深处传来，滚雷般在阒寂的雪夜震荡。

李斯的叹息与两种动物相关：一只鼠，一条黄犬。尽管在俗谚中狗拿耗子是多管闲事，但这两只动物那么刻意地点亮了李斯悲剧的人生，却又使他在不经意间成就了在中华文化中国书法史上的辉煌。

"硕鼠硕鼠，无食我黍！……逝将去汝，适彼乐土"这种诗人的比兴抒情，青年李斯没有。他在厕所里看见吃屎的老鼠见人仓皇逃窜，而仓鼠吃米肥光油亮，并不怕人，悠然自得，他由此看出环境对人生是吃米还是吃屎所具有的决定性意义。人人喊打的老鼠给予他的是彻里彻外的功利主义的喟叹。——其实，有谁不想吃米而想吃屎呢？想做"米老鼠"无可厚非，只是太过露骨的功利主义让人不寒而栗，但他的真实还是让我看到可爱之处。

凭借着法家的果决，从上蔡小吏、荀子门徒、不韦门客、秦国客卿到整个帝国的丞相，李斯似乎永远在"适彼乐土"的路上。作为千古一相，他辅佐秦始皇灭六国一统天下，奠定了中国两千多年政治制度的基本格局。

如果说李斯第一次的"鼠叹"是抬望眼壮怀激烈，那么他在生命弥留之际第二次的"犬叹"已是心如死灰。沙丘之变，他和指鹿为马的赵高狼狈为奸，矫诏杀扶苏立胡亥——是如司马迁所说贪恋权势，还是出于和那个修建万里长城的蒙氏武臣集团的路线之争？——无论出于什么原因，他这样做把自己永远地钉在历史的耻辱柱上。秦二世的帝国很快在风起云涌的农民起义中土崩瓦解，李斯也很快就沦为赵高的阶下囚，"具五刑""夷三族"。身着赭色囚服的李斯被反缚在地，一根刑杖压在脊上，一声"打"，那杖就无情地抡圆了；再一声"着实打"，那更着实惨不忍睹了。一人喊打众人和，五杖换一人，据说李斯"身具白骨而四眼之具犹动，四肢分落而呻痛之声未息"。这只是李斯"具五刑"之一——杖刑。他毕竟功勋卓著，如若不能体面地就死，至少给个痛快吧！赵高对他极尽刑酷之能事，可见衔恨之深已绝不止政治斗争层面的意义了。这时死对于李斯来说已是皇恩浩荡，临刑前他对儿子说，多么渴望回老家上蔡，牵着黄狗，出东门去猎兔啊！"咸阳市中叹黄犬"，再想回头过普通人的小日子已不可得了。

历史总是用她不动声色的冷笑，让人在蓦然回首时不经意地看见她的深刻。我在先秦文史中，读到最多的词是"虎狼之秦"。秦始皇如狼似虎，死后却像跟在他身后的两车鲍鱼，在酷暑骄阳下遗臭千里。李斯制定并铁腕推行严刑峻法，看他《论督责书》给二十刚出头的秦二世指授督责之术，仿佛人民都是他的仇人，不承想转身这些酷刑就都加在他和他的亲人身上。诸如此类请君入瓮式的黑色幽默是历史的一种深刻的演绎。

还有另一种深刻，显示着"双兔傍地走，安能辨我是雄雌"的花木兰式的调皮。开挖郑国渠，原是想劳民伤财迟滞秦国灭韩的步骤，就像后来兴建阿房宫一样，谁承想它却和都江堰、隋朝大运河一样成为功在当代利在千秋的水利命脉。"郑国间谍案"使在秦的客卿遭受严重的政治危机，秦王下了逐客令，李斯也在被逐之列，他由此写了一篇著名的《谏逐客书》，"太山不让土壤，故能成其大；河海不择细流，故能就其深"，就是其中千古传诵的名句。他也由此不经意间成为文学家，鲁迅先生称赞"秦之文章，李斯一人而已"。李斯对于中国书法的杰出贡献也是如此。

李斯是法家代表，法家反对艺术，主张"息文学而明法度"。春秋战国时期，各国文字不同，秦始皇统一中国后急需"书同文"。李斯奉命制作国标小篆，并亲书临摹课本《仓颉篇》推广统一的官方文字。"秦王骑虎游八极，剑光照空天自碧"，出巡所过峄山、泰山、琅琊、之罘、东观、碣石、会稽，他一路用玉琢一样圆浑遒劲的线条，尽情书写着大秦帝国的崇高和典雅。六大刻石成为书法史上划时代的巨制，被后世视为秦篆的代表作；从此以后，书法从竹简帛书皇阁内府走向大自然，走向更加自由的广阔天地。但在当时，李斯并没有这种审美自觉，刻石的主要目的在于颂德铭功。此外，李斯还采用程邈的创新，打破篆书屈曲回环的结构，创立隶书。隶篆占书法四大书体的半壁江山，这全是李斯的功劳。

《岱史》云："秦虽无道，然其所立有绝人者，其文字书法世莫能及。"李斯作为书法鼻祖的殊勋彪炳青史。在寒冷的冬夜，李斯的叹息振聋发聩，一只鼠、一条黄犬、六块刻石……历史的非同寻常正在经意和不经意之间萌芽。

舞鹤的风韵

　　品读钟繇，如在月明之夜，隔一泓秋水，听山僧弹高山流水的古琴曲，一种充满静穆与崇高的心灵的力量在其中，某种幽深简远的完美，定格在瀚海笔墨的记忆中……

　　在我读过的儒林正史、外史中，钟繇的不凡，少有人及。书史有"钟王""钟张""大小钟"之说，在我看来，如果从德操、事功、艺术诸多方面综合考量，钟繇就像其大如神的秦岭山脉，王羲之是起脉的昆仑山，至于东汉的张芝以及"小钟"——钟繇的儿子钟会，只是其中起伏的丘峦。

　　青少年时期的钟繇，就与他周围的士族子弟截然不同。东汉以来80%的官吏选自世家豪门，士族享有政治特权，经济上封锢山泽，文化上崇尚清谈，生活上优容奢侈，士族子弟生而富贵，熏衣、剃面、傅粉、施朱，纵情声色，在穷奢极欲中堕落成了社会的腐朽之木。可出身士族的钟繇，却如莲花之洁、明月之皎。他入抱犊山学书三年，转益多师，如饥似渴。走路想着写字，如厕忘了回来，睡觉还在比画，被子都画出窟窿，勤奋刻苦简直到了呕心沥血的地步。他向书法家韦诞借阅《蔡邕笔法》，秘籍借不到，竟气得捶胸吐血，是曹操的仙丹救他一命；韦诞去世，《蔡邕笔法》被带进棺材，他竟掘坟盗书，可见痴迷之深。

　　钟繇五体兼工，尤以小楷独步千古。魏晋书法处于以独立和发展为主旨的巨大变革时期，钟繇在其由隶向楷重要演变过程中，继往开来，首定楷书，成为正书不祧之祖。传世作品有"五表""六帖""三碑"，其中《宣示表》《荐季直表》艺术性最高。梁武帝《观钟繇书法十二意》极称其书"巧趣精细，殆同机神"。钟繇提出"用笔者天也，流美者地也"，强调"多力丰筋者圣"，以天地之道喻笔法之妙，以筋骨喻力感之美，具有首创的理论意义和实践价值。

不仅一支笔舞鹤游天，钟繇文韬武略，胆识更是过人。董卓之乱，钟繇助汉献帝东归，成就曹操"挟天子而令诸侯"的战略；官渡之战，多少士子首鼠两端，他镇守关中，输送战马，免去曹操西顾之忧，功勋堪比"汉之萧何"；面对南匈奴和郭援大军夹击的险恶境况，他临危不惧，运筹帷幄，一战平定河东；蜀兵七出祁山，他力荐司马懿挂帅，最后把诸葛亮拖死在五丈原，把蜀汉政权彻底拖垮。

风云际会，能识得英雄不易，能做英雄更不易；钟繇作为魏室元勋，位列三公，功成名就而无兔死狗烹之忧，魏文帝曹丕赏赐"五熟釜"，铭文称颂他为"百寮师师"的楷模，这就更加难能可贵了。

清和简淡的古风，萧远恬然的神韵，钟繇其人其书，就是魏晋尚韵的最好诠释。

士气如虹

上下五千年，在与历史的对望中，春秋战国和魏晋南北朝时期倒是颇为相像。孔子以春秋笔法，记录弑君三十六，亡国五十二。魏晋南北朝是有过之而无不及，像走马灯，乱哄哄你方唱罢我登场。皇权就像一块臭肉，苍蝇黑压压往上叮，一拍一手血。

政治衰落，思想文化却是斑斓地井喷。前者出现诸子百家，百花齐放，百家争鸣；后者从精神觉醒方面来说，简直就是一部最富于智慧最浓于热情的传奇，魏晋风度就是其中一道亮丽的风景线。

这条线起于魏，终于隋，充满着血腥。曹操杀了一个孔融，窃取曹魏政权的司马氏杀掉一个何晏，杀鸡儆猴的快刀高高悬起。明清思想家王夫之说："孔融死而士气灰，嵇康死而清议绝。"他这话其实只说对一半。尽管嗜血的白刃冰冷如蛇，嗖嗖地吐着芯子，扼住人们的喉咙，肉食者的耳边抹去了闹心的噪音，但士气从未畏惧，从未屈膝，从未消弭，在黑暗恐怖下更加高昂澎湃……

士气如虹，王粲登上高楼，发出一声声驴鸣。他被誉为建安七子之冠冕，眉毛脱尽，四十多岁就病逝了。他生前好驴鸣，魏文帝曹丕倡议以驴鸣为他送行，并率先"哦啊哦啊"叫起来。于是，在吊唁的灵堂上，魔幻现实主义的驴鸣此起彼伏，响遏行云。

士气如虹，嵇康挥舞铁锤，竹林遍地打铁声。生铁被他锻成绕指柔，但他还是难逃一死。他入狱后，三千太学生为他请愿，甚至甘心随他坐牢。作为魏室姻亲，他的命运其实早在曹操的女婿何晏被杀时就注定了，这样的人望更会令有些人如坐针毡。残阳如血，一把刀架在脖子上，他轻裘缓带，不履而屐，抚琴一曲《广陵散》，"此曲只应天上有，人间哪得几回闻"，当屠刀落下，人们听到一声惋惜："世间再无《广陵散》了。"

士气如虹，刘伶酒气冲天，醉得惊世骇俗。他用鹿车装满酒，走到哪喝到哪，他吩咐用人扛着锹跟着："死便埋我。"他一丝不挂，醉眼蒙胧，哈哈大笑："我以天为屋，以屋为衣，你们怎么钻到我裤裆里来啦！"

士气如虹，阮籍横眉冷对，向几千年的世俗翻了一个精彩的白眼。丰富的表情包灿烂在《世说新语》的文字里。对于嵇康，他是另眼相看，青睐有加；友兄嵇喜就不明白：阮步兵的白眼到底蔑视了谁？

此外，还有"不知有汉何论魏晋"的桃花源人，王谢堂前剪春风斜飞燕子，兰亭修褉曲水流觞的山水逸气……

司马光还在魏晋风度里看到颓废之气："偏安一隅，不求进取，优容奢侈，玄谈误国。"他在《资治通鉴》里对此提出严厉批评。《资治通鉴》是写给皇帝看的，政治站位很高，如果从士族阶层换位思考，情形或有不同。

从东汉以来，士族控制地方，控制文化，掌控国家经济命脉，任何政治集团必须与士族联手方能成功。比如三国的刘备，大半生寄人篱下，漂泊不定，只有得到以诸葛亮为代表的荆襄士族的支持，才逐渐站稳脚跟，三分天下有其一，形成三足而鼎的局面。东晋也是如此。"五马渡过江，一马化成龙。"西晋在外族入侵下崩溃，司马氏的五个儿子南渡发展，只有司马睿获得江南士族和中原士族的支持，在今南京建立东晋王朝。且不说进取一统在政治、经济和军事实力方面毫不现实，对于王谢士族，"王与马共天下""谢与马共天下"无疑是与切身利益更相契合的路径选择。况且，历史上三次南渡，分别是东晋、南宋、南明，南渡之后没有一个能够北返。"王师北定中原日，家祭无忘告乃翁"，这是陆游在弥留之际最后一次抒发爱国情怀，至于北定中原，诗人自己也难当真。

"越名教而任自然"，这是魏晋风度的人格标签。在魏晋风度血染的风采里，巍巍矗立着极自由极解放的大写的人字，让生命绽放出绚丽的光彩。俗话说，人争一口气，佛争一炉香。孟子云："我善养吾浩然之气。"说到底，如果骨子里连那点血气也没有，那人还能叫万物之灵长吗？

梦回兰亭

越王植兰，汉设驿亭，兰亭因兰而得名，因王羲之而出名。

一次雅集，一地风流，一部诗集，一篇雄文，一帖法书。在曲水流觞中，书圣王羲之自由抒写超然物外的性灵，也为中国书法注入古雅遒美的传统底色和大自在的光辉。

1

要更清楚地理解书法，必须从王羲之入手。

虽然有高门华阀世及之荣，但青少年时经历的两件事，让他急急如丧家之犬，挥之不去的阴影伴随一生。

一件是洛阳的沦陷。石勒带兵打进京都，匈奴的铁骑在九岁少年恐惧的眼帘下奔突。石勒是中国历史上唯一一个奴隶皇帝，是少数民族里了不起的人物，他十四岁做生意到洛阳，王羲之的从伯宰相王衍在上城门听到他一声啸叫，当时就认识到此胡儿将来必是国家大患。果然，西晋皇帝被他掳去端尿壶，王衍被害，王羲之随他另一个从伯王导逃亡过江，南北朝对峙由此开始。

让王羲之难忘的是，即使在国破家亡的狼狈奔逃途中，王导也随身携带着钟繇的墨迹《宣示表》研习不辍。王羲之成为开天辟地的书法巨匠，也是站在巨人钟繇的肩膀之上，钟、王共同代表着中国书法的传统。

和丧亡之痛比起来，另一件事才真正令他危如累卵。

衣冠南渡，东晋新兴，卧榻之侧，岂容王氏家族虎视眈眈坐大？整枝剪羽翼日益加剧，王羲之的族伯王敦耐不住了，高吟着曹操的诗"老骥伏枥，志在千里，烈士暮年，壮心不已"，在武昌举兵叛反。华夏首望的王氏这次面临着灭族的政治危机。王导心惊胆战，带着包括王羲之在内二十多个家人，天天跪在宫门前引颈请罪。

人为刀俎，我为鱼肉，谁是救命的稻草？名臣周顗进宫，王导哀呼求救："伯仁，我家几百口子性命全指望你了！"周顗曾经为王羲之炙牛心使他少而知名，王羲之绝望地看到他十分崇敬的恩师看都不看自己一眼扬长而去。冷面如冰，在皇宫喝得醉醺醺出来，王导一家还在烈日下跪着，周顗再次听到元老故旧呼天抢地的求救。"今年杀诸贼奴，取金印如斗大系肘。"他不屑地对左右说。其实周顗是刀子嘴豆腐心，他暗地里为王家又是向皇帝求情又是上书谏争，王家能够保全赖其力最多。但他为什么当面显出如此冷酷无情？他被王敦砍头时都没有说出自己对王家的救命之恩。王敦之乱平息，王导翻检奏折才知真相，不禁检表而泣："幽冥之中，负此良友！"

可以这样说，钟繇影响了王羲之一生的书法风格，周顗影响了王羲之一生的为人品格。在王羲之后来三十多年仕宦生涯中，他总是寻求外任，寄情山水之中，放浪形骸之外，崇尚自然，虚静无为，可见周顗之死在他审美理想和人生理念中留下了不可磨灭的烙印。

2

滚滚江水阻断多次异族侵扰和战争灾难。以"克复神州"为旗帜，凝聚新亭对泣的士子之心；正确处理中原士族和江南士族、移民和土著之间两大关系；财赋重地、长江天险、良好的地理位置和正确的方针政策给江南带来一百多年的稳定。在这一百多年中，中期王羲之，后期王献之，以"二王"为统领的书坛融合南北，变革旧体，翻天覆地，中国书法的面貌从此焕然一新。

早期成长的青涩，习艺的精进，给王羲之留下深刻印记的经验是什么？是多年在卫夫人身边的启蒙学习，在夫子庙旁秦淮河边乌衣巷的居留，是在伯父王廙指导下高级研修和对蔡邕笔法的手摩心追。

"王氏书法谢家诗。"文化竞争性是世家望族的名片。王氏家族文化传承源远流长，那时的笔法是顶级的"枕中密"，获得笔法堪比现在窃取核机密。蔡邕笔法得"神授"，在阴阳间二进二出：钟繇掘韦诞墓，《蔡邕笔法》始出；宋翼掘钟繇墓，《蔡邕笔法》再出而成王家垄断的私学。王廙也是那时艺术界的领袖，"画为明帝师，书为右军法"。王羲之只是精英跌出的东晋第一家族文化链中的一环。

文化竞争性也是世家望族追求的价值目标。人才创造望族，望族培育人才。"王、谢、庾、郗"四大家族书家辈出，有人赞叹："博哉四庾，茂矣六郗，三谢之盛，八王之奇。"从中可以看出家族教育和文化氛围对传承家族文化的影响，而家族文化进而形成世家人才优势。难怪南朝史学家沈约啧啧称奇："自开辟以来，未有爵位蝉联、文才相继如王氏之盛。"

王羲之历来被推崇为书法正统尽善尽美的典范。梁武帝萧衍称其"如龙跳天门，虎卧凤阙"；唐太宗李世民"心慕手追，此人而已"，是铁杆"羲之粉"。清代学者吴荷屋痴迷搜集兰亭摩拓本，斋号就叫"一百三十有三兰亭室"。史传唐太宗使萧翼赚《兰亭》归，擢其为员外郎；吴荷屋借定武本入石，起为比部员外郎，前后之事如出一辙，也是一段有趣的兰亭因缘。

对王羲之的书法最有趣的抨击，来自其好友庾翼的一封家书。庾翼的书名比王羲之早，书望也曾比王羲之高。但王羲之后来居上，庾翼看到庾家子弟弃家学，争学王书，他颇为痛心，在家信中对这种"厌家鸡，爱野鹜"现象提出严厉批评，从中也可读出他对家族文化软实力在竞争中式微的担忧。

3

王羲之的政治身份也很有趣。

东晋三巨头，王导掌控中枢，郗鉴据京口，庾亮镇武昌，互相牵制。王羲之是郗鉴的东床快婿，丈母娘挑女婿，"先求族，后择人"，显族联姻扩大势力范围和规模，形成政治联盟。庾亮对王羲之有知遇提携之恩，至死都在荐举王羲之，可见两人情投意合。庾亮曾率兵废王导，事因郗鉴反对作罢。三巨头钩心斗角，就像戏剧中的人物关系错综复杂，王羲之处于其中，关系剪不断，理还乱，未免尴尬。

永和九年，兰亭盛会，此前王羲之卧病在床已有十五年；之后二年，病情更重，写字都要找人代笔，于是病退，从此告别政治舞台，遁迹山林。

健康原因是离开官场最充足的理由，当然还有另一个，甚至更紧迫的原因：王羲之和他的顶头上司王述的纠葛。王述性格狷急，《世说新语》有一段他宴会吃蛋的特写。他用筷子夹鸡蛋，没夹住便戳；又没戳住，怒掷于地踩；又没踩到，大怒，抓起来塞到嘴里嚼碎，再吐出用脚碾踏。这样的人，王羲之自然看不上眼，但他混成了王羲之的直接领导。新官上任三把火，下车伊始，他召开全体僚属会议，到处调查研究，独把王羲之晾在一边，只在一次顺路时与王羲之一过而别。领导的行为艺术，下级都懂的，王羲之也明白。

病退是体面的选择，何况王羲之多年的升迁愿望，凭他那么硬的背景和关系竟然搞不定，其中的尴尬不言自明。

4

在东晋的天空下，到处可见簪缨之士摇头晃脑地走在路上，时尚新潮的怪诞让老百姓嗤之以鼻。

"我要石发了！"一个挑担的草民口吐白沫大声说。

"你什么时候服石的？"旁人捧哏。

"我昨天在市里买米，米有石子，今天吃了就石发啦！"轰然而起的嘲笑让疲劳的肉体轻松许多。

吃五石散、喝酒、清谈是魏晋风度的标配。服石热得受不了，药性发散要走路，饮热酒、寒衣、寒饮、寒食、寒卧，极寒益善。有人如白莲社高僧远慧，服石耳聪目明，颜色和悦，美容保健，延年益寿；王羲之深受其害，晚年中毒更深，苦不堪言。他还患有一种王氏家族的遗传病，有专家考证说是麻风病，病痛情况充斥在他书帖手札中：

《右军书记》：且风大动，举体急痛；骹髀拘痛，俯仰欲不得；胛痛剧，灸不得力；下势、腹痛小差；目欲不复见字。

《淳化阁帖》：脚中（肿）不堪，沈阴重痛不可言；甚患此热，力不具；髀中故不差，以此为至患。

《官奴贴》：又苦头痛，头痛以溃。

……

王羲之爱鹅、养鹅、写经换鹅的故事常被提起，现在的兰亭景区还有鹅池鹅亭。有人说鹅仪态优容，契合魏晋风度；有说握管写字，屈指状如鹅头；有说右军爱鹅，玩其两掌行水之势；有说《兰亭序》二十多"之"字，无一雷同，即是观鹅所悟。众说纷纭，不一而足。其实，在我看来，最直接的原因是用以合药。鹅，《本草纲目》称为白乌龟，性寒，适于发散，治疗痈疽等。

夫人郗璿是王羲之和八个子女的幸福所在。她享高寿九十多岁，这在王家极为罕见。王羲之五十九岁去世，王献之继承了老爸的书法，同时也遗传了父亲的疾病，四十多岁就死了，还没有活过王羲之的寿数。

另一个儿子王凝之继承了王羲之的五斗米教。诸葛亮隆中对时，张鲁在北，五斗米教已在川蜀蓬勃发展，至此星火已成燎原之势，终于爆发长达十三年的五斗米教农民大起义，《晋书》《资治通鉴》中所记"孙恩之乱"就是其中一支起义军。孙恩来攻，身为地方军政长官的王凝之却整天跪在道室装神弄鬼。属下请战，他说，已请天兵数万分守要隘，指日破敌。结果敌未破，城破了，全家被杀。如此迂腐，难怪他的妻子谢道韫——就是吟出"未若柳絮因风起"的吟雪名句的才女——失望至极，感叹："实不知天壤之下，竟有如此王郎！"

5

书法总在集大成处寻找王羲之。

犹记得在园庐书院，在漫水湾，在临水楼，我和师友围坐丈八书案，研习王书，写兰亭、写圣教、写《平安帖》《丧乱帖》《二谢帖》，沉潜反复，三年有余。每次一写一天，时过午后一点才想起还没吃饭。走出木楼，池塘边杨柳依依，树荫下总有几只鹅，头插在翅下酣睡，似乎沉浸在梦回兰亭的幸福时光里。穿过书院上空的风，筛落斑斑点点金色的阳光，在波光粼粼的湖面上，在师友们的衣襟上，在鹅们鸟儿飞翔的书梦里……

"今宵酒醒何处，杨柳岸，晓风残月。"在历史连续性中变得多元的书法表现出无限的差异。王羲之的完美在整个书法长河中熠熠生辉，米芾在其中找到攲侧，赵孟頫在其中找到中和。今人有许多不知道身在何处，所以海德格尔说回步是必要的。

回到经典，不是与现代分离。

血性的老学究

沧海横流，才情横溢，往往逃不出横遭屠戮的宿命。四岁让梨的孔融如此，击鼓骂曹的祢衡如此，蔡邕也是如此。

蔡邕六十年的短暂生涯，所处的时代是人性泯灭、生灵涂炭的汉末乱世，阉竖擅权、党锢之争、黄巾起义、董卓之乱……从桓灵之世到赤壁之战，人口由5600万减至140万，诗人吟叹，"白骨露于野，千里无鸡鸣"；史学家慨叹，"天地之不仁甚矣"！其实是人作孽不可活，与天地何干？像诸葛亮所说"但求苟全性命于乱世"也谈何容易！

树欲静而风不止。出身阀阅世家，作为东汉文宗，蔡邕在经史、辞赋、书画、音律、数术、天文等诸多方面造诣精深。虽然名动天下，天子征召，但他闲居玩古，不交当世，多次拒不出仕。在他的名篇《释诲》中——韩愈的《进学解》脱胎于此赋——可以看出他对现实的清醒认识，文中他讥讽务世公子"睹暧昧之利，而忘昭晰之害"，表明自己"情志泊兮心亭亭，嗜欲息兮无由生"，誓志"踔宇宙而遗俗兮，眇翩翩而独征"。可叹的是，虽然他对"暧昧之利"丝毫无意，并对"昭晰之害"洞若观火，但他就像旋涡中的一株草芥，被时势轻飘飘裹挟而去，岂有半分半毫由得他自己。

"金商门之祸"是蔡邕政治生涯的重大转折，彻底改变了他既定的著书东观的生活轨道。说到底满腹经纶的文人，骨子里从来不缺治国平天下的政治冲动，蔡邕更是意气风发。看了《述行赋》，连鲁迅也说"并非单单的老学究，也是有血性的人，明白那时的情形，明白他确有取死之道"。《述行赋》满怀忧患意识，尖锐批判社会现实，但这只是文学作品，由此不难想见他的上书、弹劾、密言七事的奏折树敌之多及政敌对他衔恨之深。他的老师太傅胡广"不矜其能，不伐其劳，翼翼周慎，行靡玷漏"的中庸之道他是一点都没学会。他被召到金商门崇德殿"答特诏问灾异"，汉灵帝一句似乎是引蛇出洞的表扬更让他"感激忘身"。他在"皂囊密封"中，尖厉斥责包括皇帝奶妈、把持朝政的中常侍在内的奸佞小人，他不是不担心"君臣不密，上有漏言之戒，下有失身之祸"，但忠心和天真让他义无反顾。汉灵帝没有漏言，只是适时如厕，三天后他就从云彩头上跌入十八层地狱。

金商门就是蔡邕的"潘多拉之盒"，自此灾难接踵而至。举家被流放朔方的经历，就像施耐庵《水浒传》林冲充军发配的故事情节，有仇家雇凶的追杀，有买通地方官的谋杀，不同的是他没有鲁智深的解救，他九死一生完全是靠道德的力量和他的好名声感化了凶手。流放获释后他逃入山林十二年，结果又被董卓揪了出来，董卓要借助他的大名"收天下士子之心"。

失节于董卓是蔡邕一生的污点，比起不仕新莽的曾祖，他的政治操守差远了。但面对董卓"力能族人"的胁迫，即使像他这样有血性的国士，也别无选择。孟子说"杀生取义"，杀一己之生不难决断，但如果是杀一家人的性命，一己之名节又算得了什么？从这一点上说，蔡邕有情有可原之处。不可原谅的是，他侍卓四年吸毒成瘾，似有了知遇之感。他当初半路托病而回拒绝入京为汉灵帝抚琴一曲，而为国贼却"每集宴鼓琴赞事"；他甚至上书献帝要求褒封董卓，简直是为虎作伥；董卓恶贯满盈，伏诛街头，老百姓在他肥胖的肚脐上插一根灯芯，点了三个月，东坡有诗："毕竟英雄谁得似，脐脂自照不须灯。"可他却为之恍叹，终被列为贼党，被王允所杀。

蔡邕命运多舛的一生就像他的名字。许慎《说文解字》说"邕"：水流四面围困城邑。朋友弹琴时看见螳螂捕蝉，他即刻从琴声中辨出杀心，但他却看不见宦海凶险；他从村婆的柴火中救出一段梧桐木制成绝世无双的焦尾琴，他能救琴却不能自救。"黥首刖足，续成汉史"是蔡邕未被批准的遗愿，他至死都没有忘记著史的初心。天纵英才，一生追求一张安静的书桌却不可得，念之让人凄然泪下。

　　蔡邕一生少有的幸福时光是与书法相连的。考察梳理中国书法史，甚至可以认为，书法的自觉始于蔡邕。其一表现在创作主体生命意识的真正觉醒。在以李斯为代表的先秦时代，书法只是政治的附丽，是蔡邕第一个振聋发聩地提出："书者，散也。"强调自我性灵的书写；其二，自觉的审美追求。"阴阳既生，形势出矣。"理性地着眼于书法的结构秩序、气势变化，推崇"势"、线条和力的审美内涵和表现价值；其三，书法理论体系的构建。《九势》可以说是中国书法第一篇专业论文，此外还有《笔势》《篆势》《笔赋》等，卓越地夯实了中国书法理论大厦的基石。蔡邕精于篆隶，书法"骨气洞达，爽爽有神力"；首创"飞白"书体，被唐张怀瓘评为"妙有绝伦，动合神功"；奉诏撰写的《熹平石经》更是登峰造极之作。《熹平石经》历时数年，46块石碑始立太学，前往观视临摹的车辆日千余辆，填塞街巷，盛况空前在书法史上绝无仅有。谁承想这样的艺术瑰宝，在穷凶极恶的董卓眼里不值一文，他挟天子群臣迁都长安时将其一把火烧了。

　　蔡邕毕生著作也都毁于战火，他的女儿蔡文姬后来在曹操的支持下，凭借惊人的记忆默写400多篇流传后世。她还完成了父亲未竟事业《续汉史书》的编写。蔡邕的书法也由她传给钟繇，再经卫夫人传给王羲之、王献之，得以发扬光大。曹操说："生子当如孙仲谋。"巾帼女贤蔡文姬堪比孙权，有个好女儿是蔡邕黑暗悲惨的人生莫大的慰藉了。

汉兴之初，在西京，有项羽火烧阿房宫烧了三个月；汉朝之亡，在东京，有董卓火烧洛阳二百里。一首一尾，一东一西，两把大火烛照大汉王朝400多年历史。在老百姓眼里，在蔡邕一样命如草芥的士子眼里，兴亡的意义和区别不大：兴是一把火，亡是一把火。

第三辑
三月的乡村

窥　视

　　雨不知什么时候下起来，淅淅沥沥的雨声，让秋夜显得更加深沉。对面楼房没有一盏灯亮着，小区万籁俱寂，漆黑一片。从南面侧卧关着的房门里传出五岁女儿莎莎轻柔匀细的鼾声，想到女儿可爱的睡姿、甜蜜的笑靥，她极度恐惧的内心平静许多。

　　"还是个孩子啊！"望着眼前这位不速之客布满青春痘的稚气未脱的脸，她无法把他和杀人在逃犯连在一起。"大哥家蛋蛋和他差不多大吧，正是享受爸妈宠爱充满美好梦想的年龄啊！"她甚至颇有些为他遗憾。但就是这个半大男孩，数小时前却闯进家来，穷凶极恶地扼住她喉咙，拿刀逼迫她拿出戒指、项链和五千多元钱——这是家里所有的现金。丈夫出差了，她只求男孩不要伤害她睡着的孩子。

　　"你真的不会报警？"吃完两碗排骨西红柿蛋汤面，男孩面色红润，虽然头发蓬乱，衣服肮脏，一旦情绪稳定，倒显出中学生的彬彬有礼和率真。

　　"你不会骗我吧？"看着她母亲般的满含爱意的眼睛，男孩忽然闪出一丝难为情的羞涩与微笑。"是的，你是好人！你怎么会骗我呢？——你是不会骗我的！我这就去公安局自首。我相信你！"

　　男孩拉开门，走出楼梯平台，转弯时还回头向她挥了挥手。站在门口的这一刻，她不禁有些感动，甚至没有意识到，危险并没有随着橐橐的脚步声远去。

"不幸的孩子啊!"她想。"我要是有一个像你这样的母亲,该有多好!"她忘不掉男孩说这话时泪光闪闪的眼睛。他是个农村孩子,从小和爷爷生活,父母在远方的城市打工,因为艰难与苟且的生活而离异。父亲把他带到市里上学,从学校到租房的街坊,歧视的目光时时如芒在背。三天前的中午,他又被搜身扇脸,他掏出书包里的水果刀攮死欺负他的同学逃跑了。"你还不到 18 岁,自首会轻判的!"她不知道男孩何以最终会听从她的劝告。是男孩从她身上感受到了久违的母爱吗?也许是吧,她不知道。

雨下得更大了。窗外的风吹来,让她打了个寒噤。她在风中嗅到楼前桂花的清香。过道的灯感应沙沙的风雨声亮起来。她转身回屋,突然瞥见对门铁门后的布帘晃了一下。

铁门后的木门虚掩着,门缝里有一双阴森的眼睛!这双眼睛在黑暗中冷得闪光,以至于虽是转瞬即逝,她还是像遭电击一样,头脑"嗡——"的一下,头皮发乍,浑身打战。

有人在窥视!有人在窥视!她的身体像筛糠似的抖个不停。想起那双可恶的窥视的眼睛,邻家女人平时可亲可近的笑脸瞬间变得狰狞可怖。她跌跌撞撞不知道自己是怎么走进家门的,憎恶和愤怒胀满她每一根神经。丈夫不在家,一个男人待到大半夜悄悄走了……她可以想象,明天一早小区的每个角落,都会有人在她背后指指点点。

"那是一个杀人犯,入室抢劫,后来被我感化去自首了……你们被我的想象力惊着没有?"一个嘲讽的声音在她耳边絮语,恍惚是丈夫的声音,她被这声音吓了一跳,激灵灵连打几个冷战。唾沫星子淹死人,看来跳到黄河难洗清啊,除非……

她似乎被逼到墙角,别无选择。她是怎么抓起手机拨通 110 的,她不知道，脑子一片空白。

"110吗？……一个杀人犯……入室抢劫……"

"你这个骗子！你这个骗子！"咬牙切齿的咆哮从后面传来，她再次看到男孩青面獠牙的狰狞的面孔，"我当你是好人，回来还你戒指，你竟然转身就报警！"

她感到胸腔一阵猛烈的刀刺般的疼痛。

"我的孩子……不要……"她似乎隐约听见睡梦中的女儿在喊妈妈，她张张嘴想说什么，却无力地倒在血泊之中。

"都是骗子！……都是骗子！……都是骗子！……"

雨什么时候停了。长空雁叫，一片湿漉漉的金黄的梧桐树叶，在淡青的晨光里飘落……

师　德

　　大热天，教研室很静。吴老师正在为一篇有关师德的文章苦绞脑汁。刚才，踩着铃声去上课，他突感躲了两夜的灵感露头了，便赶忙吩咐学生自习，脱身来抓灵感。

　　"师者，所以传道、授业、解惑也……"他感到好像有点进入角色了。报上开展师德讨论已有半月，他这篇稿须尽快脱手，否则别想赚稿费了。

　　"法治建设，教育为本。"他想。但教师收入微薄，下海老九，也是捉襟见肘。"还是补习来钱快，家长、学生需求大，现在一下禁了，凭啥呀？有法治没钱也不行啊，有钱老婆也温柔……"想到老婆，猛悟"走火入魔"。"刹车！刹车！"他在脑门上拍了一掌。

　　够烦了，电话又来添乱。"丁零零……"不接。该把话筒放空，免得闹铃。他拿起话机。

　　"喂，找吴……"凶凶的口气，找他。河东狮！他肚里骂。

　　"好呀，你在办公室里倒享清福！我在家里，又要买菜，又要给木匠做饭，还要找料，忙得屁都没工夫放！你倒享清闲！窗框打好，急等上钢筋。你搞了几天，钢筋呢？啊，我问你，钢筋呢？"河东狮！他在肚里骂。

　　"学校正盖教学楼，你连几根钢筋都弄不到！跟你这个窝囊废，事事都要操心，我算倒八辈子霉了！中午要么带钢筋回来，要么不要回来！""河东——"他被骂得火起，忍不住想回骂，但电话挂断了，而且他的班长走进教研室。

"报告吴老师，王小刚不学习，下座位乱跑！"

他脸色发青，大吼一声："让他到太阳下罚站！"

好长时间，他没法平静。恨老婆是自然的，但又不能不考虑：钢筋，到哪去弄？透过窗子，看见被罚站的王小刚，他更来火。"浑小子！"猛然地，就和课前灵感迸现一样，他脑里又是一亮。王小刚父亲不是教学楼施工队队长吗？……"该杀，该杀！"一个念头让他羞恼，却像蟒蛇死死缠着他。

"要么……要么……"老婆一通臭骂还在回荡。

"丁零零……"下课铃响起。他径奔校园工地。即使不为钢筋，为了王小刚，也该找王小刚的父亲谈一谈，他想。"师者，所以……"又想起那篇未写完的文章，顿时泄气，掏出一撕两半，扔在了路边污水沟里。天正热，远处，似有蝉在鸣……

萍萍是个好孩子

　　萍萍已经六岁了，白天帮着妈妈看瓜，在瓜地里没事就高兴地唱。有时虽也挨妈妈的打，也哭，但哭时她心里还更高兴呢。妈妈打她，不过是在来吃瓜的人跟前做个样子，啪啪在屁股上拍两下，她就哇哇地哭闹，其实一点都不疼。她用哭声轰走好多想要吃瓜的人呢！这是她和妈妈的秘密。这季她家的瓜基本没少，妈妈说，多亏了萍萍呢。

　　萍萍是个懂事的孩子了，她知道爸爸妈妈盖房借了很多钱，她知道爸爸拉车很累，一个坡儿拉上来，全身都是汗，可连五分钱的一杯开水也舍不得买喝；她知道，一个西瓜头十斤，值好几块呢。

　　因此，人在跟前，萍萍哭闹得很凶；人走了，她是很乖的。萍萍要做妈妈夸奖的好孩子……

　　那天中午，村里的沈阿婆赶集回来，路过瓜田。天很热，妈妈请阿婆吃瓜。阿公是萍萍家银行贷款的担保人，不请阿婆吃瓜，面子上过不去。妈妈吩咐："萍萍，去给阿婆摘个瓜来，拣大大的摘个来，快去吧！"

　　萍萍噘着嘴没动，好像在撒气儿。

　　妈妈就有些动火儿："哎呀，粪桶还有两只耳朵呢！这孩子今天是怎么啦？萍萍，妈让你去给阿婆摘瓜，你没听见啊?！"

　　萍萍很委屈的样子，眼里浮上了泪花。

阿婆赶忙说："哎呀，别难为孩子了，我不吃瓜的。来，萍萍，阿婆这里有橘子，你拿着吃吧。"

但萍萍把递过来的橘子打掉了，突然大哭起来："呜……呜……我不要吃你的橘子，我不要你吃我家的瓜嘛！呜……呜……我不要你吃我家的瓜嘛……"

萍萍一哭一闹，更让妈妈上火了。"嗨，是这么和大人说话的吗？越来越不懂事儿，看我不打好你！""啪啪啪"，萍萍的屁股上就着打了。萍萍大哭大闹，结果弄得沈阿婆很尴尬地走了。

阿婆一走，萍萍就该不哭了吧？但妈妈惊奇的是，她从渠里端了盆水回来，萍萍仍然伤心地哭个不停。

"萍萍，不要哭了，洗个脸，吃橘子。"妈妈说。

"呜……我不要洗脸嘛……"

"咦，你这孩子今天是怎么啦？是妈打疼你了？妈没使劲打你呀！"

"呜……妈！"萍萍抬起脸，"我左边屁股上生了疮，你不是说好只往右边屁股打吗！呜……"

漂亮的小脸上这回可真的是一脸的委屈，一脸的泪花！

火 火 火

火是半夜烧起的。救完火，金伯带着根顺的儿子来到工地送信，天才蒙蒙亮。月英很悲伤，一边抱着儿子嘤嘤地哭，一边听金伯讲述。根顺的心汹涌着仇恨，金伯的话听着，就像从很远的地方传来似的。

"夜里，我下来小便，就闻着一股煳味儿。窗外面红亮亮的。那时，火已经烧高了，草垛四面着火，牛棚也烧着了。我吓坏喽。老伴去喊人，我就先把牛拉出来。板门锁着，就摘下门扇，棚里都是烟。牛挣断绳子，用角撞窗洞……幸亏水塘近啊！村里人穿着内衣，都跑来救火啦。金三爷家的金柱，抱床棉絮，跳进水里浸湿了，就上到火堆里去了……草垛着火，火往里烧，人掉下去就完啦！我们喊金柱不要玩命，快下来，他不听，后来就陷下去了……大家拼命泼水，旺子扒草，等把金柱抱出来，人已烧得不像样儿。他妈当时就哭岔了气……人送医院了。草垛、牛棚烧掉了。正屋没动……"

金伯絮絮地说着，并以宽心的话开导月英。她"好金伯啊""好金柱啊"哭个不停。往家赶的路上，她翻车两次，跌破膝盖。她是身心都软了。

他们没有耽搁，接信后回到村庄，太阳只有一竿高。一踏进村子，根顺立刻感到一种异样的氛围。村人一反常态，主动招呼他，好言安慰他们。几位村老拉着他的手，让他不要为牛草担心，他们正商议牵个头，一家一家凑草。他看得出，村人是诚心的。温馨的乡情让人感动。月英一遍一遍地说：

"这两年，根顺当着工头，和乡亲离得远了，许多地方对不住乡亲……每次拌嘴，我都说他：要是遭灾，都不会有人救……"

在门前场地上，女儿和金婶正在叉草抖晒。往昔偌大的草垛哪去了？牛棚哪儿去了？一只喜鹊立在黢黑的墙壁上叽喳。满地的草粘着黑灰，向空中发散浓烈的烟味。月英哭倒在地，根顺的眼里也充上了血。

是谁如此歹毒，暗地里下此恶手呢？他愤恨地想。

昨夜送金柱去医院的旺子已经回村了。眼圈有些肿，右颊有块烧伤。根顺去看他，他很冷淡。上周，他和金柱被根顺赶了回来，还记恨在心。根顺那时只是想，同村人牵藤挂蔓，不好管理，他宁愿用外地人。现在，他有些难为情了。

他们的谈话很不愉快。

"旺子，谢谢你！"

他握住旺子的手，但旺子把手甩开了。

"你不用谢我！就是仇家失火，我也会救的。你知道吧，金柱烧惨了，正在省立医院急救。医疗费用该你付，不为过分吧？"

这还用说吗？旺子这样提醒，竟是把他看成一钱不值了！他被深深地伤害了。走出旺子家，根顺感到从未有过的虚弱。月英问："怎么了，你？"他便突然冒起火来："少问好不好！车气打了吗？去医院！"

一路，只是闷头骑车。月英不时投来忧虑的目光。午饭时辰，他们赶到医院。里面静悄悄的。在这片静谧中，潜伏的雷霆就要在他头顶炸开，而他的心还在为旺子流血。

金柱已经苏醒。但是这是壮健如牛的金柱吗？血肉模糊的脸和身躯。厚厚的黑发呢？浓浓的眉毛呢？茸茸的胡须呢？寒流冻结了他。

倒是金柱先开的口："警察来了吗？火是我放的。"

平静的口吻，吐出的却是炸雷。

他们愕然。

"我恨你们。"金柱冷冷的声音在说，"秋上你们盖房，从打地基到粉刷，我什么活没干？就给你们白干了二十多天。你家栽秧割稻，我挑秧把挑稻把；平时三天两日给你们挑水出粪。这样巴结你，不就想在你手下做事吗？我下死力干活，你却狠心赶我走……"

月英手中的礼品掉在地上。根顺感觉想哭、想叫，却又哭叫不出来。

"……我听懂了，是你干的好事。是和旺子一块干的？"

他怪笑着看着金柱。

"没有旺子。"

他逼前一步："你狗日的，放火干吗救火？"

他冲向病床，挥起拳头，狠狠一拳打在墙上。

葡萄香荫里的姑娘

小时候，她立在垄上，看父母在葡萄地里忙活。蝴蝶在她身边飞舞，黄莺在她耳鬓鸣啭。路人见她，都赞她好美。她心里惬意，就和清溪一起低唱。

她下到地里，想帮父母，母亲却惊叫起来："好好，乖妮，野棘会刺人的！"父亲也嘿嘿笑了："好妮，知道心疼爹妈了！"于是二老的劳累全消了。而她，便有了莹莹的泪，好生感激。

地里的葡萄在长，柔蔓攀在高高的竹架上，她倚架怅望，绮霞映着她窈窕的腰身。远空的飞鹭，在她眼里，兜出许多恍惚的银圈。含霜饮露，父母的手指粗了，头发白了，脊背弯曲了。有一天她也会变成这样吗？她想，双颊便遮上丝丝阴影。

她捧着镜子，躲在房内发痴，屋外父亲喊她："乖妮，出来帮你妈洗一洗菜吧。"她听到了，赶忙用被蒙上头，佯装睡了。

葡萄长势很好，已挂果了，这时她父母相继去世。她痛不欲生，好在她的心眼已经看见一片旖旎的风景：巍巍高岩，皑皑白云，一位英俊少年，目光如电，倚马长歌……

她坐在葡萄香荫里等待着他。

"这是大地的杰作！"他喃喃地说，"太美了！"

她的心被烫了一下。她满以为他在痴情地望着她。她甚至故意显示出一丝冷傲的神情。

他窘红了脸："我……我是赞美这片雄奇的葡萄园的……"

她秀目圆睁，怀疑自己听错了。难道她不是他心目中的白雪公主？

那位白马王子走了，留下她，呆了般立在那里。葡萄园里的风香香地吹着，葡萄园里的鸟半夜里听到几声悲泣、几声呐喊，那是在呼唤葡萄园里已故的老人。

龙浦赞歌

　　阮笑生吃力地登上去龙浦村的最后一座山巅。肺叶里绵绵生出"棉絮"，层层叠叠，直塞到嗓眼，使他喘不过气来；两腿肚"突突"跳个不休，腿再不肯向前挪动一步。他颓丧地在一块方石上坐下，燃着一根自卷烟，"吸溜吸溜"地抽起来。

　　他全身上下棉衣棉裤绑扎得铁紧，显得太臃肿。这会儿，顶风冒雪赶了几十里山路骤然停下来，浑身顿时燥热难当，要不是怕伤风感冒，一准敞开了衣襟。

　　唉！老了！不中用啦！骨头不硬朗了！从乡到村这几里山路，今天竟然走了三四个小时，以前我何曾用过这么长的时间！看喘成啥样了，像三伏天跑远路的骡子！这骨头也经不住寒了！看人家青年人，至今只穿球衣毛线裤哩……

　　他那揉皱的水泥纸般的脸痛苦地抽搐着，心中一阵悲哀。一种意识到老之将至的悲哀。他忽地想起今天村主任会上年轻的乡长瞟他的那一眼，那是在宣布乡党委关于改选村干部的决定时，在讲到选举的新干部必须年轻化时的那一瞟，那令他极不愉快极不舒服的一瞟。这一瞟是什么意思？他一路上都在冥思苦想，但不得要领。现在，他又极力捕捉起它的丰富内涵来，可抽完了两支烟，还是一片迷惘，一片朦胧。其实，他早已捕捉到了，只是不愿承认罢了。

夜幕从尖尖的山顶挂了下来。村主任下了山，款步向村公所走去。村公所是他的家，他的家就是村公所。

村公所的门前，站着一人。村主任虽看不清那人的脸，但从身材、姿态上，他便知道那是谁。像春风拂过垂柳，他的心颤抖了……

阮笑生先天不足，出娘胎就注定头顶有不小一块儿是"不毛之地"。为这，再加之家境清贫，他年轻时未能讨上媳妇。后来，经常有人揶揄他：

"你怎不讨老婆？这可是终身大事呀！俗话说得好，做人两桩事，造屋讨娘子——马虎不得！"

他听后，并不介意，坦然一笑，破开洪钟嗓门唱道：

> 男也愁来女也愁，
> 男愁女愁为何由？
> 男愁家贫模样丑，
> 女愁终生守红楼。

他唱的是古老民歌《十大愁》中的一段。

听者忍俊不禁："周围村中要有个'守红楼'的'愁女'就好喽，凭我三寸不烂之舌，管叫她和我们的'愁男'——"他也卖个关子，抛出一句蹩脚的戏词，"树上的鸟儿成双对，巴山蜀水结良缘。"

他赔上一阵爽心大笑，然后才不以为然地说："我这辈子是寡定条啦！这样好，一人饱，全家不饿。"

他错了。当他参半头发"长了醭"，当他夜久更阑躺在床上时，那老年人最怕的寂寞便攻进了他的心田……

每在这时，他便会想到一个人……

这人是玉子娘。

她是个心好得令人颤抖的奔六十的山妇。丈夫曾是村支书，在那一次次令人心惊肉跳的运动中被戴上高帽批斗，幽禁牛棚。一个风雨如晦之夜，他为追赶一头被霹雳雷炸惊的耕牛，滑脚跌入深谷……

作为玉子爹生前的莫逆之交，他这些年没少照顾玉子母女俩。田地承包到户以后，犁田耕地，撩秧撒种，打场卖粮……凡是女人不易干的活计，全让他一手给包揽了。玉子娘对他也特别好，人心都是肉长的嘛，她经常帮他缝缝补补、洗洗叠叠，逢年过节，总接他过去一块欢度，平时家中烧个三汤四鲜的，也总忘不了给他送一碗。玉子呢，家有阮叔帮着，尽可安心在县城读高中。她学习很用功，是个被老师公认为"大有希望"的人。她对阮叔更是说不出地好，寒暑假回来，她总要给他带些吃的穿的用的。

一言以蔽之，这两家三口酷似不进一家门的一家人。

近了，玉子娘用山妇惯用的短语招呼着："是玉她叔吗？"

"风像小刀子，怎在这站着！"村主任出于关切，埋怨道。

"我还以为你不会回来了哩。今天是冬至……"

村主任明白了。一股暖流霎时流遍全身。

一年到头十二个月，四时共八节。冬至就是八节之一。这天，农村有吃南瓜粑粑的风俗。玉子家离村公所不远，抽一支烟工夫便到了。

玉子娘殷勤地把村主任让进屋。屋内温暖如春。堂中放着火炉，通红的火苗伸出炉膛，舐着中号钢精锅。锅里炖着什么，咕嘟咕嘟紧响，清香四溢。村主任不由得咽下几口唾沫。

"玉呢？"

村主任在一张半截斜插在桌肚的长凳上坐下，顺手挤灭烟火。没有像以往玉子度寒假一样，在门口看到她漂亮的笑脸，他不能不感到诧异和不安。

"去前村大松家串门了。这丫头，天黑了还不晓得回来！"

村主任心中闪过一丝阴影。在那不堪回首的往事中，他和玉子爹都没少尝过大松铁杆般扫堂腿的滋味，甚至他的某些筋骨至今还逢寒酸痛哩。这阴影只是一闪就杳无踪迹了。他也是受害人啊！宽慰的笑容挤碎他微蹙的眉头。是的，他阮笑生很同情大松，甚至还有些敬重。近几年，大松嗟悔无及，自学完了大学全部课程，还订了许多经济管理、科学致富方面的书籍报刊，邮递员到不了村，还是他去乡里开会、办事时捎带回来的哪。

玉子娘答话工夫，一阵忙碌，已将晚餐端了上来。

"候玉回来一块吃吧。"

村主任有点慌乱地站起身，望着端到面前的细瓷碗儿手足无措。他不敢用手去接，怕碰到玉子娘粗糙但很温柔的大手而弄得彼此尴尬。这在他们间曾有过一次，仅仅一次。那是去年大年三十吃年饭，他醉醺醺时发生的。当时，玉子笑喷了饭，玉子娘脸红得像朝阳，而他体温一下像升高到沸点，恨不得钻桌肚。自那以后，他便戒了酒，发誓今生再不沾酒星儿。

玉子娘将碗放到桌上："还不晓得她啥时能回来，不候了！你坐呀，坐！尝尝，还不知是咸是淡。"

"哎，怎把鸡宰了？"

村主任顺从地坐下来，拿起筷子，用左手掌按齐，刚要开口吃，猛见碗底有根硕大的母鸡腿，不禁诧异地问。

"反正过年要宰几只的，就先宰一只开开胃口。说来这鸡也合该死，喔喔喔地像公鸡那样叫了几天，捺着性子等到今天，就请隔壁玉她伯过来宰了。本想等你来宰的，怕等不及，又怕你拦阻。玉她伯手真辣。待会给他送一碗去，叫他来吃高低不肯。——你吃呀！客气啥！"

玉子娘像所有上了年纪的农妇一样，有点啰唆。

农村有个迷信说法，说是"母鸡叫，时防盗"，又说宰掉叫唤鸡，便可避过劫灾。

"唉，怎么迷信起来啦！"村主任认真了，瞅一眼玉子娘，笃诚地责备道，"是啥时候了，还信这个？要信科学！在群众大会上，我唾沫都说干了，可就是不听！"

"谁不听你话啊？你想大伙好，大伙又不是傻子，会不晓得？"玉子娘神情黯然，忧伤地说，"我也不信有鬼神，可就是怕母鸡叫。你想想看，四间大屋，玉子睡在那头，我在这头，玉子不在家时就只有我孤老婆子一个人了，要是贼真的进家来，还不吓走我魂哪！听说，贼晚上撬门都用花巾蒙脸，只露两只黄眼珠骨碌碌地吓人……"

玉子娘说着话，眼泪止不住扑簌簌滚下来。

村主任的心像被狠戳一刀，鼻子眼窝都是酸溜溜的。他想安慰玉子娘几句，可一碰到她那哀求般的目光便结舌了，半句话也说不出……

他俩就这样默默坐着，过了很久，直到传来一阵熟稔的歌声，才清醒过来：

　　人人都把山歌唱，

　　家家都把新伞绣，

　　幸福的生活有奔头。

玉子回来了。

"妈，阮叔来了吗？"

未见其人，早闻她那花底莺语般的声音，待她娘循声望时，人已立在堂中。

"早来了!"村主任先玉子娘应答一声。

"玉,饿了吧……"玉子娘瞅着女儿冻得红萝卜般的脸,心疼了,很想用手去暖暖,但最后还是忍住了。女儿已不是七八岁的黄毛丫头,她长大了。

"在大松家吃的饭,不饿!"

玉子今晚像是遇着了天大的好事,非常兴奋。那飞扬的神采,蝉翼般颤动的双眼皮,浮笑的脸庞……无不显示她非引吭高歌激情不能遏止。也正因此吧,她进屋后压根儿没有嗅出炉火融融之中的冷涩。

上了年纪的人大多不肯在子女面前表露心迹。在玉子踏上门槛时,屋内两位老人都用各自最快的速度恢复了常态。玉子娘给女儿盛了碗南瓜粑粑,还是热气腾腾的——先前虽自悲伤,她却始终未忘记给煨热几次。玉子端过碗,才吃几口,早烫得嘴歪泪流。心急不能吃热粥哩。她娘一旁难受得像是烫在自己心上,直唠叨:"玉啊,干吗这样急?慢慢的!……"

玉子索性放下碗筷,敷衍几句她娘不解的问语后,便在阮叔面前坐下。她今晚确像有事,像有十万火急的大事!

"叔,改选村干部什么时候开始?"

玉子的反常早使村主任生疑,这一问更叫他大感意外。要改选村干部是今天村主任会上才布置的,他还未来得及通知哩。

"你怎得的消息,要改选村干部?"

"道听途说呗。"热情的女中学生未能脱学生腔儿。

村主任吃力地将这五个字琢磨了几遍,仍惘然不解,只好无可奈何地摇摇头:"这话文绉绉的,听不得劲。"

"哈……叔,看来你是不适应当村主任了!现在,文绉绉的人多着哩,听不得劲的话更多!"玉子用纤指嫩手按住丰满的胸口,笑着解释,"这消息是在乡里做木工活的大山傍晚赶回村说的。村里好多青年奔走相告，比娶亲还热闹哩！"

村主任的脸被中学生笑得有些挂不住。

"玉啊，姑娘家说话要细声慢语，这样急头急脑干啥！"正忙活残羹冷饭的玉子娘呵禁女儿道，但语气仍是水一般地柔绵。

"嗯嗯。"玉子收敛些肆无忌惮的势头。但要她做到"千呼万唤始出来，犹抱琵琶半遮面"是绝对不可能的。如今的青年都是这样。"叔，选举大会什么时候开？村里青年们都热盼着哩！"

"要四五天才行。"村主任心算一番后说，"这次改选，不同以前，慎重得很哪！要先确定候选人员，报乡里审批，然后再由乡党委派人来主持大会。——那候选人还必须达到'干部四化'的标准，不然不行！"

"'干部四化'？"

"这还不懂?！就是革命化、年轻化、知识化、专业化。玉啊，读书可不能读死书。"

玉子又"咯咯"甜笑起来："那，叔，你能达到几'化'？"

村主任一激灵：这娃囡今晚是冲我来的！他的心不踏实了，闹钟秒摆般摇荡起来。

这会工夫，玉子娘已经拾掇完毕，拣了张阔凳坐下，带着朴素的欣赏的心情，倾听着这爷俩的谈话。

"叔，怎不搭话呀？嘿嘿，我来说吧，四分之一'化'——革命化。"

"我怕一'化'也不'化'……"

"不，革命化你是受之无愧的！听妈说，你二十几岁就开始当干部了，从生产队长、大队委员一直干到大队副书记、书记，现在的村主任，为村民操了多少心受了多少苦啊！远的且不说，实行责任制那年，为了使每村每户的承包田肥瘦相均，你没日没夜地奔走，四天吃八顿都还是凉的！一人难调百人口！一些人嫌田离家远了、劣了、旱涝不保……跟你胡吵，甚至动手动脚。那份窝囊气谁能受得了？可你都受了……"

若说玉子事先设置了一台戏，在自擂自唱的话，那么，现在她已经跳出了扮演的角色。她继续说：

"包产到户，拨亮了群众心头的灯。你更忙了，更不顾身子了！每年，单是全村的秧苗返青化肥、卖粮工作就很够呛了。更何况还有排洪抗旱、绿化荒山、计划生育、征兵入伍等工作，哪一项不是嚼烂舌头跑断腿才能办妥的？此外，还须扶助五保户、困难户、烈军属……别人不说，单我一家就白了你多少头发啊！这难道仅仅是看在故父的情面上吗？不！绝不是……"

玉子娘抽噎起来，大概是女儿的话勾起了她对往事的回忆吧。玉子眼眶中也是莹光闪烁。相形之下，阮笑生倒显得出奇地平静。说这些干啥呢？他想，大家选你当干部，是信得过你，不卖力气干好脸往哪送？何况，这跑门串户的工作还很有乐趣。确实，苦是苦点，但很有乐趣，使我感到寡汉不寡，快快活活地过了大半生。我真好福气！我离不开这工作，一刻也离不开啊！

"年复一年，白天黑夜，你却苍老了！并且，至今连个家也没有……"被炽热感情攫住了的中学生，想更好地展现襟怀，话语中多了令二位老人"听不得劲"的词句。

"但是——"她突地来个三百六十度的大转折，"世事如棋，新时代了，要放手让年轻人来干。大松是龙浦的大能人，年轻有为，有学问，有技术，他在全村青年中威望很高。听到改选消息，大家不约而同会聚到他家，我也去了。大家要他竞选领着大伙干。众人委托我做做你的思想工作，希望你能大胆启用像大松那样的年轻人，让他们有用武之地。长江后浪推前浪，一代新人换旧人。叔，相信大松他们，让他们接班吧！叔……我知道你很爱自己的工作，乍一离开会感到凄凉、孤独。叔，你……你搬到我家来吧，我和妈都会十分乐意！我……我保证好好待你，看你和亲爹一样……"

玉子激动得声泪俱下，一双秀目，一动不动，巴巴地望着阮叔。

玉子娘也巴巴地望着"玉她叔"，泥塑木雕似的，忘了撩衣襟揩一把满脸的浊泪。

村主任心中的五味瓶被打翻了，酸甜苦辣咸一齐涌上来……

夜深了，没有星辰，没有明月，整个天地像倒扣的铁锅。阮笑生深一脚浅一脚，漫无目的地在田垄上走着。他不知自己是如何走出玉子家门的。他毫无睡意，踽踽独行。他想让寒冷的冬风清醒自己混沌的头脑……

忽地，他发现有一户人家还亮着灯。这么晚了，谁还未睡？他虽没有夜光表，不得知现在确切的时间，但敢断言，冬至已成昨天。

他很快就判断出那是大松的家。

大松新近才讨个媳妇。灯光就是从洞房的窗口发出的。窗格裱纸上，映着一个黑乎乎的人头。

这个大松，不要身体啦！他在心里呵责道。

屋里很静，屏气敛息可以听见新娘均匀的轻鼾，大松奋笔疾书的沙沙声。该不该叩门？他犹豫着。

当他准备离开时，屋中的对话又像磁石般地吸住了他的双脚。

辗转反侧声，新娘一觉或两觉醒来了吧。果然，响起一个女低音："你还知不知道睡觉？"有点恼火味儿。

"谁和睡觉有仇？还有两三个字，写完就睡。"屋里响起大松粗长的嘘气。

一股寒风扫来，苫剪整齐的檐草"呜呜"地响。村主任蓦地惊悟，浑身顿似着火。深更半夜，偷听人家小夫小妻的悄悄话，这、这……不像话！可耻！他抽身想走，越快越好！但晚了，窗页"叭"地被拽开，灯光伴着大松火炬般的目光射了出来……

阮笑生是绛紫着脸进的大松家。但是，很快，他因"窗下窃听"而引起的羞耻和不安，连同他的烦恼，都随着和大松开诚布公的交谈而飞到九霄云外去了。

大松媳妇在他迈步门槛时就起了床，悄无声息地溜进厨房，一阵刀俎响，爆炒熘炸，没半个时辰，麻辣肚丝、轻烩猪肝、油煎鸡蛋……端上来好几盘儿。

"我们龙浦是块宝地！有青山绿水，全村有许多手艺人……"大松兴致勃勃地给村主任描绘着龙浦远景，发展经济，兴办公益事业……

"可以发展旅游，搞特色农业，可以开农家乐，建公园、影剧院……"

村主任听得有些痴呆，目光直勾勾地瞅着大松，激动得手脚乱颤。半晌，他猛一击桌，"呼"地起身说："大松，有没有酒，好酒？我戒酒头折尾一年了，曾发誓今生不再开戒。可今天，我要开戒，想喝！很想喝！一醉方休！"

……

第五天，天高气爽，风微日暖，简直胜似小阳春。选举大会正式召开了。

这天，阮笑生扒下棉衣棉裤，换上过年新衣，还刮了脸理了发，以全新的状态，活跃在会场。投票时，他把自己的写有大松名字的神圣选票，庄严地投进红纸箱。

选举揭晓。阮笑生得票最多，大松居二。到会村民欢呼雷动，阮笑生更是泣泪满襟。在主席台上，他用被泪水浸湿的沙哑的声音说：

"我……感谢大家！我……决定退出村主任的位子！……让青年们来干会更好些！大家要信得过他们……我，退是退出了，可还会为大家办事的！早几天，我就思量好了，退下来，给大家跑跑腿儿。这样，能天天和大家照面，给大家跑跑腿儿，我就很快活！……"

一时间，台上台下，粗犷的、清秀的、慈善的……一张张激动的脸表情丰富，会场寂静无声。此时无声胜有声。

有人登上了主席台。

是玉子和她娘。玉子不顾是在稠人广众的场合，猛地扑进阮笑生的怀里：

"好爸爸！"

那天，晓雾薄薄的

　　天还没有完全亮透，淡青的晨光里，雄鸡一片声儿打着鸣，音清韵远。晓雾薄薄的，远看才可以见，玉玉的一带，横在湿黄的地面，给人造成一种如临仙境的错觉。他走在窄窄的草径上，周围的景色赏心悦目，浸润他满怀的诗情。他不住地停下来，凝眸四望，极想即兴口占一绝。风微微的，清爽的空气沁人心脾，发散着野菊的幽香。路两旁广袤的农田，庄稼已尽收去，板结的土地纵横交错，裂开一道一道缝纹一如蛛网；稻茬沾了露水，犹如白发皤然的江郎的才情，在晨风中摇曳。一阵古老的声音，夹杂在乡村的早晨各种特有的声响之中，宛若雄浑的黄河水，从哪家厨房滚滚涌出。远远近近，大小的景物越发分明了，先前朦胧的轮廓显出细微的变化。当他来到一面茅草丛生的坡顶，倏然之间，他蓦然感到身后的衣服暖暖的，回过头去，就见东方的天空鲜艳如锦，在地平线上一道云墙似的村庄上方，五彩缤纷，布满美丽的彩霞。朝暾冉冉浮升，扩大的圆弧红润无比，射出灿烂的光华。一只苍鹰凌清风，飘摇高翔；平畴广阔地展开，一望无际，到处有行动的人影。那乳白的雾向四下飘散，叫风析为丝丝缕缕，好像一群丰姿绰约的光明的安琪儿，伴随着天国的仙乐，翩翩然为阿波罗的降临缓歌慢舞；而他身沐霞彩，脸颊生辉，逐渐融于瑰异的诗境。

　　太阳升起了，他拐进一条伸向乡镇的坑洼不平的平板车路。两只喜鹊落在高压电线杆，冲他叫了几声。一种带有迷信色彩的喜悦情绪和风一般拂过他的心际。"早叫喜，晚叫财，中午一叫祸就来。"他自然而然把这句俚语想起来了。他摇了摇头，腿上带上点劲儿，开始专心赶路。直到踏上柏油路面，往来的行人才骤然增多；汽车鸣笛驶过，扬起一路灰尘；四轮拖拉机每隔一会便见一辆，突突地轰鸣而来，烟囱里黑烟滚滚，驾驶座上的青年蓬头垢面，衣服油腻腻的，戴着墨镜和礼帽。农贸市场，各种商贩见缝插针，为了张罗生意，可着嗓门吆喝，市声隆隆，腥气扑鼻。他在喧闹的人流中穿行，走过粮站门旁一家用毛竹和石棉瓦搭起的简陋的早点店时，他挪袖瞧了一眼表，然后从胖墩墩的店主手里买了四块糕糕。粮站的铁门还挂着锁，他立在水泥门柱前，把贴在上面的收粮通知读了两遍。私塾出身的他又习惯性地以鉴赏的目光看了一会那些遒劲的字体，而后他尖着手指掏出一方手帕，小心擦了擦手和嘴唇，便径直朝乡政府走去。他的身影很快就在前面的围墙里消失了。

乡大院会议室，已有几个村主任先到了。为了收获，他们很有些日子未见了，现在坐在一起，吞云吐雾，谈笑风生。他走到他们中间，一边和他们寒暄着，一边拣个临窗的地方坐下。那个枣红脸膛的中年村主任给他扔来一支香烟。他拾起来，看了一看牌子，笑笑说："好烟嘛。"便也掏出烟来，散了一遍。

红脸村主任说："现在好了！我们正议论板凳潮冷哩，都说这林风鸣怎还不露面啊？不是和素馨嫂子昨夜蹬被子，早上起不来了吧？"

每张脸上的眼睛都转向林风鸣，眉毛舒起来，从咧开的嘴巴里发出呵呵哈哈的笑声。体态矮胖、衣着考究的小庙村村主任刚好一步跨进门来，尴尬地收住脚，莫明其妙，手足无措。红脸村主任见了，急忙抓住机会，大开这位同事的玩笑。

"老马，"他说，"几天没见，什么时候长的尾巴？也不吭气，怕我们吃你喜酒啊？"

马村主任更窘了，顾不上答话，慌忙朝后抹了一把。大家前仰后合，哄堂大笑。

一位年轻干事提来两瓶开水。停了片刻，乡里几个干部步态严肃，依次而入，上下有序，在铺着紫红帷幔的长桌后落座，会议室里安静许多。一支烟后，人齐了，会便开始。乡党委书记挺挺胸脯，表示先说几句。这次会议内容，十几小时前林风鸣在电灯下读完通知，他就猜到了。他已五十出头，身板硬朗，面皮清癯。由生产队长做起，他当了二十多年基层干部，春播、夏种、秋收、冬修，这些季节性的任务循环往复，加上当前新农村建设这个最大政治任务，即使上级领导没有布置，到时他同样会着手去做。开会动员，不过属于例行公事，是乡长、书记们至关重要的工作，他们的生活不能缺少它，就如不能缺少烟酒和皮鞋一样。

人人屏气敛息，恭听书记讲话。会议室里弥漫着灰色的烟霭，只有书记单调的声音长时间响着，一成不变。空气滞重燠闷，压迫着人们的呼吸。外面鼓劲似的响起一阵蝉嘶，寂静的会场顿时起了一些骚动。书记似乎注意到了，他停顿一下，用力挺起胸，接着声音更加洪亮地讲下去。林风鸣挪挪身子，他的座位已被斜射的阳光烘热了。他满头大汗，不时抖抖衣领，瞥一眼窗外的自来水塔、那棵挺立的花树和砖砌的甬道两旁修剪齐整的、茂茂密密的女贞树。那个年轻干事换了一套工作服，正拖着一头连通自来水的皮管给院里的花木浇水。乡广播站女播音员端了一盆脏衣服，来到水池边洗。她烫着卷发，趿着红拖鞋，背后胸罩的白带子看得十分清楚。她洗了三池水，洗好了，又在水里洗起胳膊。这时那好像永远也消失不了的沉闷的絮语突然寂灭了。只见书记神情坦然，拿白绢从容地擦把汗珠，端起茶盏。一直正襟危坐的乡长丢下烟头，轻轻清了两下喉咙。

乡长肤色红润、精神抖擞，表面看去比实际年轻得多。他坐在书记身旁，人矮一截。他也说了几句。他是教师出身，和书记唯一不同之处，是他话语较为柔和流畅，没有那么多"但是""然而"什么的。他从政后曾去党校学习过半年，学成归来，办公桌抽屉里多了三大本读书笔记，每每在台灯下重新翻阅，摘要引入讲稿，以增强文采和气势。在今天的讲话里，他摘引了《毛泽东选集·论持久战》一文"能动性在战争中"的一段文字。他说，农民务农，一年之计在于春；现在农村工作的难点，一年四季在于秋。在座诸位战斗在农业第一线，务必做好新农村建设迎检工作，确保检查不丢分。困难无疑是有的，且是巨大的，难以想象的。"但是……"他理一下额前的发旋，开始对《论持久战》的引文。"但是一切事情是要人做的……必须发扬这种自觉的能动性……"那位诙谐的村主任这时啪地打着打火机，并没弄出什么异样的响声，却招来几乎所有的眼睛的瞥视。乡长也向他投来一瞥。他那张脸顿时红似熟枣，拔掉叼在嘴角的香烟，虽刚点燃就掐灭了。

乡长说："说破唇舌，总之，一句话……"说完这句话，他想说的几句才算说完了。仅他这句总结就费了四分之一小时。林风鸣感到浑身僵硬，两条腿全麻了。他靠住椅背，搬起汗湿的下身，把屁股承受的重力移到直撑的双臂上，这使他感到舒服一些。太阳现已升到半空了，赤焰熊熊、蝉声如鼓。对面的走廊里，乡司法员戴着眼镜，穿着制服，右手捏着茶缸，不紧不慢地走着，很快不见了。他注视着那位一直未能说话的副乡长，等待他看好时间，将尖下颏翘上来。

"快十一点半了，"副乡长开口了，摸着尖尖的下巴，若有所思，"刚才针对迎检问题，"他接着说，"赵书记，还有方乡长，都谈了很多。问题很清楚了。时间紧，任务重，怎么办呢？俗话说嘛，世上无难事，只怕有心人。希望大家多想、多讲、多跑、多做。精诚所至，金石为开。况且农民的思想并非那么落后的；哪把钥匙开哪把锁，主要需方法适当、事在人为。我就说这些，不知赵书记和方乡长有没有需要补充的？”他向两位主要领导投以征询的目光。这只是必要的客套，应持的谦逊，他们自然没有什么好补充了。“那就散会吧。大家肚里在演空城计，一定早急着想赶路了。”他体谅地说，率先站了起来。

在自来水池旁，村主任们开足水龙头，尽情擦洗，彼此大开玩笑，朗声大笑。林风鸣挤在当中，解了手表，把衣袖卷起两匝，沾湿手帕揩脸。喉咙干得难受，好像待在会议室太久了，吸满了里面的灰尘，就如吸尘器一般。他吐出含着的水，站在一团树荫里大口吸进新鲜的空气。

正是午饭时候，从食堂飘出的气味刺激人们的枵腹。一辆辆自行车被推出车棚，只有他还得用双脚去“测量土地”（那位红脸村主任这样嘲讽他的步行）。他沿甬路款款地走去，神色一点也不匆忙。前面乡长走出办公室，嘭一声带上门，推推是否锁实了，然后向前几步，立住在铁门一边，好像在等他，他有些诧异了。

“怎么，是走来开会的？”他们并肩走出乡政府大院，乡长问道。他点点头。这会儿集市早散了，烈日下沥青路面非常刺眼，空空落落的。柏油晒化了，刺啦刺啦，粘着鞋底；骑过的车，轧出一条条印痕，新车的印痕纹理清晰，如游动的花蛇。

乡长说：“日头这样毒，你到家恐怕没有饭吃。我和饭店订好了，我们一起吃个工作餐。”

林风鸣回道：“乡长盛情，我是却之不恭的。在家里，还剩一点糯稻，素馨趁天好在割。早上出门时，她要我尽量回去早点，她一个人打不起来家伙。怎么办呢？回去迟了，可要招架吵哟。这几里路还不在话下，走快点一会工夫就到家了，日头再毒也不会把我烤煳的！”

他们来到粮站前面，里面看不见人影，像粮囤一样安静。早点店的门锁上了。林风鸣收住脚。乡长望着他，莫奈其何地摇了摇头。"好吧，放开手脚，大胆干。过几天我带钱司法下去协助你们工作。"他们握手。乡长走上一条百米长的石子路。乡砖瓦窑厂坐落在路的尽头，半年前本乡一个农民在那买了两间房子，开起"职工饭店"，生意倒也过得去。

林风鸣回到家，在桌上钢精锅里看见解渴用的冷南瓜，浑身上下犹如抽去骨头，变成绵绵的。他一步也不想再挪了，就用起桌上那只脏碗，那双竹筷。屋内没见素馨的影子。房屋是新造的，宽敞明亮，挂钟的音律平稳低沉，仿佛有人在隔壁私语。跑来一条狗，毛色灰黑，每只眼上方都有一团眼睛一样的黄斑。他扔下一块瓜，狗嗅嗅吃了，温柔地瞧他，一动不动。他没有精神再给它扔什么了。等了一会，四眼狗颠颠地绕墙跑起来，跑了半圈，像突然想到什么要紧的事情，遂又颠颠地跑出去。他扭头朝向外面，手里拿着铁勺准备捞瓜的，却停在半空。他听到一阵沉重的脚步声，脚步声更近了，几只啄食的母鸡露出惊慌的神情，奔到草堆后面躲起来。只见素馨满脸通红，挑着一担稻把出现在场地上。她的左眼流进了汗水，痛苦地眯着，眼皮痉挛着。她双手托住压弯的扁担，像百米赛跑的运动员的最后冲刺，急匆匆走来，一下把担子抛开去。肩膀轻松了，腰身轻松了，她坐在扁担上，挥衣拭汗，大口喘气。

他坐不住了，从洗脸架上取了毛巾脸盆，去院子轧水。素馨跟后走进来，一手按在腰上。她虽然看去有些老相，面额起了皱纹，但做新媳妇时却让老公着实得意过一阵，因为她的容貌是方圆一带妇女中挑尖的。大半辈子的操持，触尘埃，蒙霜露，她脸上的皮肤失去青春的润泽，手脚磨出老厚的茧子。她的头发变成铁灰色了。她含辛茹苦，拉扯大四个孩子，身段却依然很有风韵；在她子女不同的脸型里，甚至在她孙子和外孙女的稚气的脸盘上，都能找到一对同样的眼睛。这些秀丽的眼睛是她的翻版。即使现在她依然是很有魅力的。而且，作为一个农村妇女，她家责任田里难见一棵稗子，四季的蔬菜吃不完；她一家走到人前去，衣服从来都是干干净净的。

她走进来时，似乎为了刚才吃不住劲，就像生气似的摔了担子，显得有些不好意思。林风鸣瞅着她，埋怨道："稻把这样沉，不是让你不要挑吗？天晴得好好的，一时变不了的，恨活干吗？悠着干嘛。腰扭了？"

她辩白道："你一出去就难摸辫梢儿，谁拿得稳你什么时候回来？稻割完了，见天还早，心想来挑两担，谁知道这腰弯久了，经不住压了……"她兀自笑了。

圈里的猪听到水声，一哄爬起，围着栅栏哼叫，不时用嘴拱拱栏门。林风鸣向那看了几眼，等妻子抬起脸来，他说："那头花猪打了两针，早上吃食了吗？"素馨回答说："吃了。"她把揩脸的毛巾浸到水里搓了几下，拧干后撩起衣襟来擦起身子。她的乳房就像冬天树枝上两只缩着头的鸟儿。

林风鸣伸出手放到她的脖子上，抹掉那儿粘着的稻毛。他把手在那放了一会："你这样洗会闭住汗，人要生病的。"

素馨笑了，颇不以其为然："寒冬腊月天，冰结得多厚，有人还下河洗澡呢。人就那么娇气了？"他像被说服了，跟着她笑了。

脸盆里的水脏兮兮的，她把水泼了，随口问他午饭吃了没有。她只是想扯扯话儿才这样问的，没想到男人竟回答说："没有。"她愣住了。林风鸣操起轧井柄手，呼噜呼噜轧起来，一边安慰她说："我是不怎么饿的。早上我在镇上买了好几块点心吃了，到家我又吃了一碗多南瓜哩。"她说："那管什么用。"她蓦地发现盆里的水满了，慌忙说："好了，别轧了。"他停住了。

过了一会，她下到厨房，热了饭菜端上来。可是老伴并不在堂屋里。她喊了一声："你到哪儿去啦？"只听他的声音在外答道："就来了。"他在场地上掼稻，已经掼了几个把子。一般的稻谷可以散成圆场，用牛或拖拉机来打，稻打净了，草堆起来喂牛，而糯稻却是要人掼的。冬天里搓绳、割牛颈锁，来春拔秧，都是要很多干草的。她走到门口，他扔掉束紧的草把，掸掸衣襟说："就来了。"

她看着他吃饭，等他一碗吃完了，她便再给他盛。他们有很长时间没说什么话，屋里只有他嚼东西的声音，和一片嗒嗒的钟摆声混在一起。后来她憋不住，想说点什么，就愤慨地说："乡里开什么金会？把你们留到现在，却让你们空肚子再往回跑，乡长书记们也真好意思哟！"

林风鸣说："开会是为合理检查工作，不是为了聚餐吃饭。乡里经常开会，开会的人很多，每次留饭，那还了得！我们乡不就那么一摊子摆在那儿吗？"

素馨坚持说："那就早点散会嘛！"

林风鸣放下碗筷："这却难呢！书记说了几句，乡长不说，便是失了身份。乡长说完了，副乡长接着往下说，于是会便短不了。我们只好受点委屈，把同样意思的话反反复复听上几遍。其实这样的会开不开都行，心里都有数的。乡长在我们村蹲点，要给乡长搭台，样样做到人先，难乎其难啊！"他站起身，拿出茶叶筒，给自己沏了一杯酽茶。

素馨收拾着餐具，她似乎想说什么，终归没有说。过后林风鸣走去挑稻把子，她便在场地忙活。她把稻把解开，抓起一束，扬起来，抢下去，再扬起来，再抢下去，一次一次，扬起抢下，直到没有稻粒了，才将草束扎紧，放到远一点的地方。这样子周而复始，她很快气喘吁吁，汗雨淋漓。她的头发里、衣裤里，她的鞋中，不断飞入黄澄澄的谷粒。每隔一会，老伴便能挑来一趟。他开始一担挑六个稻把，她让他减为四个。最后一担由儿子挑回来，周围已是一片暮色了。她去喂了猪，煮了晚饭。女儿放下书包，帮她把草绳归拢在一起，把干草抱进后院挂了起来。父子俩则趁着将尽的一丝白昼的光，推开石磙，堆起稻谷，并用青灰在谷堆上描了几个字：人寿年丰。这时，天完全黑了，中天的月亮由红而白，月光溶溶，泻下一片温柔，泻下满地的纯情如水。他们一家人洗了手脸，围坐在饭桌旁，心情变得轻松愉快。

夜深更阑，他点燃烟，倚在床上抽着想心思，慢慢抽完了。素馨睡在里侧，从她新换的内衣上散出一股好闻的樟脑味儿，他嗅着这股香味儿，忍不住轻轻唤她一声。她把头从枕中翘起来，似乎起风了，她下到地上，趿了鞋去把窗户关了。

翌晨，素馨早早醒起，铲净烟炱，生火做好稀饭。她淘米下锅时，顺便多放两个鸡蛋，一起煮熟。两个年轻人随即也起床了。女儿端条小板凳，坐到看果前读英语；儿子蹲在一堆碎砖头上刷牙。她拿起笤帚打扫庭院。这天的雾浓多了，九点多钟，林风鸣去向村里其他干部传达昨天会议精神，从村部的窗口望出去，四外还是一片白茫茫的。高空中那轮太阳就像时隐时现飘浮在波涛汹涌的大海上的一个白色的救生圈儿。

"春雾雨，夏雾热，秋雾凉风，冬雾雪。"农谚这样说呢。

寒　蝉

一

　　阳光的热度消减许多了，水面映了夕辉晚照，看起来仍是烫。游泳的孩子脱光衣服，身体滑溜溜的，屁股很白。水里也有些小青年，他们把双脚夹住脖颈钩紧了，仰躺下来，让孩子拉车。他们的上身裸露着，站在塘埂上能招到一丝凉风。地势在眼底平坦地展开，却是漠漠的秧田了。塘埂长满巴根草，有一段栽着南瓜，两头花猪正狡狯地接近这块丰硕的开荒地。隔岸一排杨柳，枝叶茂密，被农家辟为后院的棚栏。树间落进不少的麻雀，红蜻蜓从田野飞来，在低枝上款款地停住了。

　　黄昏，四周的蝉声格外厚沉，乡村反而静得幽远了，给人造成一种百无聊赖的情调。两位老汉把棋盘摆在树荫下对弈，焦煳的空气中浊浪涌流般的合唱，丝毫不影响他们对于棋步的思索。然而近处一只鸣蝉，隔一会爆发一阵歇斯底里的长嘶，像纠缠不休的臊娘儿。粗鲁的诅咒粘着浓痰，不时飞出下红棋的老汉的喉咙。显然，局势于他不利，他苦于思想不能集中，不能忘我地化入棋境。对手舒适地摇着蒲扇，干瘦的脸庞浮出笑意，一副胜券稳操的神气。

"又要输给你哩。"执红子的老汉说。

"不会哩。"

他把头扭向一方。

"让丫头给你倒杯茶吧。"

"荷露！荷露！"

"输定哩，老私塾！"

执红子的老汉喃喃咕哝：

"输定哩。"

他把头抬起了，瞅定夕阳出神。寒冬的太阳是可赞美的，让战栗的身体感到温暖，俨如小嘴甜甜地吮吸的母亲的乳房。炎日当空的伏天的气候呢，却是泼妇的毒舌。

孩子的嬉戏开始吸引他的目光。那些裤衩灌了水，白的和蓝的，还有蓝的带白杠杠的，还有黄色，好像浮萍漂在水面上。他突然感觉浑身刺挠。特别是额头，密麻麻的痱子抻着皮肤，仿佛一团麦芒在刺。心情平静时还没有什么，感觉到了，就时刻觉得越发难受了，而且腋下的汗水也散出一股难闻的味道。

水给搅浑了，一定很清爽的，他想。当然，流水更好。在沙地上偷几颗花生，顺水而游，边吃边洗……多受用啊！他想。他嘴巴里涌上一股津液，苦涩涩的。

那阵刺耳的蝉嘶终于过去了，老汉像受到抚慰似的，神经疼痛好些了。虽然这只是暂时的。在噪音消失的最初的一刹，他脑中的混乱，和烦躁、气恼，和象棋概念，全都逝去了。他记忆的帷幕空白如纸，好像被冲洗过一样。又像玉净瓶之类的神器，把他思维的能力都吸走了。自然这也是暂时的现象。

隔了一会，姑娘给他端了茶来，新沏的茶热气腾腾。他啜一口，把精神振作起，捏住红车。对手的蒲扇马上不摇了，后背从靠椅上拉开，向前弯曲。姑娘的腿也弯下了。续弈后先几手迅速推出，情势紧张，决战在即。可是这时候，附近那只知了又来捣乱了，简直就像蓄意破坏。他拾起一块干土，抛了上去，恶狠狠的。接着胳膊一扬，完成第二次投掷，用劲更大。土块飞过邻家的屋脊。姑娘的肩膀抖动着。她觉得好玩，也投射一次，不想就击中了。撒旦一声惨叫，倒栽入硫火熊熊的地狱。

"没有什么，妈！"

门里走出一位妇女，左右张望。姑娘忍不住放声又笑。

"你笑什么哩，露？"

"没什么，妈！"

"是哪个手贱啊！"妇女说话了。她个头稍矮，衣服洁净，脸上的表情分明准备骂大街了。老私塾赶紧圆场：

"莫骂，桂英！土是老寿山扔的，是无意哩。"

又转口责备女儿道：

"你妈喊你哩！"

姑娘应声"就去"，曳着光腿，小跑进屋里了。

"你这个死老头啊。"妇女笑着说，以一种亲昵的口吻，"怎就不喂点饭给眼吃哩？差点砸头哩！"

"我无意哩。嘿嘿。无意哩。"

"砸到头就是有意了。"

"嘿嘿嘿。没砸到哩。"

"你还高兴哩，死老头子！"

老汉仍是笑。

天热极了，黄狗趴在桌腿边直喘，红舌头长长地吐出来。他合上眼，佯装睡去。过一会儿，一股热气喷到脸上。他清楚有张脸向他俯下来。他也清楚，这张脸属于谁。他伸出手，在腿上一块地方挠了几下，好像那儿受了蚊咬似的，接着吧嗒一下嘴唇，翻过身去侧卧，避开那道审察的目光。他做这一切，就像沉在梦的底层，自己并不知觉。那团热气消失了，但人并没有从他身边离开，在给他打扇呢。周围静静的，远处有只下蛋的母鸡在叫，也只是叫了几声。蝉声这会儿也是稀少的。他等待扇停，果真停下，他却不再理会了。

一根鸡毛伸进他的鼻孔，他被瘙痒刺醒，看见两只亮晶晶的眼睛，一双示意他别作声的摇动的手。他马上明白了，跟着来人蹑手蹑脚地走了，汗水把他的体形影印在空落的凉床上。

一群孩子坐在村口的柳荫下等着，个个头戴手编的柳条帽，裤衩上别着弹弓，裤衩后的小兜里装满青色的楝树果。从这里可以看到不远处的河湾，但是看不到河水。在正午的热蒸下，他们发现，一切全在神奇地颤动。

他们看见他走来，一哄而起，现出愤愤不平的脸色。他们的头领叉腰站在最前面，眼光严厉地盯住他，威风如电影上审讯逃兵的将军。他惭愧地低下脑袋。他知道自己犯了一个不可追恕的过错。

"怎么回事，萤耀？现在你坦白交代吧。"头领开始他的审问。他依然逼视着他的罪犯，似乎想说：你犯不着撒谎，一切我都会看出来的！

"我不是故意来迟的，大杨！"萤耀哀求地看了头领一眼，声音低低的，"我被我妈看住了，溜不掉呀！"但解释立即遭到派遣去喊他的亮子的反驳。

"不。他爸他妈都在房里睡觉；他妈铺张席子睡在地上，我趴窗亲眼看见的。"

"水亮！"头领大喝一声，很不满意他乱插言。

"我还没问到你哩！"

"是。"水亮嗫嚅着，退到一边。

"你——"

头领向萤耀掉过头来。

"继续交代吧！"

"真的，大杨！"萤耀有些发急了，语气慌张，"我的确被我妈看住了。中午吃饭时我姐说，我额头上的痱子都冒白头了，热中午时再出来玩，就会晒成疮。——'再要出去我就打断你腿！'我妈就这样对我说了。我妈真的这样说我的，你要不信，过后问我家萤辉好了。"

"我会问的！"头领严肃地说。

他把萤耀放过了。

"好，水亮，你报告一下侦察到的情况。他说的是事实吗？"

"不是！"水亮重复一遍他先前的话，"我去时，他睡觉呢！"

"我想骗过我妈，有意装睡！"

萤耀沉不住气了，不顾规矩，抢着似的为自己辩护。

就争吵起来了。

"行了，别吵了！"头领像大人一样皱着眉，把叉在腰间的右手猛地一挥，断然说道，"这事就这样解决了。萤耀，今后注意！小心别当逃兵、叛徒！解放军就要打土匪了，你快去戴好帽子，在小王代那儿，是我给你编的。现在——"

他的目光扫过每一张肮脏的脸。

"和昨天一样，分两队。站好！我领这一队，水亮领那个队。好！目标——沙滩！"

"冲啊！"

"冲啊！"

战火在小河边燃烧。滚烫的沙滩硝烟弥漫。几个战斗尖兵冒着枪林弹雨，向地雷区匍匐前进，去偷袭敌人的弹药库。经过激战，他们得胜凯旋了，带回许多战利品。这时停战协议达成了。人人疲惫不堪，争先跃入河水里，让清凉的流水冲洗掉冲锋陷阵的辛劳，就像冲洗掉身体的污垢一样。他们兴高采烈，忘乎所以，分享着胜利的果实。但是他们疏忽了，他们的头领没有派出流探哨，结果冷不防，正当他们完全沉浸在虚幻的光荣里的时候，这些光腚的英雄全被押上岸，做了可耻的俘虏。

他们沮丧极了，站成一排，承受毒日的煎炙。日光像火一般，无情地烘烤他们的肌肤。他们一丝不挂，肩膀都要淌油了。他们短小的身影投在热浪滚滚的沙石上。那个老汉连泛黑的草帽下的脸膛也热得红彤彤的。他脚穿草鞋，手提铁锹，好像从天而降，又像土行孙突然从地里钻出来，收了他们的衣服，将他们一个不漏地捕获了。他长时间一言不发，只是不停地走，装出一副怒气冲冲的模样，时而停住步子汹汹地瞪视他们。他们大气不敢出，头渐渐发晕了，有些不能支持了。小王代最先熬不住，可怜兮兮，猛然放声大哭了。

"你们这些坏小子，哭过不了关！干了坏事，想一哭了之，没那么容易哩。早晓知会哭，当初干什么哩？不能不出来害人吗?！你们长眼哩，睁开看看吧，那些花生芋头给糟蹋了多少！不剥你们皮就算好哩，还哭！"

老汉硬着心肠，仍是恫吓。为了增强气势，他说话时，把锹狠狠插入脚边的沙地。

果然奏效。脆弱的恐怖被新产生的更大的恐惧压下了。好几双小手半握着，举起来擦揉委屈的泪眼。手背的汗碱太重了，用手指的骨节擦。

老汉不易觉察地笑了一下，在这几秒钟内，面容温和多了，但旋即重新绷紧，继续他的忍心的恐吓。他要像拧发条一样，给这些无法无天的野孩子再多一些的精神的折磨，让他们永远忘不了今日的场景和感受。他必须这样。

"这是第几次？你们这些可恶的坏蛋！"他把一只手放在直竖的锹柄的末端，又训斥开了，"我一定告诉你们的父母！我要问他们平时是如何管教你们的。你们这样学坏，他们一定还不知道哩；但我会把一切都告诉他们的！"

孩子的眼一下都睐睁地鼓圆了。小王代抖了一下，腿一软，差点摔倒，压着嗓门哽咽起来。

老汉把锹上的手抽回，抚摸着小王代的晒干的黑发。小王代怯怯地往上望着他。

"往后再不要干啦！"老汉拍拍他的圆脑袋说，"拿你的衣裳，回去吧！"

涉过小河，他看见老头还在望他。他不时回头望，好像不敢真信，自己已获得自由了。

孩子们很会察言观色，老汉态度的转变，使他们意识到危险已经过去。他们不再像开初那么害怕了。大头领为了显示自己勇敢的精神，在老汉不留意的瞬息间，甚至做出有些胆大妄为的小动作来。仅有他始终没见掉泪疙瘩儿。他瞅空端起手臂，弯曲三指，拇指挺立，食指如枪管一样绷直，瞄准老汉的后脑勺。老汉骤然转身，掸眼瞧见了。

"坏东西！"甩手就一掌，脆响。

旁边那个小孩子眼见自己的头领的红屁股有一大块红得更鲜润了。

老汉阴沉沉的，可怕地压挤眉毛，咄咄逼人。

"听清了，坏种们！下次再敢过河来作恶，让我撞见，非揭你们狗皮！我先送这个小信，听清了吗？小心狗腿！滚！"

柳条帽顾不上拿了。

弹弓却没落下。

跑上河坎，谁都重重出口闷气。却见老汉还在那边的沙滩没走呢。于是头领喝到三，就齐声骂：

"小老头，大坏蛋！"

觉到了报复的痛快，心里舒畅，音量更宽：

"大坏蛋！"

"大坏蛋！"

老汉锹一端，脚一跺，声如暴雷。

然而，如鸟兽散，孩子们霎时没影了。

夕阳还没有下去。几乎无法察觉它在运动，好像印在那儿，完全静止。盯住看，也不见光彩射出来，仅只透红而已。就这么悬着，孤零零的，勾不起欢快的情绪和幻想。地狱的黑暗漫上来，不断侵蚀它最后一点的鲜艳。红轮变暗了。一种惨淡的氛围震撼人心，观者的思想飞向孤寂、悲哀和颓废的深渊，难以自拔。于是，就觉得它像晚景凄凉的老人，一边用回忆的目光留恋地观望这个冷酷的世界，一边脚步支离地走向坟墓。或许，说是一只弥留者的瞳孔更准确吧，无神的眼睛蒙眬了，现实世界的一切，都是缥缈的、模糊的。这时，清晰地反映在里面的，只有往昔的岁月。那应是光华四射的灿烂的岁月吧。

两个老汉仍在下棋消遣。墨绿的郊野，因为没有树木和建筑遮挡光线，天色看似还很早。走进村庄，陡觉暗多了。屋里更暗。蚊子在墙旮旯里嚣张地叫；蠓虫在空气里一团一团地飞；四面的蝉声不绝于耳。农家的晚饭大都做好了，在田里拔稗子的，上班的人陆续归来，巷口不时响起兴冲冲的铃声。

就有一辆半新的自行车骑到门口刹住了。

"请问，荷露同学是这家吗？"

来客四十多岁，头顶秃了一块，身材高大，穿着很整洁，白短袖上衣，在胸前的口袋里并排插着两支钢笔，笔套露出一点，一支是金黄的，一支银白的。他那有皱纹的清癯的脸汗涔涔的。

姑娘隔窗望见，轻微地"哦"了一声，脸绯红了。一阵手足无措过后，她慌忙钻进房里，嘣地掀开衣箱的盖子，甚至来不及回答躺在床上的母亲的询问。她也可能担心传出声音，让人听见产生怠慢的误解。她害怕自己的声音，在女儿心的羞怯消除之前。

客人得到老私塾肯定的回答，便把车在椿树旁支稳了。

"就在外面坐吧，凉快些。"

寿山老汉朝他客气地颔首。棋自然下不成了，他适时告辞了。

他站起了，走去把猪往回赶，然后就下到水里。他只把汗衫脱下来，找一块没有蚂蚁的草皮放好。他把拖鞋丢在汗衫的旁边。微温的水一点一点上升，顺着他健壮的腿，浸过膝盖。他弯腰往胳膊上泼水。水在漾动，一条小鱼从腿边游过去，他感到它的尾巴轻轻地一擦，但他没抓住。他慢慢蹲下去，水面冒了几个小泡泡儿，咝咝响。裤衩鼓起，好像充气的气球。蓝气球。

洗澡的人有增无减。孩子们打水仗、撑仰坝、扎猛子，兴趣盎然，个个的眼底都泡红了。一个孩子上岸溺尿，把脸涂得泥乎乎的，一头扎入塘里，冲开车轮大小的水花。接着，小脚在远处伸了出来，一晃不见了，再伸，又不见了，像条梭鱼。

他看着那孩子冒上水来，心里好生羡慕。

他们无忧无虑，多快活啊！他想。但是他们会长大上小学，上初中，然后考中专，或者上高中考大学，为了逃离农村。多么可悲呀！可又有什么办法呢？只有童心才能感受真正的幸福。

"是呀，那时有多受用！"他喟叹道。

"喂，民子！"

那个涂泥的孩子向他凫过来。

"敢去深水吗？"

"太深，你都捞不到底哩！"

"你能逮到我吗？"

"扎猛给我逮？"

民子扭头躲过向上击来的水，就像青蛙一样，往前跃扑。

扑空了。他在老远处钻出来。他摇掉水珠，得意地笑：

"来呀！"

他们追逐着，时近时远。

他得意地笑：

"来呀！"

民子有些泄气，他想不追了。他东张西望，忽然变成大惊失色，仿佛见了水怪。

"丫头！黄毛丫头！"

岸上的孩子正往头上堆泥呢，马上捂住腿丫，跳到水里。

是有个姑娘走来了。她在喊些什么，是对他喊。

"是我妈喊我吗？"他游近些问。因为被打搅了，感到扫兴，便有点不快。这种情绪也在语气上表露了。

"不是！不是！"姑娘直摇手中的手帕。透过下摆掖在淡色短裙里的贴身的碎花上衣，显露出她轮廓清晰的丰满的胸脯在急剧地起伏。

他镇定地望着她，等她把话说明。

"萤耀，快上来！王老师来啦！"

姑娘太激动了。

"哎呀！还站着不动。快呀！"

他反而转身扑到水里去了。

怎么可能哩？他想。他已经毕业了。

姑娘急了，飞起一块硬土，使劲砸在他脊梁上。

"快呀！没听到吗？王老师来啦。我们俩……我们两个……"

他仔细望了望她，她在抖，微微的。良久，诧异消失了，热血涌上他的双颊。他阴郁的眼睛放出一丝明亮的光。水珠在他黑黝黝的身体上滚动，他不等擦干，就把汗衫套上了。湿淋淋的，深蓝色的裤衩紧贴小腹，有些东西令人难堪地凸现出来，可是他也没加注意。他此刻的心灵叫一种少有的喜悦完全震颤了，这阵战栗仿佛电流，在极短的时间内掠过全身。平素表现得那样强大的自制力，那种沉静的气质，像云一样被风吹散。虽然，对于自己的猜想，他一时还不敢毫不怀疑地相信。他并没有抓住明确的证据，因为他一跳上岸，姑娘便跑开了。

两头花猪已被她用刺条鞭驱着奔跑起来。

二

天黑尽了，无边的夜色笼罩四野，把煊赫的白昼吞食了。月儿还没有升起。在周围的村庄也看不见白炽的灯，只有三点两点黄豆般的火摇曳着，昏昏然的。南方倒有一片灯火辉煌的地区，一排排明亮的窗显出建筑的巍峨，似乎含着冷蔑的轻视傲然而立。乡村卑怯地躲进夜幕里，天壤之间便分外地黑了，一星星明灭的萤光，不过像烟炙厚重的冷灶余烬。于是，一切都溶于暗，化于暗，难以分开了。

但是在碧净的天空，却有无数的恒星闪烁，吸引一双双凡人的眼。这些繁星好像神话里的夜明珠，镶嵌在辽阔的天穹上，向悲哀的尘世投下幽秘的光。有了它们的点缀，夜空变得多么美丽，多么富于魅力呀！

两个学生各怀心事，在黢黑的草径上往家里走。旷野遍地蛙鸣，晚风习习吹送夜的清凉，好像慈柔的手摩挲。萤耀薄料的长裤已经吃潮了，自然的空阒对他施加了潜移默化的影响，使他充血的头脑冷静下来。他沉入惯有的冥思。

"喂，快呀！"荷露脚步轻快，时常不得不停下，对着后面的身影发出她不满的催促。她等他赶到跟前，便按照他的速度放慢步子，想一起走说说话儿。他们相同的幸运和快乐，使她热切地希望跟他交谈，并非她内心寂寞，脆弱的神经受不了黑暗的压迫。她满脑子轻松和浪漫的念头，所以对无法打破的沉默深恶痛绝，不知不觉就又超到前面去了。

他们的班主任王老师坐在扫净的场地上。他一看见萤耀，就兴奋得直嚷，举止一点不像涵养有素的教员。他拍着学生的肩头，连声称赞。他说这次中专试题难度相当大，可是萤耀考得相当不错，作为多年的班主任，他真替自己的学生感到高兴。

"考得不错呀，萤耀！成绩单我给了你母亲，你过后细看看吧。今年中专录取分数是332分，你刚在线上！我们起初以为六名学生有八成把握能考取，结果出人意料，孙少杨、王菁华和白霞又落榜了。乔松、荷露和你，初选只有你们三人。乔松和荷露高出几十分，他们只要填个适当的学校，体检合格，就稳取了。而你却是我们郊区七中应届毕业生中考分最高的，也是唯一的一举成功的学生，所有任课老师都为你感到骄傲哇！我就更是这样了！"

王老师毕业于工农兵大学，是郊区七中重要的语文教师（在学校老师严重缺少时也教历史），家属都在农村。他常在班会上讲农民的酸辛，描述父母望子女成龙成凤的苦心。他常说："你们不要忘了父母手脚上的茧子有多厚！"他因而有"茧子老师"之称。他很少缺堂，授课认真，受到学生普遍的尊敬。初中三年，他跟班走，始终担任萤耀所在班级的班主任。而从初一第一学期起，萤耀就被选为班长兼语文科代表，一直主办班级墙报。他自小受念过私塾的叔父的熏陶，醉心于文学，小学四年级开始接触文学作品；他自己和堂姐的名字，据说就是在做九日时，叔父根据白乐天诗句"草萤有耀终非火，荷露虽团岂是珠"确定的。他能背许多古诗。他对选进教科书的小说、散文和古文都反复研读，因为他知道这些都是优秀的文章，否则不会选来让他们学。王老师非常喜欢这个寡语的学生，经常把他的作文拿在班里读；刚升初二，就培养他入了团。师生间的关系十分融洽。

荷露高萤耀一届，只在初三分班时，她作为成绩优异的回读生，才被编进"茧子老师"管理的甲班。她像一般的好学生一样，对学校所有的教师都是尊敬的。

尽管两家的上人恳切挽留，请老师务必吃了饭再走，但被婉言谢绝。两个学生感激地送出老远。回家途中，萤耀想起老师的劝告，心潮着实难平。王老师的话时刻萦绕耳际："唉，不容易呀！如果你是城市户口，就再用不着操心了。"但他有什么门路可想呢？

他紧抿双唇，在这瞬间，他对生活了十几年的自己的家满是绝望的情绪。好像他还是个孩子，因为受到别人的欺侮，却在母亲的怀里又滚又踢，就像是母亲使他受了屈辱似的。他冷漠地注视着脑海里的父母，只见父亲坐在门槛上撕指甲，母亲指手画脚，样子快疯了，骂一声一口唾沫星飞出来。他这样罪过地想着生身的父母，苦闷的心境竟不期然地舒和一些了。但他倏忽清醒，心海涌起更大的浪潮，对自己刚逝的闪念痛心疾首了。

"我是个畜生哪！猪猡不如！"他怀着罪犯的沉痛惊恐地想，"我怎么会怨恨起父母来？我怎么能怨恨起来呢？我忘记父母手脚上的茧子有多厚了！

我竟能怨恨起来！竟怨恨起来呀！我有天良吗？我的书是怎么读的？饭白吃了，书白读了啊！"

他弓起食指，像向刻骨的仇敌复仇似的，从两面狠狠钻着太阳穴。剧烈的疼痛让他良心好过，他用惩罚肉体的方式，忏悔灵魂的罪恶。他任泪水横流，在泪河中，昔年的生活像落花一般漂流着。他想起父亲的扁担、母亲的镰刀和他们的微笑。烈日当空，父亲高大的身子拉着石碾，绳索深深勒进肩头的肉里。他说："要你干什么哩？温书去吧！只要你能考上，爸累死心也高兴哩。"他的话犹然在耳，像霹雳落在头顶炸响。

"我真猪猡不如哪！"他继续苛责自己，反躬自省，"我考得多差呀！如果英语试卷的选择题不是规定选错不得分也不扣分，我连那几分也碰不到。而且数学也考得不理想。如果这两门略微考好点……许多回读生虽然不能拼读，却对三至五册英语课文滚瓜透熟，能够从头默写到尾，不会错了一个单词。我下的功夫有他们一半多吗？我对不起父母啊！我辜负了他们的期望！"

他走过一条窄埂。尽头有块挡牛的土堆，他绊上了，踉跄地摔到田里。一只萤火虫从草丛飞起，躲在秧根的青蛙连蹦带跳，碰得秧棵和水哗哗直响。左近的蛙鸣一下静止了。从前面传来荷露的幸灾乐祸的笑声。相离不太远，萤耀抬头，看得清她的白色的上身。她的笑声珠圆玉润，没有丝毫恶意，却把萤耀笑恼了。

"你在前面，走过去了，也不说一声！"他爬起来，跳到埂上，脚下的青草凉滋滋的。秧给压倒一片，拖鞋陷在泥里，挺费劲才拔上来。稀泥糊到手肘，裤腿污了，他恼恨地推倒土堆。从他弯腰的姿势上，荷露知道他在干什么，就更笑得厉害了。

"这样大人，路也走不好，还怪人哩！"她奚落道，"那是人家特意堆起来，怕人进去放牛、吃秧、踩塌田埂。你推倒了，明天看人家找你麻烦！是你自己走路不全，却迁怒土堆，不羞吗?"

萤耀当真羞红满面了，一声不响，下到水渠里去。蛙声又热闹了。西北的天角，殷红的蛾眉月不知何时升了出来，夜明亮些了。天色碧澄，银河像缕缕稀薄的烟云，勺状的北斗星晶莹灿烂。五颗摆成 W 形状的，就是仙后星座了，终年可见。荷露漫不经心，一边浏览着这部神秘的天书，寻觅自己熟识的星辰，一边等待萤耀走近。他们一起走，沐着星光、月光，有晚风的吹拂，徐徐的。没有电灯，黢黑的村庄就在眼前不远了。

"又是停电，加工厂几个电工真是吃干饭的! 我要是村主任，非撤了他们!"萤耀挥一下手，愤慨地说。

"那么，去跟你的好友杨青奇说，让他父亲让贤吧。"荷露取笑道。飞过来一只萤火虫，她几下没抓住，给它飞掉了。"萤火虫，你下来，不打你，不骂你，吃过晚饭就放你……"唱完了，自家也觉得不好意思，就笑了。

萤耀羡忌地望着她。

"《范进中举》，我们是学过的，你别也乐疯了!"

"高兴倒是真的，考上了嘛! 乐疯却不至于吧?"荷露爽直地说，并不介意萤耀的刻薄，依然莞尔含笑。她的胸中充溢了欢乐和爱，对谁也不会生恨了。她又唱起来。

萤耀听她唱，等她停下来。她只开个头，就唱不下去了。

"也许你会笑我忘乎所以吧。你想：中专有什么了不起! 没办法呀，我没有你的自制力，我情不自禁要唱要笑要说。我认为，衡量一个人取得成就的大小的尺码，是他为此付出的血汗和眼泪。中专就其本身而论，确实没什么大不了的，可我毕竟为此含辛茹苦四整年哪! 我们从小听了许多勤学的故事，诸如悬梁刺股、凿壁偷光、车胤囊萤、孙康映雪，不一而足。古人虽不能比，但我们也尽了最大的努力，自觉无愧于父母。如今辛苦功成，难道不该尽情地唱、尽情地笑、尽情地说？我倒奇怪你怎么这样无动于衷，悒悒不乐！"

"你还有什么可担忧的？"她顿了一下，又说，"你在应届生中考了第一，而且考上了，老师都为你高兴，这不是你莫大的光荣吗？虽然分数可能提高，你可能被抹下去，可那有什么？下年不是稳走吗？当然，回读受人歧视，很不是滋味。不过，谁知道呢，分数或许不会提高的……"

"我奇怪你竟会这样想！"

荷露站住了，蓦地把脸凑近萤耀的眼睛，都快碰着他鼻尖了。

月牙儿变成苍白的了。他们没再说话，径直走进村子。农家的晚餐大都吃过了，一家人团聚在一起闲扯，粥碗和竹筷尚未顾得上收拾，狼藉地放在小卧桌上。为了照明，弄个酒盅盛些香油，插上棉捻儿，点燃了，放出一团昏红的光，蛾儿兜着飞。小店较远，少见点蜡烛儿。也没有煤油灯了：灯早已扔掉，而且无处打到煤油。富裕的人家，门前坐了许多孩子，等着来电看电视。

他们隔了百把多米，就看见有个人影拐过巷口来，却又踟蹰不前了。他们赶忙放快步子。

"萤辉吗？"萤耀问。

"是我。回来啦？我正要去接你们哩。"

"今晚下班怪早的嘛。"荷露走近时招呼道。

"嗯。我没加班就回来了。倒混凝土，太重，干不下来了。"

"哈。现在知道了吧？当初大家劝你继续念，就像要你命，你左右不肯，到底是上学快活还是上班快活？"

"还是上班快活。上学也苦哩，想考上，起早熬夜的。学习差，白往水里扔钱不说，老师时时盯着你，真丢人哩。不如上班自由，活干完了，想玩就玩，想睡就睡，一点挂碍没有。如果我继续念，糊个毕业证也没有意思。我并不后悔。"

萤辉的脸上挂着含蓄的笑，他不时用闪闪发亮的眼睛望望哥哥，目光里颇有深意。萤耀觉得，他一定已听到考试的事，可他什么也没问。在姊弟中，他最小，家务却多。他读书不太用功，成绩跟不上。学年结束，他从未像哥哥那样捧回过一张奖状，于是粥锅里的鸡蛋从没他的份，更不用说蜂蜜、麦乳精之类的滋补品了。他过早地走出了受教育的学校，学会用自己的双手养活自己，毫无怨言地勇敢地走向独立。作为哥哥，却还在坐吃父母的，这使萤耀时常感觉歉疚，难以为情。他和荷露的对答，萤耀听了，更像打翻五味瓶，不是滋味。

"干了一天重活，从那么远骑车赶回来，你难道不累吗？家我们又不是认不得，何必来接？"萤耀无比惭愧，出于关切和怜惜，他这样问。

"你们去了好一会，两家人都等急了，妈叫我到村头看你们回来了没有。"萤辉笑笑说。

紧走几步，出了小巷，他们就踏在家门口了。两家相连的房屋，静悄悄的，没在夜的阴影中。只是各自在堂屋的方桌上，点起一盏菜油的灯，昏暗的灯光射不出门堂。所有的窗户都打开了，屋内依然闷热，人都坐到外面来了。场地早先扫干净了，洒过井水，月光隔了树冠照下来，到处是纵横交错的树影。绿色的椿树给照成银白的了。牛绳拴得很长，烧起一股浓烟熏蚊子。牛在野外吃饱了，站在烟霭中，哼哼出气。

看见被蝇头烟火隐约照现的老迈的父亲，听到亲人喁喁的话语，荷露慢慢平静的心登时热血沸腾。一阵寒栗迅速从脊椎刺入脑髓，传遍娇柔的身体各部，嘴唇、指尖和腿肚不由得颤抖了。她整个头颅仿佛滚烫的电烙铁，根根发丝似乎都有电流通过。从她口腔里发出的呼唤，声音是她所陌生的。坡跟的凉鞋好像是第一次穿上脚，当她向躺着的母亲跑去时，她侧侧歪歪的，竟有些立步不稳了。

萤耀的心情却很沮丧。尤其是他想起路上自己的那种怨恨的情绪，心里便格外沉重。他真怕走近父母的身边。他不敢猜想，由于王老师带来的尚不能确定的喜讯，他们会有一番什么样的挚情流露。但这幅图景是不需要临时去构思的，它早就刻画在他的心版上。他曾焦灼地盼望这一时刻的来临，可是真正降临了，他却产生了无比的恐惧。因为他知道，笼罩全幅图景的金光灿烂的光轮，只是虚幻的晚霞，会很快熄灭的。那时就只有悲哀存在了。

"那时，在英语上，要多下些功夫……"他骂自己道，"马后炮！"就把这样的念头驱除了。他发现伯父把叼着的烟卷拿开了，慌忙招呼：

"还没吃晚饭吗，伯伯？"

"没哩，没哩。嘿。"老私塾没等侄子话音落，就急急地说，"你爸妈也没哩。"

"妈！"荷露扑到凉床上，搂起半身不遂的母亲。

"考上了？"

"嗯！嗯！"她使劲地点头。

"啊，老天爷真是睁眼哪！这回我就放心啦……"

荷露替母亲擦泪，自己眼圈也红了。

"王老师送走了？"

"送走了，爸。"

"你们把他送到哪？"

"冲那边。"

"真该好好谢他哩！"

桂英听着爷儿俩的话，充满自豪和关切的目光，始终不曾离开过儿子的面孔。仿佛他是在外星球生活了这十几年，突然出现在她眼前，个头长高得她都认不出了。

"萤耀……"

"唔，妈……"儿子慌张了。

老私塾解劝道：

"这是喜事，该高兴哩，延芳！该高兴哩！"

"是哩，我打心眼里高兴哩。我高兴哩，露。妈是高兴的！"

"是该高兴的，老妈！"萤辉大声说。

"露，妈这回放心啦！妈是高兴才哭……"

"我知道，妈。"

荷露把头贴紧在母亲那枯瘦的胸膛上。

老私塾掏出一支烟。

"来。"他喊萤辉，"把这支烟给你爸带去。"

他又添问一句：

"你抽吗？"

萤辉给问得挺不好意思，笑笑把头摇摇。

"抽就说，伯这支烟还拿得出。"

"他还小哩。"他父亲说。

老私塾嘿嘿笑起来。

"你以为我当真吗？我是试他哩。你有火吗？观东？"

"没哩。让萤辉给你拿吧。"

牛腿边的湿草烤干了，风一吹，冒出火苗来。观东老汉走去草垛前，捧些难烧的碎草，盖到火堆里。灼人的火焰熄灭了，大股呛鼻的浓烟冒出来。

牛轰隆一声，撞在前腿上方，吓了老汉一跳。他骂骂咧咧着，在牛屁股上踹了几脚。

"唔，妈……"

萤耀慌乱地站在母亲面前，头像铅球一样重，如芒在背。

桂英说："萤耀！你给我们争了光啦！王老师都一个劲……"

"妈！"

"嗯？"

"……"

夜色是朦胧的，桂英看不清儿子脸上的表情，对他吞吞吐吐，欲言又止，自然理解成是对赞誉的忸怩。于是她无奈地笑了。

"好，好，妈不说了。不说了。"

但萤耀刚放下心，她抑不住又说：

"哎，萤耀，那个王老师家住哪？他人真不错。他都一个劲……"

"妈！"

"好好好。不让妈说，妈就不说，不说，行了吧？"

"唔。"萤耀沉吟一下。他忽然想到一个解脱的方法："妈，路上……路上……我把衣裳跌潮了……"

随即就有一只手伸过来。

"哎呀，快脱下！别冰害了！"桂英急忙关照道，"我去给你拿干净的衣裳。"

一会儿，她走出来，已经把洗澡水也给儿子预备下了。

"快去洗吧，我们等你吃晚饭。"

"不，你们吃吧，不要等。"

晚饭盛在钢精锅里，晾在凉床前的卧桌上，早已凉透了。

萤耀躲进院里，就像一只蝙蝠，钻进黑暗的角落。他心中满溢着对父母的无限的热爱和感激之情，满溢着羞愧和悲痛，犹如他的眼眶满溢了泪水一样。他坐在脚盆里，机械地动着毛巾。王老师的喟叹又在他的耳畔回响。"如果……如果……"就在招生问题上，社会对农民子弟也是多么不公平啊！他们必须比城市户口的考生多考几十分，才能一同被录取。而且报考普通高中，也要受到区域的限制，想跨区报考条件好一点的学校的自由也给剥夺了。

"啊，农民！农民！"他愤慨地想，猛然把头扎到热水里。

水哗哗啦啦响起来。

三

萤耀平静地完成三年初等教育的郊区七中，就和一般的农村中学一样，三个年级，统共十个班，五六百人，几乎全是来自附近的农村。他们的家长都和萤耀荷露的父母一样，对自己的孩子寄予着美好的希望。他们只要念书，父母便非常地喜爱，在家什么也不要他们伸手，哪怕农活家务堆成山儿。他们荷锄下田，父亲一眼瞧见，劈手夺去，扔在地上，决不会含糊的；母亲凑近电灯，半天穿不上针线，如果他们伸出手去，她一定揉揉昏花的眼睛说："让你姐穿吧。"他们是家庭的骄傲，他们捧回的奖状，比任何佳酿更让父母心醉。"只要他们考上，就是累死心也甘！"观东老汉所说的，是能反映父母的全部苦心的。

但考取的毕竟寥若晨星。郊区七中每年都有几十名回读生，回读的学费昂贵，他们和应届的学生在一起，十分地自卑。他们离群索居，郁郁寡欢。上学专挑偏僻的小路走，生怕碰见回乡的同学，遭到无情的讽刺。走进考场，他们就会面无血色，抖个不住。屡次的失败使他们丧失了自信，处境每况愈下，心灵在沉重的十字架下痛苦地呻吟。

他们压根就没想到上高中。他们是注重实际的，从无过分的奢望。投考中专，把户口农转非，根本的理想就算实现了。这是他们第一志愿，他们为此忍辱负重，全力以赴。即使他们题名金榜了，也是慎而又慎，不敢觊觎竞争大的中专学校。历届从郊区七中考走的学生，无一例外，选择的都是招生最多的师范学校，满足于将来小学或者中学的执教工作。

虽然荷露考分颇高，却也未敢偏轨，循着老道跨上去了。接到录取通知书，她的心才没有了一丝的忧虑的阴影，洋溢着单纯的喜悦。她感到的悲伤，其实只是娱情的调遣；辛酸的回忆加深成功的幸福。她认为自己有恨，为了表示对萤耀的惋惜，她甚至在萤耀面前低垂眼帘，似乎共鸣的情感乌云般笼罩了她。然而，她的目光是明亮亮的，眼睛像皎洁的金星，灿然闪烁着。她俏丽的鼻头仿佛蜘蛛，鼻翼微鼓，吐出愉悦的情丝，在她的面庞结成一张光明的网，它蛰伏于网心。任何的感伤全系矫情，心中有阳光和煦，春风驰荡，一切甜蜜而美好。

她的出息，使矮陋的门庭在众人的眼中熠熠生辉。她在路上走，碰到的人都主动招呼她，向她微笑。如果那是孩子，走过去了，还要回头看她，像看稀罕。她打村中过，从门洞里，从窗口，一定有妇女的目光，宛若由风筝牵引的线，送上老远一程。在村民中，对她充满崇敬的议论，维持的天数相当长。提起她，人人敬重，交口称赞。而三五人聚了在一块儿，又免不了总谈论她。有人走亲戚家，还把这件轰动全村的了不起的事一路散说。于是，一向默默无闻的荷露的名字，没多久就像雷声一样震耳了。在傍黑，在远村的农家，一家人正吃晚饭，往往就能听到做父母的在给孩子说：

"你们看抬杆村的荷露……"

人们乐于传播她的幸运。因为在尘世的生活中，幸运像哈雷彗星一样难以相遇，而苦难深重的不幸又太多了。面对人生的不幸，人们虽然慷慨施予同情和眼泪，扮演着善良的角色；但世人的天性，都想通过挣扎，远远逃出这一瘟神的掌握。"生于忧患，死于安乐"，古语虽好，但晦暗无光的灾难，会把钢铁的意志压成稀泥。为人们所司空见惯，实际的现象，更多却是其反面。……所以，尽管宣扬的是他人的好运，难免心怀嫉妒，许多人还是乐此不疲。

普遍的尊敬，增添了她的光彩，让生养她的父母感到空前的欢欣。尤其母亲，毫不节制自己的感情，主动对每一个前来道贺的人倾吐心曲，津津乐道，不厌其烦。女儿的荣光使她忘了自己的悲哀。她是个软心肠的人，没有受过专门教育，自小苦惯了，非常能干。她和老私塾做亲时，正值他自视甚高之时，对她横竖看不顺眼，洞房花烛夜，老私塾应付走了客人，看也不看她，卷铺盖跑了。他很清高，在之后半年多时间内，迫不得已，他们一起生活，但有她在，却和没她在是一样似的。她话也不敢跟他讲，满心凄怆。她多情，贤惠，眼中生事，手脚麻利，跌倒黄泥也抓三把，婆家很快便离不开她了。她体谅丈夫在队上当多年的会计，只是记记工分，拨拨算盘，重活干不来，田地责任到家了，她起早摸黑，尽量多揽点活干。时常老私塾一觉醒起，她已在田里干了多时，回来煮早饭炜猪食了。农忙季节，她起早割稻，有次人太倦了，连镰刀头掉了也不知道，握着刀柄，机械地挥动，还是路过的人看出来了。她心性强，春耕秋收，从未落人后；她喂鹅喂猪，希望它们的毛色比别的家的好看；种在自留地的蔬菜，她每天都要去看一次，多得吃不了。她是个根本闲不住的人，她活着似乎为了家庭的需要。

但是，去年秋上，她跌成下身瘫痪了。房屋太陡，瓦片退下三四公分，屋脊漏雨，她趁天晴好，带几块油毛毡上去苦修。墙高梯短，她把梯子支在方桌上，没有喊人扶就往上登。她快登上去了，梯子滑了，摔成三截。她一点没提防，便从高空重重栽下来。从医院拉回来，她再不能操持家务、安排农活了。她多痛苦！她不能忍受自己被人服侍，她想站起来，可是不能够。她真成了废人，家庭的累赘？她成了包袱！她怎相信？可是，秋种开始了，她家第一次请人帮忙了；接后割油菜、栽秧，又是求人！多么可耻！当她看见女儿带晚洗衣，当从不过问菜地的丈夫拿几包菜种，问她苋菜怎么种，南瓜怎么下时，她五内俱焚，泪如泉涌。她相信了，自己再不能动弹了。白天，如果不是星期日，家里静寂无声，只有喂了几年的斑猫卧在床头，眯缝双眼，扯着呼噜，时不时哀哀地叫两声。她合上眼皮，两颗晶莹的泪珠缓缓滚落。她想什么时候才是个了呢？她何时才能放心地结束这一切呢？

"老天爷呀，你开开眼，让我的女儿考上吧！"她热烈地祷告。她一生中只有两个孩子。长子参军，在部队提了干，结了婚，不必挂念。女儿在她身边长大，寸步没离过，她看似命。女儿将来的生活牵着她的心。她盼望她能顺利地考取中专。她认为，只要考上了，女儿的前程便不需愁了。她是怀着怎样的心情焦急地等待着这一喜讯的！她度日如年，一日三秋，终于天遂人愿了，怎不欣喜若狂呢？

老私塾相对就平静多了。他爱侄儿，甚于女儿呢。他读过不少的古书，精通掌故，喜欢清谈。萤耀自小就是他忠实的听众。农闲时候，每当夜幕低垂，村人吃了晚饭，陆续聚到他家时，萤耀便难以按捺自己，缩在墙犄角贪馋地听他们海阔天空地聊。三皇五帝、姜子牙、程咬金、薛仁贵、杨六郎、岳飞……多少古人，就在这里，就在他伯父的家里，通过嘶哑的声音的媒介，最先与他神交了。他对文学的好奇心因为得到滋润而获得极大的愉悦，忘了时间的飞逝，忘了当晚的功课，忘了明天还要上学。等到荷露从卧室走出来，这些概念才重新回到意识里，但他依然是舍不得离开；于是，不用多久，他的心头又为那些故事所充满、所占据、所主宰。他多么着迷于老人们的故事！

在他眼里，他们和莎士比亚一样伟大，是活在今世的莎士比亚。

因为文学的滋养，萤耀的作文分外突出，有一篇甚至被编入由省教委遴选征文出版的《中学生作文选》里。老私塾看了非常振奋，从此对侄儿更是器重。他不断地和人说：

"我家先前曾有棵棠棣树，一合抱粗，是吃食堂时放倒的。队里拿去打了一些桌子，余剩的木料也就乌七八糟搞掉了。按照古书的讲法，家有奇树，必有奇人哩。《三国演义》里曾说，刘备家东南处，有一大桑树，五丈余高，远看就像车盖子。那时刘备还很穷，和母亲过日，织席为业。看相的人打他门前过，都说：此家必出贵人。后来，刘备果真做了蜀国的皇帝！家有奇树，必有奇人，我是有些信哩。我这辈已经过去了，没干出大摊账，可我家萤耀会有出头之日的。三十年河东，三十年河西，你们看吧！"

这种观念在他脑里根深蒂固。他认为，考取中专，只是萤耀辉煌的一生中的起步。在郊区七中这样的学校，他初上阵就考得这样的高分，这是小荷才露尖尖角。虽然目前遭到了挫折，但从荷露的成功里可以推知，他脱颖而出不过是早晚的问题。他对萤耀存着乐观的想法。别人谈论他女儿出息了，他却忍不住大谈侄儿会有更大的出息。他说的话，现在的分量格外重了，村人不觉都对萤耀拭目相看起来。萤耀的父母心也安了，不再为儿子惋惜，为一幅缥缈的远景所鼓舞。

只有萤耀，尽管事情的发展不出所料，他还是受到了沉重的打击。事先他自以为不存任何幻想，并且心灵早已沉浸在落榜的哀痛之中，其实他暗地里还是怀有一丝希望的。这丝希望的寂灭给他带来新的刺心的痛苦。但他这时的哀痛和以前有所不同，因为即使是不幸的消息，一旦证实，长期的悬念解除了，也会有微弱的轻松伴随着踏实感一起产生，而且他很快就对自己这样反复的伤愁厌恶起来。他想过去的事情既然无可挽回，那就应该轻轻地掸去，让对未来的思考回到心间。往者化于虚无，迷恋死尸，不是希斯克里夫的疯狂吗？

四

他躺在床上。傍晚，母亲用热水抹过席子，身体压在上面，感到很凉。室内的电灯比上晚亮多了，几只蚊子在帐里飞，他盯着看了许久。他想用手掌的拍击消灭它们。但对于睡倒的人来说，挺身爬起来，这一动作似乎太大了。他懒得动。他的头重得很，脸颊烧烫，心里难受极了。他刚才喝了点酒。

房门忘关了，有人径直走了进来，凉鞋橐橐响。他偏过头，正想看看是谁来了，荷露的脸就探进帐子里了。

"怎么这就睡了？"她责备地问。

"我喝醉了。"萤耀带着酒气说。

"不是还没吃饭吗？"荷露注意地望望他，为难地说，"老师不愿再喝了，二婶在张罗摆饭。她让我喊你去锅间，趁热吃点儿。她走不开，不然自己就来了。你不能起来吗？"

"我一点不想吃。"

"那怎么行呢？我送点饭给你吃吧。"

"老师都在堂屋，多跌相啊！我一点不想吃。"

倒也是呀。荷露心想，沉吟着不言声了。

"吃饭的时候都不见影了。煮了那么多，明天都馊了，就该倒掉，不可惜吗？谁知盘中餐，粒粒皆辛苦呢。"隔一会她这样说，"萤辉哪去了，你知道吗？"

"我哪知道哩？你去水亮家找找看，也许在那里吧。"

"我才没工夫呢。老师吃完了，我得给盛饭。我忙着呢。你心里很难受吗？"

"心里发糟，难受极了。真想吐啊！可是吐不出。"萤耀苦着脸说。他说话变多了。

隔壁起了一阵较大的喧闹。荷露说：

"我得过去了。要我给你倒杯茶吗？"

但是没有茶，临窗的书桌上放着水瓶，只从里面倒出半杯浑浊的底子。荷露披好蚊帐，橐橐地走了。她再出现时，端来了一大茶缸酽茶。她把茶缸放在床帮上，靠近萤耀的身边，萤耀随手可以拿到。

她仍是把头伸在纱帐里。

"你妈问你要紧不？她说过会儿就来看你。她正在烧开水，还没烧开，不过就要烧开了。等会儿老师吃过了，会要很多茶的。茶烫吗？"

茶很烫的，萤耀喝了几口，觉得脸更烧了。

"我脸很红吗？"

"就跟红纸一样。我的呢？"

萤耀瞅瞅她的脸。

"也跟红纸一样。"他说。

"真糟糕啊！"她把双手贴在脸颊上了。

"眼睛红吗？"她紧接着追问道。

萤耀又瞅瞅她："眼睛倒不怎么红。"

"有多红哩？"

"是微红吧。"

"啊，竟没想到！去见老师，多不好意思啊！"

她还是不放心。

"你说我的眼只有一点红吗？"

"嗯，微红。"

"那你说我的脸真的很红吗？"

萤耀给问烦了。

"不是说过了吗？自己照镜子去！我妈梳妆台上有。"

荷露真就跑去了。

"讨厌！"她折回来时，为了掩饰自己的羞赧，故作生气地说，"你烦什么哩？"

"我喝醉了，困得很，可你却喋喋不休。"萤耀不客气地说。

"我叨扰你了吗？我好意喊你吃饭，给你倒茶，你还说我啰唆。好吧！"她说着跑去，从萤耀的手中夺下茶缸来。萤耀正喝呢，猝不及防，牙齿差点没叫磕崩了。缸里的热茶被猛然一掀，泼一点在他盘曲的光腿上，把他烫得龇牙咧嘴。他的手在被烫的地方搓揉着。几片泡开的茶叶几下就被搓烂了。

"活该！"荷露怔了一下，但萤耀本能的动作又让她觉得滑稽，她就大笑了起来。她怕他报复，把茶缸往书桌上一搁，拎起水瓶就跑了。她听到一声床栅的尖响。经过外面的窗口时，她望见萤耀已经站在地上了，好像气得不得了。她嘻嘻笑着，没有停步，跑过去了。

喝掉一缸浓茶，萤耀的心翻好点儿了，睡意向他悄悄地降临。他的知觉麻痹了，胸脯平静地起伏，嘴角还噙着一些甜蜜的笑。浑身的汗水渐渐冷却了，气息从敞开的帐门里招来更多花脚的蚊子，每一只都肆无忌惮地唱着歌，在他裸露的肌肤上，咬出一个个红点子。他睡得太沉。近年他很少有过这样香甜的酣睡。他梦都没做。喜客什么时候散的？学校的老师走了没有？远方的亲戚安排在哪儿歇息？什么他也不知道。只有一次，他的头脑清醒了片刻，使他隐约听出母亲的声音在咒骂谁。好像天变了，起了风，非常凉爽。他舒服地坦开手脚。他刚想："要下雨了……"随即就像一瓣春花，轻飘飘的，落入梦流。

他一觉睡到大天四亮。他睁开眼皮，便有一种愉快的感觉。他目光明亮，思绪活泼，很想发现一点新的事物。在窗前不远的草堆边，有株脸盆粗的椿树，他从枕上看得见绿色的树冠，衬着一方淡青的天空。太阳似乎还没有出来，树叶间笼着薄薄的晨雾，好像仍处于浅浅的睡眠中。一只山蛮子在枝柯上蹦跳，后来又飞来一只，它们亲昵地打闹一阵，又一起飞走了。他觉得山蛮子的呢喃，和呖呖莺声一样悦耳动听。自然麻雀的啁啾、喜鹊的叽喳、童牛的娇哆、高亢的鸡鸣和鹅的欢叫，听起来让人感到生活的充实。他在这一切温和的声音里，还听到了铁铲刮锅的熟悉的音响，这阵噪声唤起他关于时间的概念。

学生是不能恋床的，他想。不能学奥勃洛摩夫，他该起了。身上的汗垢像沙粒儿，应该下塘洗一洗。昨晚醉酒了，他竟澡也没洗，怎么睡哩？母亲已在准备早饭了，他该起了。荷露说，上午还有客来，她的好友。不能学奥勃洛摩夫，快起吧！他想。

走到院里，他起初生了一些困惑。他在蔚蓝的天空，除了飘拂的晓雾，没有瞅见一丝云影。清新的晨光是属于晴日的，似乎有着跃动的生命。一只蝉不适时地叫着。干裂的地上灰尘淤积，蟾蜍撑着腿，艰难地爬着，体内的生机像要枯涸了。它腮帮鼓动，黄皮干巴，更是难看。它在空气中只会嗅出干旱的气息，不会是别种的，为它所渴求的。

"难道夜里没下雨吗？"他奇怪道。

萤辉蹲在一堆碎砖头上，正漫不经心地刷牙。他快刷好了。他扭头看了一下，手捏着的牙刷就含在嘴里，毛茸茸的嘴唇上围了一圈白沫。

"下雨倒好了。春雾雨，夏雾热，秋雾凉风，冬雾雪。还有的热哩！"他漱了口后站起身来，"你昨晚喝多啦？"

"是有点多。"萤耀红着脸含糊地说，"叫陪老师喝，怎能推哩？就这还是用半杯一人陪一次哩。"

萤辉摇摇头，不以为然地笑着，走进堂屋。但是，荷露的上身从院墙上显出来，她叫住他。他停在后门口，侧过头去，眼中带着探问的神气。

"你家早饭不是没烧好吗？过来和姑爷一起吃点吧。"荷露邀请道。

"你就去吃点吧，萤辉。"桂英的声音从锅间传出来。

"我跟不上了。水亮已来喊过，先走了，我得赶快。"萤辉说着进屋去了。

"你要饿一上午哩。"桂英又喊道，"萤耀！"连喊几声，没见应声，她便不再喊了。

萤辉问："什么事，妈？"

"没什么，我只是想问他，头还痛不。"桂英说，"他不在吗？"

"哥出去了。"

这时，荷露端碗面条过来了。热汤溢出来，烫痛她的手指，她"咝咝"地吸着气。

"快！接一下，萤辉！"

萤辉扔了毛巾，赶紧跑上去。

"哎，送什么哩！真是！"

"快吃吧，不够，自家去舀。"

荷露在脸盆里洗了洗手，再擦干，转身进厨房了。过一会儿，她把空碗拿回去刷。再过一会，便听到他们在送客了。

老私塾说：

"萤耀的事，你在心了。"

"好，我走了。"

"慢走。"

"姑爷慢走！"

莹辉磕磕绊绊把车子推出去。

"我跟你一阵，姑爷！"

他有意大声说，好让烧锅的母亲听见。她果真听见了。

"你干吗急着走哩？不能多住几天吗？"桂英追出来喊道。

人已骑远了，只见他挥下手，便弯入小巷不见了。

"你慢走！"桂英继续喊道。

朝阳还没有完全露上来，扩大的圆弧红润无比，射出灿烂的光华。东方的天空变得鲜艳了，在地平线上一道云墙似的村庄的上方，布满美丽的彩霞。一只鹭鸶的白影顺着地平线悠然地南飞，仿佛诗人的灵感，逐渐融于瑰异的诗境。乳白的薄雾在微风中飘散，平畴广阔地展开，一望无际，到处有行动的人。

红日上升着，冉冉升起了，霞光映红水面。莹耀站在水中，一下一下把毛巾沾潮了，擦洗光裸的肩膀。一个姑娘，穿着宽松的晨衣，赶鹅走过来。杨青奇担两箕牛粪跟在后面。他们亲密的谈笑中止了。

杨青奇喊了一声。他是个挺帅的小伙子，穿一身白色的夏装，拦腰系根紫红的窄皮带，上下透着干练利索，看上去比原来还要高些。衬衫的硬而尖的衣领半敞地绕过脖颈，长袖卷起两匝，晒黑的右腕戴块铁壳的电子表。乌黑的发型合乎时尚，鼻子英武地拱起，增强了他脸上的男性的魅力。他举止似乎洒脱不羁，笑声狂放，让人感到他心胸坦荡，为人豪爽，容易接近和相处。但在他眼睛深处，却蕴蓄着不易被人察觉的观察家的冷静和智慧。他广博的知识，使他具有明敏的思想、深刻的洞察力，优雅的微笑和辞令，使他能够从容地把这些优点很好地掩饰于青春的热情之下。和他接触的人，都会像受到电磁的效应，不知不觉就被迷住了。

他热爱文艺，喜欢相声节目，贪看电影、电视剧；他嗓音浑厚，能唱很多流行歌曲和民歌，曾在学校五四歌咏赛上夺魁，在他裱糊着白纸的书室的墙壁上，挂着一把二胡，他常在月光下旁若无人地拉练。从学校回来，他一直做生意，手头阔绰了，他又成了藏书迷。他的学业只勉强修完初三，并不是成绩跟不上，而是他太胡闹了。他整个的人就像一团火，文学的热情刺激使他过早向往女性的爱。他在初二一度迷恋学习委员白霞，事情败露了，受到校长点名批评，差点被开除。这使他收敛了一段时期。但这段时期并不太长，维纳斯让他着迷，他忍不住又恋爱了。他觉得路薇美丽动人，尤其是她穿那件火一般颜色的连衣裙最美……她头发厚厚的，目光柔柔的，声音细细的……殷鉴不远，在夏后之世，他没敢再写情书。他学习汤姆的聪明的做法，拣个放学教室里只剩下他们两人的时候，用粉笔把那三个烫人的汉字写在黑板上。而且小心在意，写一字擦一字，担心隔墙有眼。

"啊，你……"他的贝奇也是绯红了脸。

毕业后，他们走上社会，爱情更加坚固了。两家的上人认可了他们的关系。平时，路薇在自家的代销店里售货。她常过来走动，帮杨家干干农活儿，抬杆村的人大半知晓她了。随着情感世界的全部的开放，他们的恋情好像游船，经过狂风暴雨的海面，终于驶入平静的港湾。她不再有荒诞不经的幻想了，开始思考一些实际的问题；而他心里却朦胧地起了一种远大的理想。他们一起走向真正的成熟。

在同村的青年中，杨青奇一直保持着对萤耀的友谊；他的图书萤耀可以自由使用。萤耀也视他为知己。两人在一起，情趣相投，无话不谈。在路过水塘时，路薇先走一步，他们俩就聊了好一阵儿。他们谈起萤耀的落榜。

是上高中还是回读？萤耀征求好友的意见。杨青奇说：

"水涨船高，回读能否考上，还是问号。羁留初中，尽在旧知识里翻，虽说温故而知新，但蹉跎了岁月。而且即使考上中专，三四年后分配出来，从农村去还要回到农村来，也不会有多大前途。上高中会接触到许多新知识，只要初中学习优异，再经过几年努力，大学是容易考上的。就是回家务农，高中生的前途也比中专不差多少，甚至前景更光明。有些人考上中专，一味沾沾自喜，以为船到码头车到站，反是害了他。看人有没有出息，不在三年两年，至少需要看上十年。三十年河东转河西呀，你说呢？"

萤耀赞同道：

"你说得很好啊，我认为！我一直犹豫。我想上高中，可是英语不行，又想复读一年，把这门功课补上来。另外我们报考的高中，学风不正，纪律乱得一团糟。环境造就一个人，我不想去上。如果能够获得父母的长期的支持，我真想在家自学啊！可我家人全都极力劝我回读。学校的老师也都这样劝我，并且表示愿意收我；他们的好意反而使我更不好见他们了。我的姑爷说，他可以找找人看，使我最好能在市内的中学复读。我真不知道该怎么办哪！一切只好听任父母越俎代庖；我不忍心忤逆他们，让他们再遭痛苦了。"

"父母的爱心有时是种难言的重荷啊！不过你回读一年，也并没有什么害处。英语是不能忽视的。在改革开放的年头，不懂外语，就不是个十成人。单从升学的意义上讲，英语不行，就很难考取。高考英语的分数占百分；明年中专的考试，也不会再是百分之五十，英语绝对要学好。"

一位妇女挎个菜篮儿，走上塘埂。她从老远就开起杨青奇的玩笑。

"都这么长了，一点用也没有。"她拃开手指比量着说，"挑卵大两箕粪儿，还要歇气哩！"

杨青奇转向她笑了："你说我没用吗？哪晚我让你试试看！我会让你感

到，我的力气不比五哥小哩!"

"我烫不死你哟!"妇女热辣地说。

萤耀的脸发烧了。他听着他俩逗乐儿，心里怦怦直跳。他不敢正视他们，把身子向水里弯下去了。

把我来烫死，

那个又何妨?

变个桑树就在路沿上，

等候你来采那个桑哟——

桑枝子挂烂你的裤裆咿来呀呼嗨!

杨青奇针对"烫死"，随口唱起下流的荤歌。

妇女口怯了。

"看我不撕烂你嘴!"

妇女扑上去。

杨青奇不用费劲，很轻易地，就拦腰抱住她了。他把她脸儿朝天横过来。

"让你下去煺煺毛吧。"

他两手往塘里一送，但这只是一个吓唬的动作，他并没松开手。妇女吓慌了，揪住他的衣袖，连声叫嚷。

"君子动嘴不动手，快放开!"

杨青奇得意地笑着，不言声，也不松手。

"你不放吗?"

"放啊。"

"那还不松手！"

"哪有那么容易？有条件哩，把嘴噘起来！"

"你嘴臭吗？"

杨青奇又是两手一送。

妇女赶紧让步：

"好，好，听你的！"

她的脸像少女一样红扑扑的。当她拾起篮子，挎到胳膊上走路时，她对萤耀说：

"杨青奇不是东西！你别跟他在一起，他会染坏你的！"

她又对哈哈大笑的杨青奇威胁道：

"你这样流氓，看我不在路薇跟前放你水！"

她整理衣衫，抿顺刘海，轻快地走了。

"你真可以呀！"她走远后，萤耀说，脱口而出的话却像嘲讽似的。杨青奇的脸红了一下。他挥着戴表的右手说：

"这有什么哩？妇女总是欢喜年轻小伙子。她用狂言挑逗你，你就得用更狂的言行压住她，否则她会把奚落死的。你在农村土生土长，不会不知道吧？"

"我知道的。我是随口说的，未加思考，你别介意啊！"萤耀抱歉地说。

"我是那样人吗？"杨青奇做了个友好的手势说。他把两头的粪箕绳在扁担上挂好了。

"其实，这没有什么啊，你说哩？好吧，有空再说吧，我该送粪了。"

他挑起担子，用手把着箕绳，步子很稳。

"农妇的狂浪当推第一，一告二骂三……无所顾忌。晋时竹林七贤中有个刘伶，放浪形骸，某次裸身会客，为客不齿，他反而说：我以天为屋，以屋为衣，你们为什么钻到我裤子里了呢？比起这些妇女，刘伶不过小菜一碟。像罗嫂……"萤耀想，把毛巾搭在肩上，往家里走。

他一味深思默想，没有提防，在一面砖房的墙角，被迎面的荷露撞上，脚步踉跄，歪倒在旁边的树干上。荷露迈步匆急，胸前端一盆准备漂洗的湿衣，黑色的圆形小塑料盆把萤耀的胸口撞红了。湿毛巾从他肩头掉落，拾起来看，污得不像样了。

"走路也不拿眼看，就会闷头瞎撞！"荷露瞪着眼，先发制人。

萤耀嘟囔道：

"我还没问你哩！"

他把脏毛巾扔到荷露的衣盆里，抖也没抖一下。

"真是的！"荷露叫道。

"又不是不洗了。"萤耀满不在乎，抬腿走了，却又停下问：

"姑爷走了吗？"

"早走了。"

他这才走过墙那面去了。

春绿秋黄

一

　　当他走出漆成苹果绿的家门时，心里别提是什么滋味了。一个多月以前，中考成绩单从母校二十五中飞来，践踏了他三年的寒窗苦读，蹂躏了他早在心中用理想之笔描绘了无数遍的锦绣前程。每在楼梯口碰到邻人投来的探询的目光，他就燃起羞愧的大火，恨不得头插入裤裆走路。父母自然也很失望，脸上却浮起柔和的笑容，他们用布满辛劳的硬茧的双手，用拥抱和无私的爱，抚平了他心中的漪澜，让他鼓起勇气，挎起挂在床头的黄书包，去向未能一举攻克的坚堡发起第二次冲锋。虽说好马不吃回头草，但面对父母的奔波和忙碌、抚慰和劝导，他还能说什么呢？

　　走完楼梯，拐过小巷，现在伸展在他脚下的，是百米长的坑洼不平的石子路。路南，一小片肥沃的菜地，上面黄包头菜长势并不好，有扁担长的一截茄秧早已枯萎，巴掌大小的焦黄的叶片被骄阳烤煳，残留的零星的果实像婴儿的脸皱巴巴的，若按时令，它们早该被铲除，塞进锅灶烧两瓶开水，显然是主人得知这块孤岛般的土地不会太久就会被高楼挤占，因而对它疏懒了。这条石子路，一端连着昌盛商店，一端与纵贯南北的柏油路交成 T 形。在相交处，孤零零地立着一盏路灯，像个句号，画在市区的北端。而这个句号，是画得非常有力的。从这里始，往北，摩天高楼猝然稀少。多为小规模的民办企业，百货商店几乎没有，代之而起的是以经销油盐醋酱酒为主的个体代销点，大地的色彩也逐渐变成单一的绿色或黄色。春绿秋黄，农作物因近郊和远郊的差异而有蔬菜或稻谷之别，倒是空气变得越来越洁净，视野越来越开阔，人走在公路上，目光一直能达到朦胧的天际。这些区别是极其显著的。

在石子路尽头，昌盛商店一年四季，生意都挺不错，这也许是因为它的名字取得吉利。紧靠商店，路北是新村小学，开学伊始，教学楼上插了一圈彩旗，还有许多小学生，穿着漂亮服装，欢笑嬉闹着向那里奔去；暑假的离别，唤醒了他们对学校的亲切感，他们盼望着快些见到昔日的老师和同学。从学校过来，便是几排砖瓦结构的居民住宅，然后是拉着围墙的知青厂和粮油厂，两厂围墙所隔出的小巷，通向他们那栋居住楼。一小间低矮的茅庐，龟缩在公路一边，遮去粮油厂四分之一面积的厂房山墙，当暮色笼罩大地的时候，一点昏黄的路灯光便投在茅庐上，使得石灰水写在矮墙上的歪胯斜脚的"对外理发"四字隐约可辨。理发师是个胖妇女，刚吃过早饭，一时没有生意，便站在破门旁，笑眯眯地瞅着眼前经过的一群群天真烂漫的孩子。

胖理发师看见他，嫣然一笑："上学去？"他赶忙微笑点点头，往右拐上公路。这会儿，前面粮站的灰色屋脊刚被冉冉东升的太阳照亮，公路上车流、人流正为高潮，一片喧闹。每天，清凉的夜幕就是在这片瑰丽的交响乐中一点一点卷起的。尤其，这里又是陡坡，迎面的车顺势滑下，重力加速度越来越大，即使刹车，也风驰电掣，时常发生事故。前天，在茶叶批发公司的门前，一个手拿黑皮包的老人就被车撞了，头破血流，如若军区医院不在附近，老命难保。因此走到这儿，人们不由得有些紧张，他原想在路上背几条英语单词，此刻也只好放弃这个美好的念头。他绷紧神经，紧贴路边走。走不了几步，就会碰见一株法梧，只有他的手腕粗，叶子沾满灰尘，已泛出了秋天的黄色。当他走到湑园附近，突然飞来一颗石子，砰！击在背后的书包上。恼怒地回过头，看见两个扭着的细脖子，白嫩嫩的，没有喉结，浑圆的肩头吊着书包，那个暗红色的皮包，绘有大小两只长颈梅花鹿。一个男生，晃着弹弓，嚷着奔他而来。

"白云天，等等我。"

"是你？猴子！"

"正是猴子吴正容到也。"

"你吓我一跳！就不怕打错人？"

"哈哈，老同学了，烧成灰也认得。怎么，也是去十九中回读？"

白云天低下头，脸有些挂不住，耳根像有无数的针在刺。

"为什么不上高中？噢，想考中专。不过，凭你的成绩，上高中是挺有希望的。"猴子又说。他们是在二十五中时的同学。猴子个头不高，圆脸清秀。尼龙短袖衬衫掖在酱色带有白纹的长裤里。人挺有趣，机灵玲珑，但学习成绩并不好，初中三年，毕业证书也没拿到。说话时，他又偷偷向那两位受惊的女中学生笑了笑。

那个肩膀上吊着梅花鹿皮书包的女生嫣然一笑。

前面禽蛋批发部的旁边有家早点店，油锅沸腾，香气四溢，惹得路人腮帮一瘪一鼓的，一口口地咽唾液，极力轻轻地咽，免得喉咙里弄出声响，有伤大雅。

猴子收起弹弓，奔了过去，买来八块糍糕。

"对半开，一人四块。"

"我早饭就是这，你自己吃吧。"

他紧走几步，撵上已走到他们前面去的那两个女生。

"二位，帮忙推销一下。"

她们愣了，继而害羞地跑开了。

"喂——扔来啦!"

"妈呀——"

她们信以为真，惊慌而逃；一直跑到坐落在坡顶、有两个士兵荷枪站岗的军区大门口，才止住步，回头指手画脚说着什么。这时，一辆从市府广场发来的五路公交车，东边的窗玻璃闪耀着阳光，从她们身边驰过，在不远处的友谊亭停稳，抛下几个乘客，又带上几个乘客，然后拐弯开远了。看来，下来的乘客中有她们的相识，她们又张开膀子，鸟一般向那飞去。果然，一个女生模样乘客，也像她们一样地张着双臂，跑着迎来。三人拥抱一团。

"真有趣!"猴子喃喃道。

他兀自大笑，拿起一块糍糕，用嘴叼住，尔后又用手掌，像压弹簧般，把它全部压进最大限度地张开的、长着两排洁白牙齿的黑洞里。他的嘴巴涨成了气球，随即又瘪了，因为他不知为何又笑了起来。他弯下腰，猛烈咳嗽，清泪直流，脸红脖粗。

"别作孽啦! 不想吃，就包起来放着。谁知盘中餐，粒粒皆辛苦啊。"白云天给他捶了几下背，一面不期望有什么效果地劝了一句。不想，他照做了。

他们走上坡顶。从这里，已经可以看见火球一样的太阳了。整个天空的色彩开始变得纷繁，分出明显的层次；强烈的阳光把东方照得白亮耀眼。在他们头顶上空，笼着一片深潭般的湛蓝，但遥远的西北方，还沉浸在淡青的曙色里。这些层次，还可细分。白亮的，有强弱的差别；湛蓝的，有深浅的不同；淡青的，清晰程度也大不一样，全看距离太阳的远近而定。所有层次，都表明天已不早了。他们加快步子。

转过弯，再走五十米左右，就到十九中学。校门对面，隔条马路，是个小店，主要卖些小东小西，倒也把货架摆得满满的，显得琳琅满目。售货员是个年轻的姑娘，长得漂亮，穿着洋气，嘴角挂着妩媚的笑。女性的笑本就很有魅力，何况又年轻妩媚呢？她往柜台后一站，马上就围上一批背着书包的青年。他们泡在那儿，用钱和时间买来短暂的虚幻的憧憬，心里一点也不后悔。当他们从小巷走出，那个蹲在校门旁边卖冰棒的老太婆就更响亮地吆喝起来，再把他们口袋里所剩无几的零头赚去。他们吃着大雪糕，顺着水泥路，很有气派地踱进校园去了。这条亟待修理的坑洼的水泥路，就像农家寒冬腊月挂在屋檐下晾晒的咸豆腐串，串起了初中和高中的几溜教室。假如能够像纸张那样对折，几溜教室以路为对称轴，一定完全重合。教室坐北朝南，千疮百孔，红砖不红，碧瓦不碧，透出无限的苍凉，点明了自己的郊区中学的寒酸身份。校长室、校团委、教导处和教师办公室夹在东西操场之间，与会议室和广播室接成不封的"口"字形，中间长方形的空地被辟成花坛，四周围以冬青树。接下去一直到北面的围墙，是食堂、教职工宿舍、校办的搪瓷厂和木工厂的破烂厂房。就面积说，东操场较大，上面两个锈红的单杠，分置两头，像是足球门，不过没网。果然，他们来此不久，就拥来一群球迷，很快选定分好队员，热火朝天地踢起来。——除此以外，还有一层枯黄的野草在秋风中抖瑟，别的再找不见了。西操场体育设施较多：高低单双杠，沙池，爬杆，篮球架，乒乓球台。但有一半场地，圈入了竹笆以内，暂时成为教师宿舍楼施工用地。五层大楼基本建成，建筑工人手拿瓦刀和灰板，站在蛛网一样细密的高高的脚手架上，他们大都敞着头，好像对竹笆门上的横幅标语"进场要戴安全帽"熟视无睹。楼顶有个小伙子，白衣白帽——想必是褪了色的劳动布工作服，他全身沐浴着阳光；挂着"百年大计，质量第一"字样的吊车，正把一铁车搅拌机轰隆隆搅熟了的混凝土送给他。他小心翼翼，停稳铁车，洪声一喊，让楼下人关掉吊车的电闸。然后，他解下钢缆，推车迅速地跑，到了施工的师傅那里，猛地打住，双臂奋力一举，车把朝天，一下倒净混凝土，那两只悬空的轱辘，如飞地旋转，整个动作，干净利索，漂亮极了。操场上有不少学生，有伏着单杠的，有骑着双杠的，并非是在锻炼，懒懒散散，禁不住喝声彩。

"太棒了！等毕业就去当瓦工！"白云天说，但他随即添上一句，"假如社会有万分之一像尊敬教授那样尊敬瓦工的话。"

离开操场，他们去了报名处。白云天认为，把报名处改为缴费处更为贴切。因为回读生的名字和中考成绩单，通过各种各样关系早已在学校登记，只等班主任金涛在收款一栏签收即可。会议室的墙上，一张红纸上用毛笔小楷抄录着各班班主任姓名。他此刻不在，一个戴近视眼镜、扎羊角辫的女生告诉他们：

"金老师被教务处的王会计叫去了。"

屋里全是女生。老远，欢声笑语、声声盈耳。一个男生，穿一套"海军蓝"，体格矮壮、胸脯厚实，脸上皮肤干燥，是常在阳光下劳动的那种黑里透红。他的头发，浓密乌黑，透着天然光泽，没有受害于电梳电推而呈现的暗红。然而，他的发型丑到无法再丑了，像个砂锅盖，又像黑色的鸭舌帽，高高扣在头顶，使后脑显得很尖很长，像把榔头；两耳岔开，脸膛瘦长，一张五官端正的方脸被破坏无余。给他理发的店家生意一定清淡，因为凭这手艺实在只能拿着手推子，在农村走家串户。这个男生，犹犹豫豫，在门口转着，见他们走近，迅速扫来一眼，又慌忙移开，盯着修葺整齐的女贞树。他也是回读生吧？为何不进去？白云天感到奇怪，想必是屋内已被女生统治的缘故吧。

从敞开的门望出去，白云天正碰着"榔头"射来的眼光。他像做贼似的，慌慌垂下眼帘，曲起右腿，用黄球鞋画了会短横，像在沉思，终于还是走开了。

白云天有些想笑，突然感觉到自己的鼻尖成了焦点，几束目光有着正午的阳光的热度，一下把他揉到南山墙头，下不来了。他这才意识到屋里的气氛有些不对劲。从他们的脚步声在走廊响起，女生便中断了风趣的闲谈。最初，她们一齐看着他们走进来，是随意的打量，只有那个扎牛角辫的微微蹙眉，镜片闪烁地泛光，带些分析的味道。后来，她们就盯着自己的凉鞋，或伙伴的肩头，一言不发，好像犯了错在挨训的样子。她们围在一张大红的办公桌旁，五颜六色的衣服使室内生辉。穿着最土的，是那个头发斜插三根发夹的"大辫子"，闪光的的确良上衣，双肩已磨白了。她很黑，孱弱，眼神仿佛是受了惊吓；其次，要数"羊角辫"穿着朴素了，青果领花褂，白纽扣，从领口微露出红格衬衫；有两位穿学生裙；最摩登的，是那件粉红色连衫裙，主人身材秀颀，脸色红润，但用力抿唇，挤出两道肉褶，像小括号，仿佛在生气。

这时，相携着又走过两个女生，她俩起先被深邃的寂静弄糊涂了，以为毛病出在自己身上，便怯怯地止步，左瞧右看，又互相看看，最后总算找出沉默的原因所在，浑身轻松了，好奇且含蓄地盯了白云天好久。

快十点，他们才缴了费。上课铃一直也没打。报名、注册、缴费、领书……到处是人，熙来攘往，喧闹得像茶馆。尤其是回读班隔壁的初三（四）班，几个男生，手拿扫帚、铁皮簸箕、断椅腿烂桌面，女生一进来，又敲、又擂、又捶，手中没家伙的，就吹口哨，拍巴掌，跺脚，震天动地，尘土飞扬，也不见有老师去管。今天是星期四。看来，不到下周，不会正式上课。

尽管如此，星期五和星期六到底去不去呢？回家路上，白云天想，并尽量走在凉荫下，快要直射的太阳，烤得行人汗流浃背，有不少人，脱下外衣，顶在头上走。"知了——"前面一株繁茂的法梧上，有蝉起劲地噪。它知了什么？讨厌。

二

一周工作的疲劳，与悄悄笼住了愉快的星期天的夜幕一起，被凉爽的夜风带走了。人们很早地起了，精神抖擞的。车站上有喁喁的低语，小溪流水般不时荡起轻松的笑，汇入车笛、车铃、军号、脚步、菜篮、扁担的合唱，大街上轻轻地流，轻轻地淌。就像航海的船，拉鸣汽笛，从停泊的港口，驶向遥远的目标。

新的一周开始了。

"一周七天，一月三十天，一年三百六十五天，弹指一瞬啊！"白云天忽然感到热血沸腾，如芒在背，急急加快脚步。然而，还没到校，这阵暴风雨般的激动就消失了，代之以心平气和。这真怪，就是所谓的"心血来潮""一时头脑发热"？

校园真静，沐浴着朝霞。水泥路两边，各班的教室大都没开，每条走廊，都有些学生，并不多，三五个，有男有女，若是初一的新生，尚见有捧着书在读的；年级高的，反倒没有人在用功了。初三回读班门前，同样聚了些人，里面有吴正容的圆脸，依然含着盈盈的笑。他上学很积极的，总比开门的班干早到。他一边侃侃而谈，一边不时地拾个石子，用弹弓射在前排的屋脊上。

看见白云天，他腾出右手的食指，连连地点，煞有介事地说："我看你呀，睡床屙屎不想好了！老实交代，那几天没来干什么去了？"

所有人的目光都停在白云天的脸上。他有点窘。

"不说？我是知情的，我来问你，星期五下午可上百货大楼了？还不承认？我亲眼所见，你还挽了个女生呢！那个女生偎着你，就像这样——"

"干什么！"白云天推开他。

可笑脸是不怕怒容的。有个女生，使劲克住笑，走开了。猴子冲哄笑的人摆摆手，硬附到白云天的耳边，做出神秘的样子轻声道："不干什么哟。就是憋不住了，陪我去轻松一下，好吗？求你！看在我给你留了座位的分上。"

拿他有什么办法？他们从厕所出来，就在西操场散步。反正进不了教室，看不成书。不知谁管班钥匙？

"于冰。"猴子说。同时一弹子射在建筑工地的竹笆门上，很响。那个端着热气腾腾的饭缸的看场老头，一勺稀饭停在嘴边，愤怒地扫来一眼。猴子一乐，满不在乎。

"就是在报名处遇到的四眼。"他补充道，"你别把她看麻脓脓了，她成绩好呢。你还不知道吧？我们班很有几个高分哩。那个引人发笑的'榔头'苗怀新，他是肥西人，考中专只差几分，他舅舅是教我们语文的王老师，他和舅舅一起住校。看来下年我们回读班，搞得好，中专定能考取几个。"

"不过，屎头混子也不少，像我。"猴子自我解嘲，"还有马彪。噢，你还不知道马彪也来回读了呢！这下戏就有得唱喽。"

开学那天，猴子碰见马彪时，他正和白丽丽、柳芳说事。柳芳小鼻子小脸，像个孩子。白丽丽大长脸，并不漂亮，卷发披肩，远远看去像是翻卷在炉口的一团黑烟；眼白多了点，柳眉细长，望你时你也觉得她在瞪你，那眼风好像任什么也不放在她眼里。她穿了套漂亮的红衣，胸脯也耸起了，勾出身体的曲线，使人心猿意马。他们谈笑风生。

马彪看见猴子，笑道："呲，伲们也来参加'二次革命'了？"猴子发狠："你才伢们呢！"

马彪发现他书包里的糍糕，拿去三块，递一块给白丽丽，递一块给柳芳。她们没接，白丽丽说："哼！八百年没吃过糍糕！"

"不吃拉倒！"马彪刚缩回手，白丽丽却又伸出胳膊，摊开右掌。她的指甲用凤仙花染红了，小指的指甲留得修长，弯弯的，纤丽，她说话时常用它挠鬓发。她像公主似的以命令的口吻道："拿来！"

她只吃了一口就扔掉了，从裤兜里掏出一叠粉红的卫生纸，撕下一张，擦擦手，揉成一团，嗖！抛了出去。那老练劲儿！猴子和马彪眼都看直了。

下午，金老师弄来一批课桌椅，男生去搬。在教室的走廊口，女生杨青靠着廊柱，眼神仿佛受到惊吓的样子，呆呆地在想什么心思。头里走的马彪，把手中的木桌举起，像张牙舞爪的野兽，卡在杨青的头顶。好长时间，杨青方才醒过神来，羞红着脸跑了。

事隔几天，猴子说起来，依然疯笑不止。白云天可一点也笑不出来，看看东方，太阳升高了，猛射着炙热的光芒。工人们挎着工具包陆续走进竹笆门内的工地。学生也随处可见了。喧闹声充满校园的每个角落。在操场边缘的教室内全都有了晃动的人头。想必回读班也开门了。它在倒数第二排，靠水泥路边的一个教室。他们横越操场走回去。走到单杠边，猴子跳起拉了一下，松手后因为太快而险些栽了跟头。

"跌得好，跌得好。"有人拍手笑道，是两个女生，款步走在旁边的水泥路上。

"也不看看我是谁，能跌倒吗？"猴子拾起书包，拍着沾在上面的灰尘，一边模仿广播里的评书做着鬼脸，"俺乃是卖过竹笆、劫过皇杠、大反山东济南府的花岗寨混世魔王程——咬——金！"

她们笑弯了，白云天也绷不住直乐。刚才喝倒彩的夏雨珠是个活泼的姑娘，白衣绿裙，手拿栀花。她的好友江蔚高她半头，像个运动员，高大壮实，阔脸，右眼眉边有条细伤痕，不细看看不出，头发长而黑，束在脑后，如倒扣的长柄水瓢。他们一起走进教室，门果然开了。二间通堂，四排桌椅。过道窄得可怜，仅容一人侧身而过。砖石墁地，扫得一尘不染。但桌上椅上落了厚厚一层灰尘，摆在三角形屋架下的桌椅还落有白拉拉的雀屎。来的人先用几张纸嘶啦嘶啦地擦，然后将书包放在桌角，掏出书来。有四扇窗，和其他班没什么两样，没有玻璃，钢筋弯弯曲曲，如蛇。从窗望出去，可以看见几株梧桐，枝干上染着朝霞的红光。对面教室的学生在干什么，也看得清。此刻，已来了不少学生，只有苗怀新、于冰和杨青在看书，其余的拿出书只是做样子，坐在位上与坐得近的同学小声闲聊。他们进来时，室内静了一瞬，有面向后座的，以为来了老师，迅速转回身。于冰和杨青也把脸从书上略微抬了一下，苗怀新的"榔头"却始终纹丝不动。白云天有些感触，隐隐地后悔起刚才的闲遛来，擦净桌椅，赶紧拿出书读。

猴子去扔脏纸，他再进来时，反手掩了门，并在门上搁了把扫帚。很多人给搞愣了，于冰大声责问："吴正容，干什么？"

"此乃天机，不可泄漏。"猴子做了个卓别林式的怪脸，回位坐定。

不一会儿，马彪推门而入。他戴着墨镜，蓄着鬈发，一头黑发用电梳精心地做成菊花型。推转门轴，扫帚便落下了，正击中"墨菊"，全班哄笑。

马彪笑道："好呀，吴正容！你这伢们算计我来了！看我怎么整治你！"

猴子慌忙爬起，向奔他来的马彪举起双手："……嘿嘿……马彪……马彪……嘿嘿……我投降了，投降了，马彪……哟……哟哟——"他没有反抗，左臂被扭到背后，像麻绳般上了劲，而且右耳也被拎住了。

"今后可敢作乱了？"

"不敢作乱了。"

"到底可作乱了？"

"到底不敢作乱了……"

"吃屎可作乱了？"

"……哎哟——吃屎也不敢作乱了……"

马彪这才松手，再看猴子，眼泪都下来了，但还是笑呵呵的。全班人笑成一团，别班坐在窗口的学生也朝这边望，三（四）班甚至跑来几个男生看热闹。

邻座的夏雨珠说："吴正荣，你怎么这么软骨头啊！"

猴子拭着泪水道："难道我不想硬撑？实在撑不住啊！"

电铃响了，铃声像是从老人喉管发出的，喑哑、苍凉。

教室的笑渐渐地平息。围在窗外的人也走掉了。金老师走上讲台，在黑板的左上角贴了日课表和作息时间表，然后摘了笔帽，翻开刚领到的花名册，开始点名。他是青年教师，眉毛很浓，眼睛漆黑，显得威严。他刚大专毕业，才分到学校，带几个班的物理，兼任回读班班主任，工作的繁忙可想而知。但他生气勃勃，工作认真负责，有股初生牛犊不怕虎的闯劲，一开始就给大家留下很好的印象。如若换个班主任，到现在恐怕还得有一大半回读生没有课桌椅呢！而且据说因为有了他的努力，校方正在考虑补发各种练习簿。这就怪不得，他开缴费收据时总要叮嘱一句："要收好啊。"当时还认为他未免过于郑重哩：收据，对于别班学生，尚可凭此领书和练习簿；对于回读班，仅是一纸证明而已！全是学费，什么也没有。未想，现在它们真的要派上用场了。大家对金老师的敬意油然而生。他毕竟刚从学生过来，知道学生的清寒。

他还在点名，被点到的，照例起立答"到"。男生答声普遍较大，女生嗓门小，有的像蚊叫，只有她自己听见，等到老师又点到她，她才提高点声音，还是不洪亮，但已羞红了脸。老师见了，赶忙让她坐下，微笑道："大方点嘛，有什么可怕的？"然后就俯身在花名册上画个符号。

点到马彪，他也规规矩矩站起来，规规矩矩大声答道："到。"一个人给他人的第一印象是很重要的。是因为刚来到新学校，他想给新的老师新的同学留下一个好的印象吧。这在马彪身上是难能可贵的。在二十五中时，每次点名他要么叫人代答，要么就呼地站起来大喊一声："在"或"有！"引起哄堂大笑。

金老师让马彪坐下，又俯身画上符号。按着花名册的顺序，继续点名。"江蔚。""到。""夏雨珠。""到。""荷珠——荷珠——"没有应声，大家左张右望，用目光寻找。金老师正要在花名册上画下符号，突然一个着急的声音在走廊响起："来了，来了——到！"随后一个女生出现在门口，她满脸通红，低着头使劲抿唇，挤出两道小括号似的肉褶儿。

"下次来早点——进来。"

同学们望着她笑，猴子说："真是来得早不如来得巧。"

白云天总算听到点他名了，早就在心里想哩，就在这个后面，快到了吧？真被点到，还是感到突然，吓了一跳，赶紧站起，那脸有些烧，心怦怦跳得好快。"到"这个字就像铅球，从喉咙里滚出来，全身就放松了。等到老师一点头，他就坐下，没提防屁股下被放了木楔，戳得他龇牙咧嘴。猴子以书遮脸，吃吃地笑。后座也有笑声。他气得在猴子的大腿上狠狠掐了一把。

金老师合上点名册。全班五十二人，全到。

他一挪衣袖，看了下表说："好了，现在大家出去站队，我们把座位调整一下。"

大家哗哗啦啦地站起来，推嚷着走到室外，吵吵嚷嚷地站起队来。

金老师居高临下站在走廊上望着，不断地大声喊："按高矮次序排，速度快点！"

猴子搂一下白云天的肩膀，说："我俩坐啊！"他探头望队前看着，两个两个默数，最后让了一人，拖着白云天站好。马彪也用同样方法，拖着苗怀新站到他们后面。

四列纵队就这样站好了。金老师要求眼睛近视、耳朵不好的站到队前。于冰和另外两个学生走出队列。

"好了，别讲话，听口令：立正——各排报数！……单数的举手，好——放下！单数的学生，跨前一步走！"

马彪和猴子你望望我，我瞅瞅你，有些傻眼。他们没料到老师还有这瓢水舀的。学生开始进班，一排女生，一排男生，隔花着坐。白云天和苗怀新分在四组最后一张桌子，他们前面靠这面墙的第二个窗子坐了江蔚和夏雨珠，右边隔着荷珠与白丽丽，是马彪、猴子的座位。这样，女生包围男生，男生也把女生包围了，男女有别，上课讲话打闹是不太方便了。全部坐定，金老师又从备课笔记本中抽出四张纸，让各组前排的一个学生，按座次把本组同学的姓名记下来。然后，他用目光在教室里一扫，开始说话了。

听他说道："快下课了。占用大家自习课的时间，我们把座位简单摆了一下，今后如没有特殊情况，大家就这样坐。若有对座位不满意的，下课个别找我谈一下，说出理由。理由正当，我会酌情考虑，但未经许可，不准私自乱调。从下一节课起，第一组第一排两位同学，也就是——"他看了下纸，"柳芳同学和张萍同学，开始值日。依次轮流，每两人值日一天。值日生负责擦黑板和扫地。在这里，我要特别表扬一下于冰同学和杨青同学。"大家的眼光顿时集中到三组第一张桌后那两颗乌蓬蓬的头上。金老师也投去一眼，但他说话并没有停顿。"现在大家能坐在这么干净的教室里听讲，都多亏她俩默默无声的劳动。希望大家向她俩学习，关心集体，把集体当作心中的红旗。这样，我们共同努力，就一定能把回读班搞好！"

金老师时间安排得真紧，他语音一落，那像从老人喉管发出的喑哑的铃声就响了。

三

架在屋脊的喇叭飞出雄壮的进行曲。学生从各个教室拥向东西操场。回读班也停止抄日课表，肩膀碰着肩膀，三三两两谈笑着走出来，汇入水泥路上的人流。只有马彪和猴子没有出来，他们要趁课间操期间调换木桌。他们现在坐的这张实在太破，四条腿儿像耳朵似的岔开，宛若体育课用的鞍马；三块木板钉成的桌面，皱纹纵横，乌黑油亮，它的前身想必是天天滚菜刀的砧板；桌肚的两块三合板，给人精心地裁去两个圆，像月亮门，别说放书包了，放人也会掉下来；破货还很娇气，人没碰到就哆声哆气地尖叫，拂水垂柳般婀娜地摆动，好像冰清玉洁的公主似的。对于他们二位来说，桌椅应是不会说话的奴隶，文弱的"公主"怎能中意？就见猴子奋臂出袖，一把把桌椅拖出过道。同时，马彪奔到他原先坐的那张课桌前。这张课桌，厚实坚固，是他当时特意挑了又挑抢搬来的，现在便宜了胡枫。这个有着一个似外国人大高鼻子的胖子，也不是省油灯，换桌子行，必须把他原来桌子换回来。马彪火了："保你添儿子，还保你添孙子！"双方互不相让，拉锯一般，把桌子和难听话推来搡去。火气迅速上升，胡枫肉嘟嘟的胸脯便成了冲拳的沙袋，受了马彪三次重击，他像笨牛般倒下了。

正准备去做操的于冰赶忙奔过去，试图制止，结果好心却换来一顿奚落："滚一边去！别以为金老师表扬你了，就不知哪对哪了，什么闲事都想插手管！"

于冰受此辱骂，气青了脸，一路鸣咽着找老师去了。

"这回马彪该倒霉了！"望着她的背影，小个子柳芳不以为然地撇撇红唇。她发音不太清楚，舌头好像短了一截。

白丽丽用纤丽的无名指一撩卷曲的刘海，轻蔑地回答："这种人顶讨厌了！矫揉造作！就她最积极！"

回读生们大都这样小声谈论着于冰，一面懒洋洋地往操场走。白云天心里有些为于冰抱不平，便问走在身边的同桌的态度，不想苗怀新漠不关心地说："我们还是不要过问这种事好。"

倒是走在旁边的夏雨珠扭过头来反问："别问人家，先说说自己的态度嘛。"

"我正在考虑，以后选班干时投她一票。"

夏雨珠目不转睛地瞅着白云天，似乎想从他的目光里，从他脸上的表情、嘴角的笑意里分析这话有没有讽刺的意味。

这时江蔚也插进来说："你不觉得她太天真了吗？"

"雨果说，天真是人灵魂里的一颗明珠，而明珠是不会溶化在污泥里的。"白云天颇为自己这番话自鸣得意。

"哟，好一颗明珠！白云天，于冰听了，一定会芳心颤动！"

白云天给她们笑得不好意思极了，心想，她们一定觉得他也太天真了吧？

他们在西操场两手侧平举站好队形。多么喧闹啊！学生的说话声、班主任的叫喊声、体育老师的哨子声、喇叭筒的哇哇声、搅拌机的轰鸣声、工人们的砍砖砌墙声……一切声音都搅和在酷热的空气里。人一走入这声音的海洋，大脑立即涨得好像笆斗，神经好像土壤一样板结了，什么也无法想下去，两颊被一股股扑上来的气浪熏红，喉管干燥得像放了长长一个冬季的糠心的萝卜，一颗颗头发乌黑的脑袋都像霜打的茄子耷拉在肩上，一双双放射着青春神采的眼睛也都恹恹欲睡地半闭了，所有的人都无精打采，就连为他们回读生所密切关注的事——肇祸的马彪和吴正容被金老师叫进办公室，也只是在最初一刹，像阵清风使他们的精神一振，随后也就淡然了。嘈杂的声浪一直到广播室放起做操的音乐，才像海洋退潮似的慢慢退远了。

大家安静下来，跟着节奏做九节广播体操。按说几百人的方队站在一片耀眼的阳光下，很有规律、很有节拍地做着一套科学的动作，一齐伸手，一齐踢腿，一齐弯腰，一齐跳跃，尽管服装不同，高矮不等，那气势那场面也应颇为壮观。那些在脚手架上大汗淋漓挥刀奋战的工人，为了放松一下疲乏的身体，为了舒活一下酸麻的手脚，为了愉悦一下困倦的眼睛，最后也是为了活泼一下单调的思想，他们把刀口和刀柄磨得发亮的瓦刀插在灰桶里，转身俯视着操场，观赏学生们的精彩表演。但他们很快就又转回身去了，学生们的操练使他们失望透了，他们看到了一幅十分古怪的图画：恐龙的化石，企鹅的标本，蜥蜴的爬行，大马哈鱼的洄游，荒漠中仙人掌的千姿百态……工人们的这种失望，从以身作则在队前做操的几个班主任和体育教师汗如雨淋的脸上，从他们无可奈何的笑容中也可以明显地看出。他们为共同的责任所驱使，严格而又认真地领做每一节操，但他们预期的效果却没有产生。学生并不为老师的苦心所打动，并不为老师的精神所感染，依然把做操看作是不得不接受又不得不敷衍的"日光浴"。

当他们重新回到教室，不觉都长长地舒口气，认为罪终于受完了，纷纷瘫在椅中，拿起练习簿吧嗒吧嗒地扇风。白丽丽等风雅的女生，是用彩扇拍打胸口的。荷珠纸扇轻摇，端庄地坐在那里，一言不发。个中要数夏雨珠最娇嫩了，两颊绯红，细汗涔涔，宛若带露桃花。她一回到位上，就把洁白的栀花扔在书包里，撒娇似的躺到江蔚的怀中。江蔚捧起她桃花般的脸，扳正她的秀顽的身体，一面连声地叫："热死啦！热死啦！还靠！"苗怀新像个老古董似的反感地皱起浓眉。二组有个男生，坐在桌上，对着进风的窗口抖衣领，嘴里还不住地洋声怪气地哼着："挡我风头，烂你骨头；骨头淌油，烂你屁股头！"边哼边偷眼观察身旁的那些女生是不是被他引笑了，她们的笑是他自豪的资本。她们果然用擦汗的花手帕掩着嘴在窃笑，他于是更起劲地哼起来。

与这位神气十足的男生正好相反，大胖子胡枫可是懊丧透了。他本是任什么人也不想得罪的"好好先生"，刚才与马彪作对只是出于迫不得已，是马彪太横，一股要骑他脖子撒尿的架势把他激怒了。一等于冰出面干涉，他便像鳖似的将头一缩，借口做操溜走了。他和所有的人一样，确信这下惊动老师，就不会有马彪好果子吃，桌子绝对换不成了，"公主"也就轮不着他坐，至于他和马彪的关系也不会闹得太僵。可谁知到现在马彪他们也没回来，老师也一直没叫他去，他的心便有些惴惴不安。而更令人气恼的是，那位"公主"竟然站在他的位子上，嘲讽地张着双臂，仿佛在等着拥抱新主人呢。他默默地摆正"公主"时肉脸都了。

但不管怎样，事情还是像大家所预料的那样走向结局。于冰回来，从她的脸上一眼就看得出来；接着又在随后闯进来的马彪的怒容上得到进一步的证实。

马彪像个恶煞，怒气冲冲，径直冲到于冰桌前，猛地扬起拳，恶狠狠地说："不看你是个女的，一拳把你头打瘪肚去！"

"你打！你打！"于冰勇敢地站起来，挺着胸脯顶撞。

"算了，算了。"猴子从后面推开马彪，又扭头向胡枫飞了个吻，胖子赶忙点头赔笑。

于冰也被杨青按坐在椅上了。

白丽丽低声询问怒骂不止的马彪："老师怎样处理你的？"

"城门失火，殃及池鱼。桌子换不成，马彪头上的菊花也保不住啦！"吴正容笑呵呵地插话。

"你还笑！"马彪突然暴怒，挂起一肘打倒猴子。这下打得太重了，猴子爬起后脸都乌了，揉着胸口好半天哭不出声。

白丽丽没趣地坐下了。

夏雨珠吐下舌头："啧，好狠呀！"

有个老师拿着新书从窗口闪过。

白云天有些糊涂："没听见打铃，怎么倒上课啦？"

苗怀新说："早操拖得时间太长了。"

四

数学老师是个中年人，瘦高个，脸上有些癫子，颧骨很高，很少笑，但并不故作严肃，喜欢侧立说话，以便随手在黑板上画图演算。他画图不用教具，像画着玩一般，特别是画圆，得心应手，粉笔一圈，转瞬即成，和圆规画得一样标准，真神了。他粉笔字也写得好，写得也快，有时正写着，粉笔不现了，只听吧嗒一声，一截笔头掉下来，但谁也没见他停手，一直在写。学生们都服他课教得好。新课没上半月，都没准备，他就考试。

他用沉静的目光扫遍整个教室，交头接耳的学生坐正，窃窃私语的声音消失。

"既是回读，课本都曾学过，我就不再按部就班地上了。请大家回去准备这本书：《初中数学复习》。"他用粗哑的嗓音说，"上下两册，一十六章，每章包括基本内容、例题和习题三个部分，内容充实，知识系统，所选例题和习题典型多样，难易适度。例题的求解过程，有的提供了解题思路，有的给出了几种解法或证法，有助于大家悟出解题或证题的规律性，提高分析问题解决问题的能力。希望大家或借或买，尽快搞到这本书。"

有些同学已有此书，脸上颇为得意。推荐过书，他话锋一转，言归正传。

"因为大家从不同的学校来此就读，我不清楚大家对数学这门课究竟掌握得怎么样，所以今天的两节课来次小测验，摸一下底。现在，我就把试题抄在黑板上，大家拿出干净纸来做。可以不抄题，但要标清题号。不准说话，不要舞弊。"

他说完就翻开备课笔记，用粉笔在黑板上抄起试题。学生们顿时紧张起来，不约而同地从胸膛里迸出一声惊呼："啊，测验！"虽是炎天溽暑，汗流浃背的身体却顿时像掉进冰窟，手抖得连笔也拿不稳，写字的笔画如鬼唷似的，又像锯齿。白云天甚至听到苗怀新的牙齿撞击声。自从上到初三，大考小考接连不断，早把魂捉尽了。他们一边徒劳地努力要使自己镇静下来，一边翻出本子，撬起纸张中间的钉书钉，拿下几张，用拇指盖把钉子重新摁好。然后，工工整整，在纸的上方空白中央摆开"数学测验"四字，又在字的下方偏右工工整整地写上姓名。做这一切时，室内有些混乱，老师便回过头来，提醒一句："大家安静啊！"

坐在前排的夏雨珠有一叠白纸，她给自己和江蔚拿出几张，又回头问白云天和苗怀新要不要，慷慨相送，足够做试卷和草稿纸了。在她刚要转过身去时，寡言少语的荷珠突然开口请求与她换纸。夏雨珠粲然一笑，大方地说："几张纸还换什么？"也给她了。一旁的白丽丽对此好像不屑一顾，扭脸和马彪、猴子说话去了。考试使他们间的芥蒂迅速冰释。他们以高度的敏感，留意老师的动态，又以高超的哑剧表演技巧，向周围学习好的同学发出救援信号。信号发出，如果好久得不到回应，他们就不客气地把纸团砸向他的后脑勺；等他终于不胜其烦地转过脸来，他们便满怀希望盯住他，向他赔笑，甚至双手合掌，作弥勒状。看到他们那副可怜分分的样子，学习好的同学于是把做好的试题抄几道在一张纸片上递过去。也许是为了珍惜时间，也许虚荣心作祟，但更多的还是一种不可名状的含有报复意味的心理作用，小抄总是有意无意简化了一些重要步骤，甚至聪明地弄出些小毛病，使老师改卷觉得推证不太严密，顺理成章扣去几分。至于他们，是决不会看出来的，因为根本不懂，也根本没看题目；就是转抄，还常张冠李戴，贻笑大方呢！而且，他们对此也毫不关心，只要考后对答案相同，他们便放心了。他们接到纸团，不分青红皂白，照抄不误，有时正抄着，老师转到近前，他们便极灵巧地用考卷盖住，用嘴巴咬着笔管，低垂眼帘，用眼睛的余光勾着老师，仿佛飞速运转的大脑机器突然卡了壳，他们正在施加高效润滑剂，千方百计要使它尽快恢复工作。如果老师老在课堂里转来转去，纸团儿便无法飞了，因为他们十分珍惜抄题这段黄金时刻，千方百计加以充分利用，只要老师抄完黑板，要擦先前抄的试题，他们就急忙吆喝："没做完噢！还没做噢！"以此拖延时间。但试题终会抄完，他们聪明的脑瓜就像放在巨大磁场中的铁针，殚精竭虑也整不出什么暗度陈仓的高招儿，而且他们无法忍受这份漫长的囚徒般的寂寞，万般无奈，交卷完事。他们并不觊觎高分，但愿考卷发下来，总分越过"六十大关"也就心满意足。

　　现在课堂安静多了，那些莫名其妙的、像讨厌的意念挥之不去的频繁翻卷的声音消失了。老师开始从过道挨个儿察看桌上的每一张考卷，他聪慧的目光粗略扫过卷面，对于学生数学掌握情况以及知识盲点就基本心中有数了。他在你身边停留越久，你的充满感激的心就越踏实，因为这含蓄地说明你考得不错，由此信心倍增，思维敏捷，解题也更得心应手，有些解题思路尚未在脑中清晰，已然从笔下流出，好像不是思路牵着钢笔，而是钢笔牵着思绪，在已知和未知、规律和公式、定理和公理中纵横驰骋。老师微俯身躯，把关切的目光投到白云天的考卷上时，他正好被最后一道应用题难住，托颐沉思，束手无策，而旁边的苗怀新却令人嫉妒地顺利做完了。这使他大为不自在起来，在这一刻，他多么希望一本正经地细致复查的苗怀新赶快交卷出去啊！否则，在老师眼中有没有他想偷看的嫌疑？他额头一下挂满急出的汗珠。他急于想在老师离开之前，挥舞亚历山大的利剑，斩断卡尔迪之结。可是老师的一双眼睛仿佛投入他的狂热的思想深处，逼视着他，似乎等着看他怎样像白娘子一样现出原形。这使他越发注意力涣散，对题目的分析和理解更不着边际，不得要领。他差点急哭起来！这时三组有位同学因对一道试题产生疑问而举起了手，老师这才从他身边走开。他长舒口气，情绪逐渐得已安定，经过冷静的思考，终于攻克了那道题。但它还是花费了他太多的时间，使他仅来得及复查三分之一的考卷就下课了。

考试的时间过得太快。老师连声催促："时间到了，时间到了，交卷吧。"当他拿着老厚一沓考卷走出教室后，大家立刻三人一团，五人一伙，兴致勃勃地谈论起来，忘了炎热，忘了饥饿，虽已放学，暂时却无人想到回家，抱怨老师采用"闪电战术"突袭，叫苦试题分量过重难度过大，找好同学对答案，探讨某道题的做法，善意取笑考场舞弊轶事，不一而足，气氛热烈。于冰眼镜熠熠闪光，手臂像演说家一样挥舞着，甚至拾起地上的粉笔头，在黑板演算一些代数式或解题步骤。即使是天性沉默寡言的荷珠，像《百合花》中的通讯员那样羞于和女生说笑的苗怀新，也受到感染。热情、友好和欢快的情绪，就像轻风拂去月亮周围的乌云，每一双眼睛都放出动人的神采。

五

这天下午，白云天上学去得很迟。过长的午睡，使他感觉木然，仿佛颈上顶着花岗岩脑袋。一杯冰水的强烈刺激，十分钟的烈日炙烤，他才慢慢清醒。"秋老虎"依然厉害，太阳的热蒸给稍远处的田埂、围墙、瓦棱以及村庄造成一种水光潋滟般的动感。大地的一切像镜子一样发光，道路两旁灰白的建筑物上的玻璃或玻璃碎片让人根本不敢正视。人走在路上，如置身火窑，车辆稀疏，行人更少，只在一些可能招徕生意的地方，如车站、学校，才能见到一两个卖冰棒的老太太，打着洋伞，戴着草帽，站在阴凉处，一步也不愿多走，一声也不想多喊，恹恹欲睡，无精打采。从坡顶转过军区，公路西边的乡村绿树掩映，平时中午放学经过时，会听到阵阵蝉声不绝于耳，此刻却万籁俱寂，笼罩着一片迷人的恬静。时见农家当家汉子，光裸着壮健的黑黝黝的身体，只穿一条蓝色或黄色的裤衩，很不文雅地睡在凉床上；床脚半卧着一条黑狗，半闭的眼睛上方有两点米黄的绒毛，吐出长长的红舌很响地喘着，忠实地守护着酣睡的主人。农户房后堆放的灰粪，粪堆边脚被几只母鸡扒得老远，现在它们都把头插入翅膀，懒洋洋地躺在刨出的粪窝里，几株碗口粗的椿树，给它们撑起一片凉荫。一只喜鹊，张着嘴栖在树中，待他走近，哑哑地叫两声飞走了。可能出于敬畏，本地俚语把喜鹊称为"接"，这些在外国大有"梁上君子"之嫌的生灵，被古朴的乡人用东方绚丽的神话色彩装扮成了预知吉凶祸福的先知，它们普通的叫声似有玄机。"早接喜，晚接财，中午一接祸就来。"一片云翳飘过他静谧的心湖。

像应验着喜鹊的祸兆，当白云天走到学校门口，果真被四个穿着清一色海军服，看模样一个不服气二个不顺当一百二十个不含糊的家伙拦住。其中一个拍拍他的肩膀说："拜把，借几个'烂头'花花。""拜把""烂头"这些称谓，这些暗语，和蛤蟆镜、雪茄、喇叭裤、钢珠枪一样是他们最摩登的装饰，最冲气的派头，最盖世的奢侈。那个阿飞说完，手就压在白云天的肩上，只要他稍作反抗，手肘就会飞起，磕尽他一嘴牙齿。他浑身哆嗦，一声不响，任钱包被洗劫一空。他的乖贴赢得"马路英雄"们的宽容，他们对他还算客气。当他得到许可走进校园时，蹲在校门口树荫下卖冰棒的老太太向他投来担忧的一瞥。他心中充满仇恨，澎湃的激情渲染着武松式好汉的想象，狂热的脑中虚构出比"醉打蒋门神"更为痛快更为精彩的传奇。他心中的不平就在愉快幻景的爱抚下渐渐平息了。他轻松地走进教室，仿佛刚才的一幕只是一场遥远的梦。

　　和他预料的一样，教室里混乱得一团糟，打牌的，下棋的，用小圆镜对准女同学眼睛反射阳光的，把几个火柴头并排放在瓶底折射的阳光的焦点中使其燃烧以此取乐的……吵吵嚷嚷，喧嚣如菜市场。大家置学校规章于脑后，以娱乐代替午睡，把疲倦留给上课，肆无忌惮，尽情欢笑。如果此刻有人愿意去别班察看一下，那么映在他眼帘的场景决无二样。跃动的青春期拒绝清静，肌体旺盛的活力总是渴求运动，这种渴求一旦为他们暴风雨般的热情所支配，就会产生一股巨大的力量，漠视一切束缚他们心灵的纪律和制度，做出许多出格的危险的事情来。但假如现在值日老师突然出现，教室马上就会寂静无声，所有学生都会变得像绵羊一样温顺，趴到桌上认真地假睡。看到这种混乱情景，白云天就有些庆幸在家睡一觉的果决了。

　　喧闹的台风中心，也有宁静的好望角。在马彪、猴子扑克大战中，苗怀新抱着"榔头"酣睡，鼾声如雷，一摊凉粉似的口水垂在嘴边的桌上。江蔚在专心地看一本小说，为了减少干扰，面向墙壁，把好动的夏雨珠晾在一边铰纸花；她已经铰好几个动物，夹在英语书页中。

　　"不准你毙了，快发牌！"白丽丽瞪着马彪。

　　"赖皮鬼！"柳芳半握拳头在猴子的肩上捶了一拳。

　　"不毙，不毙。我也毙不了。我手中还有一张红桃呢。"马彪说着甩出三张牌。

一旁围观的荷珠从人群中走出来。

江蔚却嚷起来："吵死了，吵死了！"

"怎么就吵你了？那就吵你个够。啊——"

"要死呀你！"江蔚顺手夹住凑在她耳边大叫的夏雨珠的脑袋，并把她按在椅中，撕了一下她的嘴。

"鬼叫！"

"狼嗥！"

"猪吼！"

那边几个男生骂道；连苗怀新也被吵醒，嘟哝一句："干什么？"埋头又睡。于冰先前正和杨青小声交谈，这时好奇地走过来，笑着问："你们吵什么？"

江蔚拾书，夏雨珠抿发，白云天蹙着眉，若有所思。

"嘘——你们看苗怀新又睡熟了！他一定熬通宵吧。"他感叹道。

于冰不敢相信地看着江蔚，正色地问："你竟然还有时间看《包法利夫人》？"

"哦，这本书精美极了！"江蔚扬扬书，不以为然地回答。

"听马彪对白丽丽说，白云天进考场前十几分钟还在看小说，是吗？"一直沉默的荷珠插问道。

白云天脸发烧，好像做了什么见不得人的事。

"我这个人抓到小说就不要命了，就想一口气把它读完。"

"你喜欢小说？"

"何止喜欢！戴红领巾的时候，神通广大的孙悟空就用金箍棒把我对文学的热情、强烈的好奇心给捣腾出来了，此后便一发而不可收，到现在简直可以用迷醉来形容我对文学的狂恋！"

夏雨珠高兴地捅一下江蔚："哦，这下你可找到知音了！"

这时，像卷过一股飓风，教室突然大乱，人们争相往外跑。马彪扔掉扑克，嘱咐一句："吴正容，把扑克收好！"便飞身上桌，跨桌越椅，抢先跑出去了。

"出了什么事？"夏雨珠惊问。

"打架了！看看去！"

这阵石破天惊似的震动也惊醒了苗怀新，他睡眼惺忪、困意未消，刻在脸颊的红痕像是字迹模糊的戳记，又如殷墟出土的甲骨文。他懵懵懂懂，抹去嘴角的口水，跟着往外拥去。

所有教室都像消防车的水龙头，不住地把人流喷洒到出事的地方，不多一会，高二（二）班的门前空地就被堵得水泄不通。尤其男生，渴望一睹角斗场面，就像金刚石钻头，臭汗淋漓，削尖脑袋往里钻。里面却像筑起一道铜墙铁壁，拼命抗住来自背面的连续的冲击，这样一层层地围上来，围成的铁桶怎能推得动？这种礁石般的岿然不动，更吊后来者胃口。因此，"铁桶"像处于波翻浪滚的大海中，一刻也不会停止涌动。幸有轻柔的南风吹拂，凉爽的冷饮饮用，宜人的"冷气"降暑——不断从里面传出的消息，像开水锅的气泡似的，沸腾着围观的血液，使他们不至于被污浊、灼热的空气熏倒。直到上课铃急促地在校园上空响起，向每个学生发出威严的召唤，大家才恋恋不舍地一一散去。

这是一场惊心动魄的肉搏。生活的舞台搬演了那部曾在白云天脑中演绎过的传奇。他们并没有亲眼看见，只是听说而已。当他们随着人流赶到现场时，那四个不速之客——大家称之为"四大金刚"，用钢鞭把几个混世学生打伤在地，逃之夭夭了。他们走回教室，一个年近花甲的老教师走了进来，上了一堂历史。这是副课，大多数毕业生漫不经心，大家都在兴奋地谈论这件事，就连课也没听好。

六

每周一照例有班会。地理课后，几个去解手的学生半路看见金老师走来，赶忙折回了头。马彪站在门边的窗前，把那根较直的钢筋当作拉力器，一面练臂力，一面眉飞色舞，惊得那些在褪尽了阳光的走廊上晾风的女生目瞪口呆。马彪松开手，拍拍手上的铁锈，嘴角浮出暧昧的笑。他转眼看见一个匆匆经过的矮个学生，便无缘无故地粗声喝令他站住，捏住他的下巴。

一脸稚气的脸变白了，泪水在眼眶里滴溜地转。

猴子动了恻隐之心，劝道："让他走吧。这伢们不好玩，还没搞倒淌绿豆了！"

马彪并不理会，仍然凶声恶气。那个学生泪流满面，用手擦着双眼，不时从喉咙漏出几声没忍住的抽泣。

还是白丽丽的话顶用，她以真带假地讥讽道："跟小孩子逞什么威呀！有本事，像东邪西毒，叫人一听名字就尿裤裆，那才是大名声！"

马彪立刻松开手，转身笑道："玩玩而已，他就吓成这样！"他摇摇头，脸上不无得意之色。柳芳趁机推了一把那个男生，示意他快走。受到她们的同情，矮个学生眼泪更止不住，结果一路呜咽着走了。在水泥路边，也许是没有听见，他没有回答金老师关切的询问，头也没抬地走了过去，消失在附近的一排教室的走廊里。

金老师走过来，严肃地问："马彪，那个学生的哭与你们有没有关系？"

"毫无关系！老师。"马彪矢口抵赖，"我们几个在这里好好的，并没惹谁。"

老师盯着他看了好久，没能看出他在撒谎，便不再追问。

"那你帮我去搬一下本子。"

走过墙角，金老师继续着和马彪语重心长的交谈。

"一个学生，头发留这么长，梳理得这么讲究，干什么？装油啊！有这么多时间，把心思放在书本上，不好吗？既然来回读，就应该好好干，马上要期中考试，考不好不说对不起每餐两碗白米饭，也对不起自己的两条腿呀！别跟社会上一些不三不四的人学，混世能给你混碗饭吃吗？只会臭名昭著，害人害己！你说对不对呢？"

"是，老师。"马彪没加思索地点头同意，接着又编了套谎话解释道，"昨天放学太迟，赶回去时，理发厅已经关门，个体理发店也停止营业了。今晚回家一定去理发。"

回读班的一段走廊空落下了，只剩下白云天和苗怀新两人没进教室。他们靠在顶部被西沉的阳光映红的第二个廊柱上，抓住课间休息的十分钟倾心交谈。白云天发现，他的同桌是个感情深沉的人，自尊心极强，容易受到伤害，为人敦厚，凡事忍让。因来自偏远的农村，过度的敏感似乎让他感到被人歧视的痛苦，并本能地对城市学生心存戒意，甚至在思想的土壤中扎下成见的老根，萌出敌对的新芽。他因此对卑微的出身讳莫如深，当他向好友敞开心扉，第一次讲述贫困的故乡，脸不自然地涨红了，声音也低了许多。然而，他那么富于才华，通过他绘声绘色的描述，白云天看到怎样一幅令人神往的农村生活图景啊！

走廊尽头出现抱着一大摞作业本的马彪的身影。苗怀新投去一瞥，又低声说："近朱者赤，近墨者黑。你应该少跟他们打交道。"

白云天心中一热："都是同学，我也是敬而远之。"

走进教室，苗怀新坚决不肯走在前面，低着头躲在白云天的身后。见他们走来，站在过道上观赏夏雨珠铰纸花的荷珠赶忙往女伴身边凑凑，让出一半空道。夏雨珠停住银色的小剪刀，捞起横七竖八地散在桌上的红纸条儿，揉成一团，扔到屋角的铁皮簸箕里，然后把铰成的红公鸡递到荷珠面前。

"真像，真漂亮！"

"是吗？喏，那就送你吧。"

"荷珠，我说吧？你一夸她，她马上就会把小名也忘记了。"江蔚合上小说，笑着说。

荷珠只抿嘴笑笑，没有作声。

夏雨珠却自豪地说："夸我不高兴，难道臭我才高兴？我才不要像你一样，受了夸奖只在肚子里偷着乐，那多虚伪！"

笑声琅琅，荷珠在笑声中满意地回到座位。马彪兴冲冲地踩着铃声跨进门槛；作文簿、三线练习簿、花面簿摆上讲桌，金老师活动着发酸的双臂。在第一次班会中被选出的班干开始发本子。

花面簿印有熟能生巧、呕心沥血等各种励志故事。夏雨珠把发到的练习本细心地数一数，她被那些花面簿吸引住了，津津有味地读起上面的故事。读完想了想，随后一拍江蔚的胳膊，惊奇地说："咦，这是《卖油翁》上面的嘛！"

"是的噢！犯得着你这么打惊吗？"江蔚笑道。

"刚读到它，我感到挺新奇呢，你不是吗？考考你，你还记得《卖油翁》的作者是谁吗？"

"我真忘记了，记不清了，是谁？不是欧阳修吗？"

她忽然看见江蔚在窃笑，猛然醒悟。"噢，噢，你在逗我！"她不饶她扑到江蔚的身上。江蔚一边往外推她，一边连声提醒："老师……老师……"

夏雨珠坐正身体，嘟起了嘴："从现在起正式不理你了！白云天，你作证，我和她谁先找谁说话，谁是小狗。"江蔚放心地看着她脸上的表情，也不搭话，好像成心要怄她似的。但等白云天领到本子回来，她们又言归于好，有说有笑了。

他揶揄道："你俩谁是小狗呀？"

"她！"夏雨珠胜利地一指江蔚说。

"是你，"苗怀新腼腆地望一眼夏雨珠说，"是你先找江蔚说话的。"

江蔚得意地笑起来。她用本子拍了白云天一下，然后指着"积囊诗"的封面人物说："李贺被鲁迅称为鬼才，他的诗搜奇猎艳，晦涩难懂，我顶讨厌了！我最喜欢香山居士的诗，看似寻常最奇崛，成如容易却艰辛。"

"白乐天的诗我也挺喜欢的，我会背诵《长恨歌》《琵琶行》。"白云天说："但相对来说，我倒更喜欢诗鬼李贺，因为晦涩难懂，才会多思多读，这样不知不觉，就把诗记住记牢了。"

"哦，你真是红头发洋人！"江蔚讽刺他道。

"白云天，你还不捶她！她说你是红头发洋人！"一直插不上话的夏雨珠好玩地怂恿道。江蔚把脸俯在桌面上咻咻地笑个不停。夏雨珠趁机抓住她乌蓬蓬的独辫子，调皮地拽了两下，而她一定以为这是白云天的报复手段，没有做出反应。当她终于抬起头，他看见她的脸涨得像红纸一般，她向两鬓拢拢散发，回头瞪他一眼，说："白云天，你坏好了！等放学再算账！"他想替自己辩护，但看见金老师站上讲台，也就不敢再闹，把要说的话咽了回去。

金老师用黑板擦敲敲讲桌，等教室完全安静下来才说："今天这节课本是班会时间。下周就期中考试了，没有什么好说的，大家把心收收，认真复习迎考。大家要支持班干工作，班长于冰负责处理班级日常事务，检查每个学生每节课的出勤情况，并对上课纪律实行监督。每个学生，作为班级的一分子，都应该自觉地爱护这个集体，积极地配合于冰和班委会开展工作，努力创造一个和谐的学习环境。团员和班组长更应该以身作则，起模范带头作用。如有谁敢刁难班委会工作，破坏课堂纪律，汇报上来，我决不客气！就说这些。于冰到我办公室来一下，柳芳和张萍留下把地打扫干净，其他同学可以提前放学了。"

大家纷纷立起，动身回家。江蔚没有忘记"放学算账"的话，她挎好书包，拿过辫子，爱怜地抚摸着。"你好狠呀！差点没把我的辫子像树条那样拔下来。"她压根不听白云天辩解，一旁的夏雨珠烈火烹油，出着馊主意："刮十下鼻子！"

"你看怎么样？"江蔚忍住笑问。

"哈，这太丢人了，不能同意！"苗怀新笑道。

这时，柳芳凑过来，用扫帚拍一下桌子，卷着短舌吐音不清地说："你们有多少'贵'话一天还没说完啊？我们可要扫地了。"

江蔚扭头扫她们一眼，有些做作地惊叫道："噢，人都走光了！"然后，推一下夏雨珠，"给你先刮九下，快去吧！"

白云天慌了神，伸手拉过苗怀新，挡住摩拳擦掌活蹦乱跳的夏雨珠，落慌而逃，经过柳芳身边，被她一推，险些栽倒。后面江蔚在喊："饶你这次，你把《安娜·卡列尼娜》带给我看，就算账清无欠，好吗？"

夏雨珠已追出过道，还想不依不饶，江蔚攥住她的手腕，就在讲桌旁站住。白云天半信半疑，停住脚步，倚着门框，看见江蔚的眼睛里闪烁着一团亮光。

"你不是正在看福楼拜吗？"

"已经看到爱玛服毒自杀，剩下的一晚就看完了。"

"噢，好！明天我就带来。"

"便宜你了！"夏雨珠白了他一眼。

"哎呀，何必这样仇恨呢？"苗怀新说道。

他们四人一起走出教室。

七

　　紧张的期中考试刚一结束，全校大会隆重举行。时已深秋，树叶枯黄。教师宿舍楼的脚手架已经拆除，开始做内粉。早晨在东操场，几个老师忙着摆桌子，搬靠椅，摆弄麦克风，调试播音器，因陋就简，布置会场。上课铃一响，各班学生两两抬着长凳，跟在自己班主任后面，吵吵闹闹，滚滚拥来。精明能干的校团委书记通过广播，通过手势、目光，维持秩序，指挥学生落座。只听他不断地喊："初三（一）班，这边；高一（三）班，这边，快一点！……安静，安静！"几位头面人物反剪双手，昂首挺胸，笔直地站在主席台旁，目光像探照灯一样扫来扫去，令调皮的学生头皮发炸。许多教师陆续到达，回读班的英语老师也来了，拿着教鞭，瞪圆眼睛，样子像要吃人。他四十多岁，有颗金牙，脾气粗暴，动不动就打学生。在第一次听课时，胖子胡枫就因托腮走神挨了几鞭。昨天上午，白云天因为课文背得结结巴巴，被他扭耳拉到黑板前面，在众目睽睽之下，罚站了四十五分钟。下午放学，金老师又把他带到办公室。他期中考试没有考好，成绩直线下滑。金老师旁敲侧击地讲了早恋的危害，给他念了一遍"紧箍咒"。开始时疾言厉色，后来语气缓和些，竟也说了许多语重心长的话。他冷漠地听着，眼泪止不住地滚，回家哭了一夜，眼睛都肿了。

　　会场安静下来。大方脸的教导主任翻开绿皮硬壳笔记本，叫各班班长上台汇报本班出勤人数。于冰走出人群，从容镇静、神采奕奕，期中考试，她全校第一；她的工作是很出色的，大胆泼辣、一丝不苟，宛如小老师。

一切就绪，团委书记宣布大会开始，并带头鼓掌，欢迎校长讲话。于是，在一片经久不息的掌声中，胡子刮得干干净净的校长登上讲台。他官架子很大，移移靠椅，按按麦克风，掏出眼镜架在鼻梁上，从眼镜片上方巡视一下稠人广众的会场，然后响亮地清清喉咙，不慌不忙地按讲稿说起话来。他的讲话就像老太婆的裹脚布，又臭又长，回顾历史，展望未来，又是要求，又是希望，没完没了，讲了一个多钟头，听得大家腰也瘫了，腿也酸了，屁股也麻了，浑身没一处舒服。再看那些老师们，也大半没影了。终于听到他说："我的话完了。"大家不觉都长舒口气，用更加热烈的掌声感谢他走下讲台。

大会接下来是常务副校长讲话。开头照例是陈词滥调的铺垫，把上司的讲话内容简单小结，重点强调一下。他语调低缓，眼帘下垂，宛然沉思的样子。继而话锋急转直下，旁征博引，滔滔雄辩，从眼前的期中考试讲到不远的未来的中考、高考，列举了学校近几年所有考取高等学府的相关数据和本校状元的勤学故事，这样大约讲了七十多分钟。白云天大受触动，火烧火燎，有些坐不住的感觉，腋下汗珠滚滚，顺着肋骨流淌，让他浑身发冷打战。

这时，团委书记先后抓了几个捣蛋的典型，以确保会场应有的肃静。正在聚精会神地推牌九的马彪和猴子首当其冲。他们闹得太不像话！赢者按照说话的节奏拍三下输家的掌心，低声叫着，"鼻子、鼻子——嘴！"或"鼻子、鼻子——肛门！"输家手按鼻尖，必须在对方说出"嘴"或"肛门"的同时指到那个部位，指错重来。他们玩得忘乎所以，等到一只大手突然从空中伸下抓去扑克，方才大吃一惊，像罪犯似的被押上主席台，站成一排，在众人面前亮相。但尽管如此，仍然禁止不了越来越大的窃窃私语。白丽丽和几个女生谈论着最近热映的电影。

凤非凤，龙非龙，

龙眉龙眼龙鼻孔，

露出尾巴不是龙。

马上有人天衣无缝地配合："不是龙是什么呀？"

数人合："原来呀——原来是只凤！"

于是，都像少林小子们一样，捂着嘴前仰后合地笑一阵。

大会议程依次进行完毕。团委书记拿起话筒，站着说了几分钟会场纪律，喝令那几个"典型"各回各位；随后在宣读两个通知后宣布散会。大家就像听到赦令，欢呼雀跃地站起身，当即有一半的男生撇下座椅，向厕所如风地飞跑。

中午放学，白云天离开校园没走几步，夏雨珠便追了上来，拽着他的胳膊，不由分说把他拖入一条林荫小道。他有些不太情愿地走在她的旁边，心中忐忑不安，双腿绵软，身体像打摆子似的抖个不停。小道尽头有个池塘，他远远就看见江蔚站在一棵柳树下，红色的连衣裙像云霞一样飘动。夏雨珠推推白云天，反身跑开了。

江蔚这次也没考好，一改往日的落落大方，显得心事重重。他们都低着头，终究什么也没说。在静的时间里，因为一份珍贵的懂得，将青涩的喧哗与骚动归零。秋风瑟瑟，林荫小道上铺了一层厚厚的落叶，阳光透过枝叶洒下点点金光，就像一段不可替代的记忆……

三月的乡村

星期一的上午，八点多钟，太阳升到屋脊上面了，村主任在门前跳下车。他年纪五十朝上了，额头爬满皱纹，汗水涔涔，粘贴一绺灰白的头发。胸衣敞开两颗纽扣，袖口卷起，露出一段手臂，皮肤是褐色的，像砂纸一样粗糙。排河来水，沿途多渠，骑车很不便，每逢泥泞地，泥浆四溅，一条上身不多天的深藏青长裤，膝盖以下污得不成样子。他穿一双黄军用球鞋，进村前，显然拿在树木上揩擦过了。

孕妇坐在门台，远远瞅见他，惊跳起，像被蜂蜇了，夺路而逃。月英走出门堂，招呼过了，虚出左边，让客屋里坐。她犁了多会儿地，牛刚卸掉，还拴在草垛前肚皮一鼓一鼓地出气，嘴也不曾漱，先就抢到碗吃起来；脸花花点点，宛如才挖出地层、搁在高架上的锈铁罐；而且这副尊容，她好像犹嫌不够出色似的，寒暄之余，就撩起愈益清洁的衣襟揩了几把，抹匀的雪花膏，使双颊的蔷薇更加鲜艳了。村主任支住车，来到堂屋，在一条板凳上坐下。

一溜五间砖瓦房，窗漆成红色，水泥做的滴水坡，保护墙根。两头为房，大门开在中间，门限高高的，春联还没有撕去，洒金红纸上用楷书写着："翻旧屋千祥云集，移新居万福骈臻。"内墙刷得白亮，电线通过一段竹管穿墙而入，牵着一盏六十瓦灯泡；风吹起地上的纤尘，细麻线开关绳轻轻悠荡，壁上挂的画儿窸窣作响。方桌摆在上面，只放一只红壳水瓶、两个玻璃盏，一个盏底留有残茶，茶垢都很厚了。沿壁放一袋化肥、几袋猪糠、三坛腌菜，坛口没盖严实，空气里混合着散发酸味和香味。鸡笼砌在犄角；开春村中来过铁匠，一应铁器农具，重新锻过，在阴影中泛着青光。宽敞的房子中，时见燕子欢飞，呢喃有声。

月英拿出茶叶，沏了一杯，端给村主任。根顺上班去了，月英翻箱倒柜，没有找到香烟，她感觉很对不住。村主任摆摆手，说他不要抽的，让她莫要去借。老头子了，路上骨头颠得生疼，只想歇会儿；要是太客气，他可就坐不住喽。

他接后说：

"粥快凉喽，还是吃早饭吧。"

月英更觉难为情：

"盖房三年穷。家里没有筒面，也没有挂面、小麦面，什么也没有。稀粥烂饭，我也就不请你吃了。"

许是真的饿了，她道歉几声，就又抓起桌上的碗筷。夹一枚蒜头，像是发狠似的，一口咬了大半，牙齿响亮地嚼一阵。然后下巴伸出，手在碗底一掀，嘴唇贴在碗边，急促地吸一口，那声脆响，就像老汉的牛鞭猛烈地抽出。她这样一边狼吞虎咽，一边和村主任拉话，回答他的询问。她说起他们盖房的艰难，小儿子跌断了腿，闹得一家人春节也没心思过，背了一身债。她像做了什么丑事似的，粗眉压下，声调中显出羞愧和苦涩。她有三个孩子。那读初中的，名叫渡远，最大。话题扯到长子，月英像被触动了什么心事，拿眼瞥了村主任几次。碗底空了，她起身去锅间。

那是间披厦，门豁对面栽有一丛栀花，旁边放着一口缸，泡着稻籽。里面立脚的地方很小。地湿湿的，锅灶占去了大半空间，阳光透过窗洞，把窗棂投影在镶着瓷砖的灶台上。灶壁挂着尘灰，砂锅里水温温的，草堆在锅门后。碗橱在墙角吊起来，底下放三担水缸，木板盖缸，铝瓢的木柄黝黑黝黑。一条长条石板上搁着水桶，底儿朝上；喂猪桶盛满泔水。墙上有几颗钉子，挂着筷笼、菜刀，竹篮却钩住了，吊在空中，篮口露出芫荽的绿叶子。

钟在房里敲响了。连续好几下。村主任好似听到了信号，从板凳上直起身。茶水解除喉渴，汗液晾干，机体的活力恢复了。

农妇说：

"怎不坐了？"

他欣然答道：

"不能也不好再坐喽。"

又添一句：

"歇够喽。"

他放下茶杯，掏出一沓信。月英眉结一下舒展，目光明亮几倍，盯住信看。村主任挑出一封，交了给她，她好像还不很相信似的。她问：

"我家来的？"

她改用一种异常惊喜的语气，又问：

"噢，村主任！你是特意送信来吗？"

月英眼睛炯炯亮，翻开信看，但她并不识得牛皮信封上的字。她娘家姊妹多，日子过得紧巴巴的，十九岁上，媒人牵线，和根顺结的婚，从未曾进得校门；兴办扫盲夜校那阵，她也没学会多少字。她在队上干活，一点不惜力气，夕阳西下，总是拖着疲软的双腿归回。根顺埋怨她孬，想点悟她，她却来气了。她见离田去解手的妇女，走下河湾，一二小时，不见上来，心里瞧不起；白天出工，精疲力竭，等到坐到黑板前面，她就不能久持了；喝了好几碗麦稀粥，胸口暖暖的，灯光不再晃眼，周围沉静下来，口涎流出，她睡着了。而且,即使是她在那时记住的字,事隔多年,如今也早忘尽。进城里的厕所,她看那木牌,字形尖头的,才敢迈步。她常教导孩子,好好读书;她说:睁眼瞎子,斗大字不识一箩,最是伤心!

原先,她不知村主任来意如何,胡乱猜想,只道是为他们在信用社的贷款。去年深秋,他们盖房钱不够,申请农贷,保证春上还清。岂料后来出了意外,又花去数百元。借钱找遍亲戚好友,元气大伤,家里买盐打酱油的钱经常也没有,过一个年只称了二斤半肉!限期迫近,无法可想,心像煎炙着一样难受。虽然村主任的谈话始终与此无关,却使她越发不安,以为村主任晓根知底,在寻找时机,不好直接说出口。这种郁迫的心思太沉重了,铅球一样滚来滚去。她只恨自己无能,也恨丈夫无能,生活如此困窘!她心性太强,现在明白,她不过是多愁善感罢了,或者说是神经过敏。村主任不过来送一封信。乡村偏僻,距离最近的集镇也有五里,雨雪勿论,夏季赤日炎炎,土路坑坑洼洼,寻不见一片树荫;风从田野吹来,热浪蒸人,尘雾弥漫。邮递员尝了一次滋味,便觉餍饱了,从此不来,一应邮件,扔到乡政府了事。村主任尽责任,就让在乡供销社做营业员的女儿无偿地代劳了,半月取回一次,然后由他下队时散发下去。初时人们感激,日子长久,习以为常,反倒认为这是村主任的义务,责有攸归,义不容辞。于是,就有人因为收信迟了,误了事,跑去责难村主任。女儿愤愤然,取信便不再那么勤了。最近一月,三天两头,就见一个中学生,下颌尖瘦,文质彬彬,手里总用尼龙网兜提着一个茶缸,在放学后,来打听有没有他家的信;这正是月英的大孩子渡远。家庭的困难使他过早成熟,性格转向忧郁。他从父母焦忧的等待中深深懂得,他所打听的信至关重要,意义重大。他热爱父母,恨不能一夜长大,分担一份他们的辛劳;却不知他这副神情,多么剧烈地刺痛父母的心!此时此刻,月英百感交集,铅球的重压消除了,她长舒一口气,轻松宽慰许多,不知怎样报答村主任的好处；可是回想这场虚惊，她又倍觉压抑，充满人生的辛酸。思想专注到那封信上，光明和希望，犹如一轮红日，从地平线冉冉升起。

送走村主任，月英从缸里舀些水，刷了自己的碗。锅里还有剩粥，靠着锅台，她又喝了几勺。出门匆忙了，头撞翻菜篮，芫荽和篮底的韭菜落了一地。她锁实门，把钥匙搁好，推条门缝，让鸡进屋生蛋，然后便去解牛下田了。

但是她把双杠和轭头甩上牛背，发现十几米外，邻家的两扇黑门仍然严严关闭。她走前去，喊了几声，见没动静，就重重拍响门环。

她提高嗓门喊道：“村主任走了，云萍！放心出来吧！”

里面传出怯怯的声音，像风中一根蛛丝：

“走了吗？”

“走了。”

“真走了吗？”

“真走了。”

“你不会骗我吧？”

月英有点着恼了：

“你什么时候见我骗人哕?!”

屋里人似乎相信了；月英语气坚定，也不容有怀疑的余地。门闩摇动，受阻在门堂前的日光，好像洪水，闸门开启，咆哮奔涌。一道强光，射在一张鸭蛋脸上，刺得眼睛睁不开。微曲的睫毛变淡了，根根清晰可数，仿佛湖边的树林，给柔弱的湖水筛下惬意的凉荫。红润的嘴唇上面，鼻尖闪闪发亮，宛如一座秀丽的山峰，耸起在平原中间，山巅覆盖着皑皑白雪。完美的脸庞，如果身材苗条秀颀，整个人就可称作“闭月羞花”了。怀孕使两腿显得更短了，衣服嫌紧，破坏了美的和谐。太阳，这个伟大的摄影家，似乎怀有恶意，它偷拍下的她的小照，身材被夸张了；但也许它是善意的讽刺吧？

月英望着邻居，旧话重提：

"村主任并不是奔你来的；要是，你躲就行啦？初一过去还有十五……"

她突然注意到对面那双眼睛红红的，像刚哭过，奇怪道：

"怎么了？"

经她一问，眼泪又漫上来。

"怎么了，啊？"

"我……"

"到底怎么了？"

"……"

月英叹了口气。她有些明白了：家家都有本难念的经！计划生育宣传一个宝宝好，云萍和丈夫根宝是全乡反面典型。生过三胎，不知何时拿了环子，重新怀上了，整天提心吊胆。男孩已有一个，在他出世那年，政策特严，乡里组织一个特别行动小组，对于顽固分子，思想实在做不通，就半夜开辆车去，逮来结扎。那夜，云萍被人从站橱搜出，带上车了。可是到了乡政府大院，她借口上厕所，却侥幸逃走了。家不敢回，连夜跑到娘家。连惊带怕，兼且劳累，拂晓腹痛不止，孩子早产了，她差点没死掉！好在天遂人愿，夫妻欢天喜地，甘受重罚。小宝就是他们的心肝，他们的眼睛，他们的生命。提起生孩子，她就不寒而栗，但她更怕别人咒她"独种"。丈夫眉毛黑黑的，胡子上翘，手掌那样大，握拢来像榔头，他对她说："花露水是香的。"她说当然。但仔细一闻，他诧异了：他们的花露水变质了！她不相信，认真嗅嗅，果真有种腐败的气味。他反对妇女搽雪花膏，认为会使皮肤老化；她凭自己的经验证实：这是至理。所以，当他提出他们再生一个男孩，她尽管恐惧，还是顺从了。她一腔悲苦怎能说出？她只有哭、哭、哭……根宝说她只会哭的本事。月英却想，如果透视，说不定她的脏腑真是泡在汪洋一片泪海中。月英瞅着她默默不语，心中塞满同情。等她平静些了，月英这才说：

"别哭了，云萍，把心推推吧！多往亮处思想，人就有劲了。你看我吧，去年秋上跟你们一块盖的房子，跟后二保腿又跌得那样，花了好多钱，借了好多债。连牛都没有，一直贷用你们的。可你看我并不愁眉苦脸！愁有什么用啊？我自己在心中安慰自己。我对自己说：'穷是不是滋味！人死得穷不得！穷家窝吵，别人也瞧不起。可是纵是那些富裕人家，先前也从各种各样的苦难中过过的，他们苦干苦累，才有今天的好光景。他们是人，我们同样是人，不比他们少鼻少眼，他们的手脚也不比我们多出两个来；他们能做到的，我们也应能做到。事在人为，人到头天转弯。方法是人想的嘛，只要脚勤手不懒，就不会受一辈子穷！就不愁过不上好日子！'我这样想着，心就亮堂了，干起活来也有劲多了。人应该把心放宽些，多往亮处思想！"

外面传来孩子的号啕，刚刚止住悲痛的云萍浑身一颤，脸变成煞白了。小宝满脸是血，跑了进来。就像夏季暴雨的天气，先是一阵狂风卷过树梢，呈现片刻的宁静，接着暴风雨便骤然来临了。云萍心儿肝儿肉儿命儿地哭叫着，扑向她的孩子。她几乎晕厥了：

"啊啊，我的天啊！血、血，淌血了！我的天啊！鼻子淌血了！月英嫂子，你看，捂都捂不住！这怎好啊，我的天啊！我的小肉哎，哪个狗杂种打的？跟妈讲，妈去抄他家！……"

她快疯狂了。月英想用棉絮堵住小宝的鼻血，却无法拦住她。她披头散发，拉着小宝，转过巷口去了。她的呼号招了许多孩子跟在后面。大人的脸先从门洞探出来，不知出了什么事，慌忙奔过去。月英对经过身边的人说明情况，拜托他们务必劝回云萍。像这类由小孩引起的事端，照例有半天的对骂，双方唇干舌燥，喉咙嘶哑了，由人连拉带劝，各自回家，一场风波便算平息了。月英见得多了，并不在意，把邻家的门锁好，她自去犁她的地了。

　　三月的田野像少女一样光鲜、活泼和富丽，遍地的油菜花，在艳阳下分外锦灿，散发浓烈的香气。农庄树木森森，远远隔开，好像一块块翡翠；风吹来了，粉朵摇摇，花海浮光跃金，农庄又如泊定的航船，在波浪中起伏。蓝天白云悠悠，仿佛游子，从天际的这边滑向天际的那边；有些洇散开了，一朵一朵，就像棉花，漂浮在碧绿的水面上，终于流聚在一起，煞是壮观。喜鹊飞过长空，衔根禾枝，落在高压电线杆上。蜜蜂在花囊中轻吟，犬吠如豹，鸡鸣阵阵，宛若一群竞技的歌手。田塍郁郁芊芊，绿缎一般，草丛中探出许多野花的娇容，驾牛走过，上面溅满金黄的花粉，牛腿起落，踩出一个个淡青的旋涡。

　　养蓄一冬，耕牛膘肥体壮，勃发的春情渴望运动。枯草很少吃了，隔夜的牛粪被踏得稀烂，清晨拉出牛棚，不必鞭赶，竖起尾巴朝村外跑。老汉放牧，始终拉紧撇绳。太阳老高了，牛肚吃得溜圆，哞哞叫着，老汉这才骑在牛背上，回家吃早饭。牛蹄轻轻的，老汉拿眼四处望，嘴里就哼起小曲儿：

　　　　王三姐坐彩楼，

　　　　抛打彩球。

　　　　彩球没打旁人身，

　　　　彩球单打平贵头……

　　清晨空气清爽，农妇捎起锄头，去整饬自留地。埯子打得行是行，路是路，种下棉籽、花生，埋好山芋妈。腊菜砍去，把土翻过来，栽上茄子、南瓜、大椒子和瓠子，安种苋菜，端午节吃。忙了一晌，赶在老汉进门时，她们臂弯扛着菜篮，也在庭院出现了。

早饭吃过，就不下地了。收拾碗筷。捯细灰粪。要是脏衣服多了，就烧锅塘水，拿肥皂洗干净。或是挑些小蓟、鹅菜和老头蒿之类，烀作猪食。老汉午睡醒来，就听见牛在圈里蹭墙。老汉喝杯酽茶，把牛拉出去狠抽几鞭，一直放到暮霭低垂，村里炊烟袅袅。"云须耕，雨须耕，新织蓑衣掩骭轻"，这样的繁忙是在午收之后。月英因为盖房和孩子的腿伤，耽搁了农活，田多半荒芜了。午季作物等于没有，且兼化肥紧张难买，她就干脆犁了，沤作绿肥。她已犁过几天了。

农村妇女少有会犁田耙地的，可她做起来，和穿针引线一样得心应手。她在牛脖子上驾好轭头，扶稳犁梢，跟在后面。铁铧磨得明晃晃，深浅适中，倾斜插进土壤，就像泥鳅一样顺溜。土块一片一片滑过铧面，草翻在下面，整整齐齐，看去仿佛瓦屋的顶盖。一趟到头，她拖回犁，牛贪嘴步子放慢了，她就抽一鞭。"嗨——！"空气里不时响起她的吆喝，夹以敲犁的笃笃声和叭叭的鞭响。牛抬起头，挂在嘴边的青草甩出泥浆，水就从牛腿边向四下里飞溅起来。

离她不远，有块红花草田，亩面二斗。一个老汉高卷裤管，扶犁跟在牛后。

嗨——嗨——牛——哎——累——！

噢——噢——快——呀——累——！

他老声嘎气，不停口地哼唱。

他来得较晚，经过月英田头，他搭讪着道了两句家常，可他二媳妇没给他好脸色看。

她恨老公公糊涂，心给大房鬼弄去了，成天帮他们干活。大房对她太薄情了。那年，她晌午打场，牛热翻肝了，倒在地上挣命。大哥跑来，指她鼻子骂：

"牛要死了，亲兄弟也不认！"

开春，妯娌俩一道去探望一个远房太太，据说老人病了。走出敬老院，恰逢供销社进化肥。她冲入人流，舍命抢出两袋，和嫂子对半分了。嫂子感激，付款时给她垫了八块半钱。过一个月，根顺没有班上，这笔小账就未能及时归还。嫂子夜里睡不稳了，三番五次追要，月英憋闷，卖米还给她。这使她的心伤透了：

"还是亲兄弟呀！"

走风的嘴巴依然在唱。田本不大，剩下未犁的，来回几趟也就结束了。老人让牛拖着洗净的铁犁，没再和儿媳妇说话，一直唱着远去了：

　　　老也愁来小也愁，

　　　老愁小愁为何由？

　　　老愁儿女不孝敬，

　　　小愁妈妈奶不够……

月英悠响牛鞭，犁了一会。见日午天中了，耕牛直吐白沫，不敢再使下去，卸掉牛轭，洗腿上岸，半路她家二保把牛绳接去了。他带着一脸灰，来喊母亲吃饭。他报告说：

"妈，小宝给人家打死喽！你回去看，一脸都是血，婶娘气得睡倒了，大琴跟二林放学也不烧饭，都围床哭呢。小宝说是小大明子打他的。他不要香烟纸，舍不得糖，小大明子就打他了，照脸一拳，把鼻子打得血糊糊的！

婶娘去小大明子家吵，小宝说，他家人多，他妈吵不过，回家就睡倒了。"

小学生一面卖力说着他打听的新闻，一面留意母亲的反应，但他所预期的效果并没有发生。月英只注意看了看儿子走路的步子，她神色疲倦，饥肠辘辘。二保很失望，挥舞柳条，劈打油菜花。他按照母亲的指点，饮了牛水，把牛拴进牛屋，扯了一抱稻草，用力扔在牛桩前。

三梅望见母亲，返身端来洗脸水，放到门台上。邻家没有动静，月英走进去，不觉蹙起眉。鸡屎屙得桌面也是，麦麸扒倒了，三个孩子偎在一起，坐在房门槛上，可怜巴巴，瞅着枕里那张憔悴的脸。她在床边站了会儿，也没有力气多说话，洗净小宝的鼻血，就领着他们过来吃饭了。

渡远留校搭伙，长期弄个缸儿，从家带些腌菜，咽下七两米饭，正长秧子，人瘦成三根筋。月英给他留下些菜。饭向来多煮，瓦匠活重，根顺起早上班，把剩饭炒了吃。月英盛满一海碗，用锅铲摁摁，添个帽儿头，打发女儿给云萍送去。

身子没有活路催逼，那封信立刻便又回到脑中。她从枕下拿出，小心翼翼，托在掌上看。信邮自哈尔滨，根顺的姐夫在那儿当兵，已是师政委。根顺试图自己领头，拉起一帮同行，去省城承包活儿。他早就心算过，九间一栋，包工包料，盖三栋工头就赚一栋房钱。只要一年工头当下来，他就推尽债务，也能使儿子脸上露出骄傲的微笑，手捏五毛钱菜票，走进食堂，从炊事员那里端过一碗蒸肉！然而，太迟了。目前连他自己也还在别人手下做事呢。他不甘心，夜里一根一根抽烟，苦思良策。他深知乡人的脾性，迷信外地，好像外地满是金山，不费吹灰之力，就能装回一袋金子。如果他有门路先把人马开出本省，他登高一呼，就会从者云集，一年半载，重归梓里，人们不好离开他了，他便可以施展胸中的抱负。夜静悄悄的，他热血沸腾，手拄在窗上，眼睛像灯笼，早已飞越千山万水，望到关外。月英一觉醒来，就见丈夫伏身桌上，挥笔写着什么，两肩那样瘦削，腰那样细！她感到心口疼痛，把头转向床里。他的计划能够顺利实现吗？月英极想知道。

她撕开信封，抽出折叠的信笺，展开来认真瞅着，仿佛那一行行黑离离的字都很熟稔似的。她看了半天，终于没法懂，只得放开了。字太潦草，二保也读不通，他给自己开脱道：

"老师不让我们学潦草字。我们班有个老留级生，写字潦草，本子都给老师撕了，头给指挥棒打出好多鹅包！他哭了，回家不念了，可第二天又来了。老师说他那字是鬼画符，捉个苍蝇染黑，扣到酒盅里，那墨迹也比他那字强……"

一个男孩走来，留平头，背蓝书包，手里拿块锅巴，二保立即跟他走了。女孩子们收拾好锅灶。大琴去望母亲，发现那碗饭原封不动，放在五斗橱上，母亲已安静地睡着了；三梅轮到值日，腋下夹了把笤帚；小宝给二姐背了书包，神气活现，跑在她们前面。屋里静下来。干燥的南风穿堂而过，吹开啄饭粒的母鸡的尾毛。一只蜜蜂在玻璃窗前嗡嗡地飞，声音渐渐模糊了。口里有什么东西流下来，月英意识到了，睁开蒙眬的双眼。她起身淘净水泡的黄豆，去牛屋包牛料。

五斗种田，上午犁了三分之二，下午傍晚便完工了。犁过的田，在晚风中散发土香土气，花瓣、碎草和泡沫好像逍遥的人，成群结队，环城旅游。熔铁般的夕阳宛若泼墨挥毫的画家，用丰富的色彩尽情地把西空涂抹得斑斓辉煌。金灿灿的油菜花映射得嫣红的夕阳更为美丽了。辛勤的蜜蜂还在兴奋地忙碌，鼓圆的花肚皮不时擦过牧人的脸，给他留下一丝刺痒，像为唤醒他脑中沉睡的时间观念。下班的工人好像洄游的鱼，一阵接着一阵出现在花海中，沿途的乡村响彻他们的车铃声。

根顺就夹杂在这样的车流里，先一步回到家。月英从他的坐相、神情和望人的眼风，知道他很累。瓦工寒冬搞不到烤火，溽暑又不能乘凉，最是辛苦了。吃这行饭长久，繁重的体力劳动会使文明受到腐蚀，暴烈粗鲁加倍生长。根顺性情温和，耳濡目染，也难免受到影响。有一晚，他洗着脚，就有意无意说起来：

　　"瓦匠的老婆，哪个不怕丈夫！他们说左不右，在家饭端到手边，三请四邀才答应洗脸洗脚。他们发起脾气，老婆牙缝敢吭一声！你看云萍，每晚把水给根宝打到跟前，拿起臭鞋，摆好干净布鞋，第二天抽空再把换下的臭袜子洗了，可曾见她抱怨一声来？只有我仁厚。大家平常开我玩笑，让我去医院瞧瞧，说说不定气管有毛病呢。低头不见抬头见，和他们厮混在一起，我感到抬不起头哩。"

　　她正楦鞋，听后笑了：

　　"你学学他们样嘛！"

　　根顺有些恼：

　　"真也是啊！男人家花那么多钱娶老婆，还不是想有个知疼着热的人吗？为了养家糊口，他在外面拼命干活，受尽窝囊，到家婆娘应该给他爱抚，让他感到在这世上还有一头热乎气。如果在外吃人家相，家里又没有温暖，那他还不如打光棍。所以婆娘应该贤惠，对丈夫体贴。可你性子有时就粗暴得不得了，譬方昨夜，你那样对我，好伤人心啊！"

　　月英突然冒火了：

　　"昨夜昨夜，不提起，我还不火！你口口声声，要我体贴你体贴你，可你怎一点不体贴我啊？我干了一天活，累得要死，你还那样烦人！你在外面受气受累，我就在家享福啊？田里活每年你干多少？猪你喂过吗？鸡门你关过吗？生三个孩子你洗过几块尿布？你衣服脏了，是谁洗干净的？你衬衣破了，是谁补好的？你纽扣掉了，是谁给钉上的？是你自己吗？说什么不如打光棍！没老婆你串门都不便，年初一看人家拜年，你躲在黑房里哭吧！有了老婆，她就是痴子、疯子、神经病，你在人前，自然也高三分！"

劈头盖脸，一阵疾言厉语，根顺没词了。但他早就怒火中烧，并不想息事宁人，反唇相讥：

"就你好！就你累！"

这时渡远的声音在堂屋喊：

"爸！妈！我不能做作业啦！我不能做作业啦！"

他们不能再吵了，都闭住嘴巴。灯光昏昏的，闹钟咯噔咯噔响，长指针越过三个数目。脚冰凉了，因为事先没拿拖鞋，却上不了床。根顺憋得没法想，只好向妻子发话了。

"把鞋拿给我。"

"自己没长手啊？"

"听到了吗！"

"叫我做你使嘴丫头，梦吧！"

他一双眼睛变红，死盯住自己的女人。但到底忍了，赤脚下地。鼻息很粗，心火一撩一撩舔舐太阳穴，都往回走了，不料拳头发痒，呼呼打了出去。拳头挺重，月英背疼了好几天，根顺常常后悔。不过有句俗话：牙齿舌头不时也要斗斗。夫妻打架，像小菜一样平常。月英虽然半月没理丈夫，不准他近身，却并不记恨，相反还有点歉疚呢。

她自小和男孩一样野，白露枣熟了，她爬上树，脚板踩实树丫，手拿竹竿，一气乱舞，就见红枣如雨，她在树上豪爽大笑。夜晚黑魆魆的，她钻进瓜田，摸了两个，跳到河里边洗边吃。月亮升上来，河面雾气腾腾，流水清凉，瓜甜如蜜。十五岁上，她就是整劳力，挑水不用扁担，双手提担水，就跟玩儿似的。同村姐妹哭嫁，她在一旁冷笑，心想又不是从此不准踏进娘家门了，哭哪门呢？媒婆让她试穿新衣，她一点不害羞，知道这是最自然的事。告别娘家，法绳把她和一个男人系在一起，她和少女的生活永别了，就像身子不再是姑娘的身子一样，她好像变成另一个人了。根顺宽阔的胸膛好像一叶扁舟，载她游览温情的无限风光，指导她重温"无端隔水抛莲子，遥被人知半日羞"的个中乐趣，满足她"画眉深浅入时无"之类的提问在她内心所渴望得到的最大的甜蜜。她原先板结的心田松软了，红花绿草滋生了，复苏的女性的情愫像春雨一样润物细无声，阳春的田野，温馨的风一吹，绿浪千重。

所以她爱丈夫，不能容忍他被人瞧不起，被人看低。自此以后，每逢家里来客，晚饭吃过了，她便给丈夫打好水，吩咐孩子，把鞋和擦布拿来。

根顺见她变了，心内感激，在家再不放粗了。别人就见他们相敬相爱，好像新婚小登科。这天，根顺下班时，女儿正在喂鸡，她告诉父亲，姑爷来信了。他一听就跑到房里去找，却没见影儿，急出一头汗。

二保打弹子，很迟才归家，他到房里搁书包，见哥哥在专心温课，不敢捣乱，把脚步放轻了。根顺在门口叫住他，询问他迟回的原因。他红着脸嗫嚅着，说是老师给留下的，但谎言立刻被揭穿了。幸亏父亲心思不在这上面，没有怎样责罚他，只是问他：

"你妈中午叫你读的信，你知道放在哪儿吗？"

他一脸兴奋，放开嗓门，突然发现父亲脸色严峻，心中有些害怕，赶忙移开目光，小声嘟哝说："大概压在枕头底下。"等父亲转身进屋去了，他在妹妹的小辫上拽了一下，迅速跑走了。

根顺再次走出屋，已经彻底放弃找信的希望，他只好耐性等妻子回来了。三梅点数清鸡，关了笼门，就偎进父亲的怀里。根宝也坐在门口，掏出一支香烟，用力扔过来。他那娇惯的儿子仰躺在爸爸腿上，小脚一蹬一蹬的，嘴里念着：

　　　　月亮嬷嬷

　　　　照在他家

　　　　他家有只兔子

　　　　吃我家豆子

　　　　风来了，雨来了

　　　　兔子唬出屎来了……

　　他在学校玩得很高兴，回来看见烟囱冒烟，就喊着妈妈，扑进锅间。爸爸满身泥污，堵门瞪视着他。他才不怕呢！小腿慢慢挨上去，蹭蹭那双粗腿，那翼蠖的浓眉就系住轻飘的笑意了。爸爸戳一下他的额头说："惯子不孝，肥田长瘪稻。小杂种，打死不屈！"脸就俯下了。他不喜欢爸爸亲。那张嘴抽烟太多，难闻死了，那些胡子硬邦邦的，像针一样扎人。他逃进妈妈的臂弯。爸爸要扭他耳朵，妈妈就来拦；他们绕着妈妈转圈。二姐参加进来，抱住爸爸的腰，三姐在一旁笑，一圈，又一圈，他们笑坏了。妈妈过后一把搂住他，亲得他透不过气。

　　天光发暗了，一抹彩霞，好像一条红玉带，横挂在村西的树丛。麻雀在塘边的白杨里叽喳，蝙蝠在空中兜飞，蛙鸣阵阵，好像除夕的爆竹。月英赶着牛回来了，她转过小巷，把牛绳扔给迎上来的女儿。根顺一面帮她放下扛着的犁，一面问：

　　"今天犁了哪块田？"

　　然后，才扯到信。月英说：

"人不识字真伤心，揣了一天，硬是不知上面说些什么，每时每刻，心像猫抓似的。"

根顺追问：

"信在哪儿？床头前我找过，没有！"

她不信：

"见鬼啦？我明明压在下面。二保他们没乱拿吧？"

她亲自去找。根宝凑近前，插话道：

"是飞泉哥来信了？"

月英猛地想起，中午看信，她随手就装在裤兜里。竟然忘记！她捶起自己的脑壳。根顺迫不及待，催她快取。灯还没有亮，屋里光线更暗，眼睛再不能轻松地看清书中的铅字，渡远一边往外走，一边懊恼地想：电站送电有收费勤就好了！碰到母亲关切的目光，他感到温暖。

就听母亲问道："怎么说的？"

父亲把信递给他说：

"渡远，你念给你妈听吧，声音大些。"

他心一沉。信的内容，他从父亲衰弱的语音，已听出大半了。他猛烈咳起来。母亲怜惜地问：

"怎么了，渡远？"

他读道：

"爸爸……"

渡远解释道：

"是爸爸的名字……"

月英用目光鼓励他读下去：

"爸爸，你好！并请代向爹爹和妈妈问好！……"

他把脸又从信笺上抬起来。

根顺说:

"继续读吧,声音大些。"

　　来信我们收到了,我向有关单位打听一下,认为你带一队瓦工来哈尔滨困难很多:其一,哈尔滨是十大城市之一,建楼都在九层以上,三四层楼不让盖,一般小建筑队干不了;其二,今年黑龙江省基建工程大量压缩,施工单位较少,本地许多包工队都没有活儿干;其三,施工单位一律包工包料,三料来源非常紧张,除本市建筑公司外,外地施工队很难搞到,即使高价购买,也得用钱铺路,打通后门。我们部队年内没有修建任务。我是做政治工作的,在这方面与地方从未联系过,不认识人。确实困难很多!

渡远又猛烈咳起来,脸色难看得像哭。月英一摸面额,惊叫起来:

"根顺,渡远有些烧呢!"

根顺用手盖着眼睛,捏住太阳穴。

根宝摇摇头,劝道:

"渡远,去睡吧!信我来念。"

他接过信,一气儿念完:

　　有句俗话:在家时时好,出门处处难。到外地做工不一定好。生活艰苦,水土不服,容易生病。你身体本来差,会拖垮的。为了多挣几个钱累倒自己,不是太不划算吗?钱是人挣的,人比钱金贵,况且远离一家老小,你怎忍心?一旦孩子病了,回家一趟都要三四天,来回车费百把块呢。

我这样说，像在强调理由，不想帮忙。其实我是一片好心。我只是把我们这里的情况向你作了客观的介绍，提出自己的一些想法供你参考，免你盲目来了，后悔不及。现在你认真选择吧。如果还是决定要来，给我拍份电报，我和根华到车站接你，我们将陪你在哈尔滨逛几天，再设法给你找到工作。但你带人多了，我就难说都能一一安排妥帖。我们住房十分拥挤，不像乡下，每人都有一套宽敞的房屋（爸爸来过一次知道），我们部队招待所每晚也要五元，因此要来你最好一个人来。这样你就挣不到大钱了，因为不是工头，你一天只能挣五六块钱左右。总之，何去何从，你三思而行。

我就说这些了。

军礼！

飞泉匆就

二月二十六日夜

收到根平来信，得知爸爸准备做寿衣，我们随即寄去一百元钱。不知收到没有？至今不见回音，甚是挂念，望来信说一下。爸爸已七十多岁了，我们离家较远，只能在经济和衣食上略尽一点责任和义务；你们在家要多多照料他，让我们大家共同把老人赡养好。你们和根平的矛盾也应划除，亲兄弟间还有什么不可谅解吗？又及。

根宝垂下拿信的手，月英惘然地问：

"没有了？"

"没有了。"

隔了一会，她又问：

"都念完了吗?"

"念完了。"

她深叹口气,说:

"这样也好!"

月英把女儿松开的辫子扎好,问她笤帚带回来没有。心中惦记儿子,月英进屋去了。

根顺摸出烟,让根宝一支,随手扔掉瘪皱的烟盒。两人对上火,根宝说:

"兔子没追到,你就去抱个西瓜回来!一天五六块,再加加班费、超产奖,一月能挣二百多。在家累死累活,哪月挣个百把块,就算很不错了。而且还不正常!一项工程竣工,要是工头没接到活儿,还得在家歇着。比在家强多啦!"

根顺强笑笑,解嘲道:

"开初,我刚说出我的设想时,月英老犯嘀咕,泄我劲儿,说:'我们不去赚那黑心钱。'我说:'怎么是黑心钱呢?我们能赚钱,因为我们精打细算,勤俭节约。但月英坚持说怎么不是黑心钱呢?一栋楼房盖成,干活的瓦匠工资很少,工头却千儿万儿往腰装。我用管理、奔波和风险为工头辩护。现在,再不用担心她思想拐不过弯,会拖我后腿了。黑心钱。黑包工头。黑包工头赚黑心钱。黑心钱没有血汗钱经花。嘿。我们吃不上葡萄了,就来说葡萄是酸的吧。"

但他忽然很理智地叮嘱根宝:

"根宝,我那设想,不过像昙花一样,现一下就凋谢了。你知道了,可得管住自己的舌头,不要乱说。如果传到老板耳朵,他怕我挖走他手下人,那我可就没地方吃饭啦!"

根宝直说:

"放心！放心！"

但他有些疑惑了：

"难道你不打算去哈尔滨？有飞泉哥帮忙，这个机会千载难逢，错过太可惜了！古话说：机不可失，时不再来！"

他见堂兄一味冷笑，就又说：

"现在提倡八仙过海，各显神通，谁有本事谁先发财。我家地少，收粮只够自家吃；喂猪喂鸡吧，既没资本，技术又缺。我早寻思要出去，却愁没有门路呢！"

他终于发现根顺压根就没在听，不免有些愤懑，胡子飞起来。云萍恰好走来，听到末一句话，忙问：

"你要去哪儿？"

根宝呛她：

"我要去哪儿？我要是去见阎王，你准备再嫁吗！"

他抽身走了。云萍气得语塞，鼻腔一酸，泪珠儿涌流不住了，可是根宝发作道：

"还不回来吃晚饭啊！"

她牵起小宝的手。

　

天际那抹燃烧似的晚霞熄灭了，夜岚飘散着米饭的清香。青蛙在田野欢叫，声音好似春潮，充斥天地之间。电送上了，站在暗里看，家家灯火光明，便感觉周围的暗越发浓了。二保野玩，听到母亲的呼唤，才气喘喘地跑回来。往家钻时，他身体灵活地一闪，母亲挥起的巴掌擦过肩头，他嘻嘻咧嘴笑。半夜天变了，根顺尚未入睡，就听风在树梢一声一声呼啸，好像悲哀的叹息。渡远的卧室，窗扇没扣钉锦儿，一下一下撞响。他起身去关了窗，再躺到床上，雨就来了，淅淅沥沥，落在瓦片上，落在叶片上，他烦，更不能睡了。

雨不大，时断时续，连下好几天。铅灰的云层压在头顶，一成不变，死气沉沉，好像时间被凝固了，一天一天，那样悠长！月英背着背篷，裤管卷到膝上，到秧田瞧水。秧田上足旱粪、水粪和化肥，经过反复耘耙，肥沃的黑土平整如镜，细若雀肉。稻籽捂出芽，早已均匀地播下了，昏黄的水面绿苗油油。草人站在竿头，狐假虎威，吓唬飞禽。下埂漏水的蛇洞、蟹洞全部锤实，一排榔头印淋得泛白。蚕豆套种在瓜田，时下正落花结实，瓜埯张有塑料薄膜，远看如一堆堆的雪。油菜花飘落大量的花瓣，湿漉漉的，失去鲜艳的色泽和骄傲，好像落水鸡一样缩着头，花香不像晴日那般浓烈了，好像这是一种黏稠的液体，被雨水稀释了。田野看不见放牛的老汉披蓑戴笠的身影，他们担心牛吃了沾雨的青草会生病，乐得聚在一起海阔天空，闲话三七。垄上行人更少。雨停了，四周阒寂无声。月英提着铁锹，闷闷地在自家的责任田里转悠着。天空飞过一只白羽长腿的鹭鸶，她抬起望眼，思绪慢慢伸长了。在扇动的鸟翼上，她清楚地看见丈夫通红的眼睛、儿子的菜缸、女儿袜跟上的补丁和二保因为不能缝制校服而噘起的嘴唇……鸟儿张开翅子不动，在灰暗的天幕上，在潮湿的空气里，划下一些白亮的半圆圈，就落入河潭不见了。散无着落的目光碰到农具，月英猛然醒悟，赶忙埋头干活。

根顺照常上班。第一天早晨，他把车扛到柏油路。风里来，雨里去，路到尽头，车再不能骑了，他就丢在附近的农家。每天打开院门，圈里的猪听到响动，凑到栅栏前哼哼唧唧，母鸡在粪堆边扒拉，远远近近，此起彼伏，响着公鸡清亮的啼鸣。他从树隙间望去，就见天仍是阴得厚，太阳不见，好像盖了一床湿重的棉被。颈子仰酸了，树在滴水，一滴落进眼窝，他揉一揉，低头刷牙。傍晚归心似箭，他在路上走，胶鞋套在脚上，两腿晃动，在身后留下很深的印纹。有时就感觉了，面颊有酒盅大一块，像斟着温温的酒，漾着暖意，眼睛移上去，只见一缕阳光射下来，多么金灿！多么鲜活！四近的云染红了，好像烧旺的炉胆。他不禁立住了，呆呆地看，面容开朗多了。

如果到家早，他便帮着干些家务。月英在锅台上忙不过来，他就走去，在锅门后的青石上坐下，往锅洞添草。他见门石踏了厚厚的泥，就拿锹铲去。厕所粪满了，气味冲人，他扁担上肩，挑两担。他叫女儿帮母亲洗洗衣服，监督二保学习，叮咛渡远注意身体。渡远的病不是肺炎，像他一度曾恐怖地认为的，乡村医生打上两针，也就见好。儿子那样虚弱，不能熬夜，他勒令儿子十二点就寝。钟敲响了，他的身影准时出现在房门口，渡远只好拉熄灯。月英发现，他言语少了，问他什么，常是强笑笑，并不回答。他眼圈变大，人瘦多了。起先他踌躇满志，就像扯满风帆，准备远渡重洋的货轮，可是尚未出海，却已搁浅了，这个打击于他太沉重！穷鬼追他不舍，他神经疼痛，他坐卧不宁，他问自己：怎么办啊？焦忧急了，他又取出信看，好像隔了几天，内容会不一样了。但后来他的目光就只盯在这几行了：

……况且远离一家老小，你怎忍心？一旦孩子病了，回家一趟都要三四天，来回车费百把块呢……如果还是决定要来，给我拍份电报，我和根华到车站接你，我们将陪你在哈尔滨逛几天，再设法给你找到工作……因此要来你最好一个人来。这样你就挣不到大钱了，因为不是工头，你一天只能挣五六块钱左右。总之，何去何从，你三思而行。

天是渐渐在放晴了，人在暗室，猛觉眼前一闪，隔窗望去，只见屋影以外，阳光把一切都照亮了，抖颤颤的，有一缕射在室内的地板，伸到墙脚，蛋黄的投影自然折成两个平面了。乌云被照成白气，好像一群惊恐的绵羊，四下奔窜，风给裁剪着，像牧羊女的剪刀。湛蓝的天空露出了，如湖水一般望不透，每多看一分钟，都会觉得更高了。新鲜的气流醇美如佳酿，洗濯着人们的目光、浑浊的呼吸和迟滞的听觉，各种动物（尤其鸟类）的鸣叫显得更清脆更悦耳，所有植物和建筑物都焕然一新，俨如它们也有一个春节来到了。这雨后的初晴，一切都活泼泼的，透着精神。

小河清澈多了，河岸的树木渗水发黑，叶片碧绿，淤积的残水往下淌，半天在叶儿尖尖头凝成一滴，借了日光的照耀，晶莹闪烁，仿佛满头珠玉的命妇。水滴的重量超出负载，叶片抖动，落下了，上面挂动下面，滴滴答答，沙地斑斑驳驳，河水涟漪层层，好像鱼在泛花。沙地上种着麦子，麦穗抽出了，风从中间刮过，吹倒一溜。小蒜遍地钻出来，杂在青草之间，逢到星期天，女孩子挖回去腌了吃，喷喷香。河水潺潺地流淌，流到浅处，速度快了，冲起河底的绿藻，发出金属般的音响，勾起人童年的甜蜜的回忆。有时候，上游漂来三朵两朵野花儿，一漾一漾，满河情趣。沿河隔上几步，就有一块方石，黢黑黢黑的，中午前后，妇女衣袖高挽，一阵一阵下来浣纱捶布。她们闲扯散观，嘻嘻哈哈，阵阵笑宛如清漪，一圈圈一层层，荡开去，又激起来，那在笑语中浮起的杵声，让寒酸孟子听了，不知又会激起怎样的诗情？但绝不再会是那种凄婉的基调了。

场地先前平过，晒出一道一道长缝，低地的泥浆结成薄片翘起了。草堆湿黄湿黄的，冒着热气，鸡飞上去，扒开腐草，显露一块块洞。电线垂得更松了，几只春燕敛了黑翅落下来，俯下它们的白肚皮。槐树开花，村中来过几个收集槐米的人，背着蛇皮口袋，手拿竹竿，镰刀绑在杆尖尖头，磨亮的刀锋折射日光。小学生放学回来，爬上院墙，抹下几枝，开水烫过，放在饭锅和咸鱼一起蒸，便是一盘可口的好菜。天气晴稳了，农家开始存放稻草灰，把一年累积的牛粪斩成小块块晒，做着大忙前各种准备工作。

趁天晴好，清闲无事，根平张罗一天，把父亲的寿衣做了。老人红光满面，穿了新衣会客，席上他对两个儿子说：

"七十三、八十四，阎王不请自己去。我已七十二了，还能活几年？人生一世，不能活二世，可欠活人头，莫欠死人头啊！今年做好寿衣，明年再给我把老家砍了，你们就算尽了孝道，完了一桩心事。我呢，也不枉来世一遭，养儿一番，到时两腿一蹬，去了，心也安，也含笑。"

一早亲朋好友陆续贺喜来了。远方的亲戚也捎了信去，赶到时早饭已吃过了。一般为了避忌讳，早上煮饭，迷信说，早上吃粥，急着早早哭，是对老人的不孝。寿席摆下三桌，菜肴丰盛，猜拳行令，从十一点直吃到一点。根宝酒吃到七成，大老（脑）爷不当家九（酒）老爷当家，抱了瓶喝。主妇睥睨着他，心中着实不快，私下对丈夫嘀咕：

"又不是没酒给他喝，酒箱还有三瓶没开呢，搞这副馊样子！"

傍黑，烧开一大锅井水，整扎整扎挂面往锅里下。并不掐断，此所谓"长寿面"了。外地的来客大都走掉，一些本村出情的人满满坐下一桌，长辈和老汉让到上延坐，剩菜热过，摆在桌上，大家说说笑笑，放开肚子吃。夜久更阑，两个做工的裁缝准备告辞了，主人算还工钱，另外还用红纸小包，每人穿了五块，老人送出老远，连声道谢。月英因有嫌怨，没有过去帮忙，只是拿了寿鞋，细针密线，连夜绱好。

喜庆日子，庄严隆重，言行尚且谨慎，当然不会闹出什么乱子。但是第二天，为了老人的方桌，事端却生起了。

床不离半，桌不离七。门、桌、锅盖，木板必须成单，双数没吃。门宽三尺四，大桌要能抬过，自然小一些，三尺二寸七。九条棠梨板桌面，四根枣木腿，桐油一漆，通红发亮，古色古香，传过几代，依然厚重结实。祖上打桌时，为期一周，另加一个工，打成了，推一推，又晃一晃，绕圈细细验看，最后对木匠说：

"老师傅，样样称心，只有桌拐这一个榫，加了一片竹楔，真是遗憾！"

木匠说：

"莫说了，莫说了！当初听我，再加一个工，我保你二十四榫，个个天衣无缝，好像长在上面，和胳膊腿一样！"

儿大分家，都争着要，老人谁也没给。他独自过了一年，正像他嘴里时常哼唱的：

　　　　出门一把锁，

　　　　进门一盏灯；

　　　　灯望我，我望灯，

　　　　想想老汉真伤心……

根顺看不过意，把老人接来一起过，大桌便顺理成章抬来用。小儿一家对自己敬重，不让他干重活儿，每天给他蒸碗鸡蛋下饭，他本该心满意足。可是毕竟人老嘴馋，熬不来那苦，清汤寡饭，肚里没油，就生出法子，隔天见日，偷了米卖，拿钱来买烟抽，上集买油条麻花儿。好长时间，倒也没人发现。只在一夜，月英用扇来给他赶蚊子，他正躲在帐里吃油饼，听到脚步声走近，两口并一口，忙忙吞下，差点噎死！月英给他捶背，又倒来开水，看他难受劲过去了，才叹口气，说：

"爸，我们想盖房子，各方面不能不俭省，苦了你了！你攒钱买下糕点什么的，只管拿出来吃，我已跟二保、三梅他们打过招呼，不准吃你东西……"

他一迭声解释道：

"是人家给的，是人家给的——"

他之后很久没再做手脚了，有点畏惧，此其一；主要是月英贤惠，他这样做不像一个上人样子。但终是熬不住，又偷了，旁人便渐知觉。有一次，云萍上城，他让她捎带几个肉包子，给了她五角钱和一个小塑料袋子。他一再叮嘱：

"黄昏我在大路等。千万别让月英知道，那样我就吃不安稳了。"

岂料云萍却这样想："你吃安稳，我从此就别想安稳了！纸包不住火。哪天事情捣通了，我和月英是邻家，她纵不怀疑是我怂恿你偷的，也会认为我在替你销赃，否则为什么肯给你买肉包子？那时我就是跳到黄河也洗不清了！"

她在城里办完要办的事，就从小路回来，把内情向月英挑明。月英好像花炮，一朵连着一朵，喷尽火花，肚里就没有一点气了。她原谅了老人。但她在火头上叱咤的话，却使老人受不了，他一跺脚，走了。

他在哈尔滨住了一秋，气候转冷，他收到根平的信回来了。根平接收父亲，当即便要抬方桌，理由冠冕堂皇：

"爸爸到哪儿，桌子到哪儿！"

月英气恼，把他挪用老人的家什一一数出，坚决不给抬。磨到做寿衣这天，根平借口客多，打发儿子来借，月英不疑，让抬去了。桌子借出，却难收回。两家拉锯一般大吵。清官难断家务事，请村主任不来。老人毫无主张，纵使有也是年老言轻，不管大用。末了，根平松口了：

"三天为限，一百块钱拿来，桌子抬去！没有多要，桌子卖你这价，便宜到家啦！过期没钱，再莫厚脸皮来吵！"

三个昼夜逝去了，钱没有凑齐。春头上，青黄不接，谁有多钱借呢？就是出情的二十元，好话歹话，也不知说了几箩呢。桌子归大房了，他们也没给老人一分钱，他们为他做寿衣花的钱远不止一百呢！这件事又一次伤透月英的心：

"还是亲兄弟啊！"

根顺手扯头发，喃喃自语：

"这是欺我穷呢！欺我穷呢！"

他失眠了。月英睡在身旁，他好像不能忍受她的鼾声似的，粗暴地弄醒她，捧起她的脸说：

"月英，我决定啦！我去哈尔滨！"

她清醒了，五内俱焚：

"天亮还得上班，什么也别想，啊？睡吧！睡吧！啊？"

黑暗里，根顺目光炯炯：

"不，月英！我决定啦！我去哈尔滨！"

云萍听说，来找月英，眼泪一把，鼻涕一把，先诉一番苦。月英破天荒陪她流了许多泪。而后，腆面恶心，她问月英，能不能提挈一把，让根顺带根宝一起去。

月英炸了：

"你不知自己在说什么吗！你没算过，还有几月？根宝一走，你怎么办？还有田不做啦？你真发昏哩！"

云萍更悲恸了：

"他在家又有什么用！他人没多大本事，脾气还不小，自己干点活，就像别人闲着似的，稍不顺心，就要把人吃了！那点田，我回娘家说一声，不费事就做了，要他在家，我连月子也坐不安！他挣不到钱，花费又大，抽烟喝酒样样全。我也屁本事没有，我承认。我们有什么法子可想呢？这个孩子一生下来，又得罚钱。你们不帮带一把，我们只有受穷，一辈子受穷！"

月英不语了，低头思索。在飞泉哥，一人神是烦，两人神也是烦，两人一人又有多大差别？况他信中又没定死，就只能去根顺一人。千里之遥，人生地不熟，随时随地都会在想不起来的时候有想不起来的事情发生，两人同去，互相有个照应，却不是好？她把自己的意思说给丈夫听了，他颇感为难，但云萍向他一哭，他也就同意了。根宝真是感恩不尽，他说他们这是救他一难，积了阴德。两家人，两种心情，对待同一远离！

　　接下两天，月英分外温柔，让根顺胸中溢满难舍的蜜情。她见他要去挑水，就走近前，把扁担从他肩上取下来；他跟她去整饬自留地，她只许他一边立着，和她说说话儿，高低不让他帮忙。她说：

　　"马上要走了，歇歇吧。"

　　她在灯下包裹衣物，他坐在床沿，一眼不眨瞅她。雨沙沙下，钟摆在晃，月英鼻息微细。先前抢收牛矢，弄了一身灰，她刚洗浴过。湿发乌黑，像擦了生发油，梳齿的痕迹和中缝一样清晰。大脸盘汪着灯光，看去不那么黑了，两颊像长了肉，红润、细腻、松弛恰到好处，一扫旧日绷脸生气的神情，和眼角辐散的鱼尾纹一起，给人以和善、宽厚和慈柔的印象。颧骨好像灯台，一点一点，幽幽地发亮。两片抿合的嘴唇，俨然一对坚毅果敢的亲密的战友，使压抑和伤愁，使外来的猥亵，凛然不可犯。她穿件干净的衬衣，右肩补了一块，胸口松松宽宽的，腰身扭动，双乳间就起褶皱。根顺细细地看，躲在睫毛里的情欲宛如林中鹰隼，倏忽就展翅一飞，出现在目光里翱翔。他热血上涌，往前一扑，就把脸贴在一起。

　　乡俗纯朴，走亲访友，一般不空手，总要带上点土产，一表心意。她泡了几升糯米，过一个对时，抽空淘净沥干，去碓窝捶碎。有民谚说：樱桃好吃树难栽，粑粑好吃面难挨。挨面全是闷心活儿，她直干得汗雨淋漓。星期三下午，老师政治学习，渡远不上学，来和母亲轮流干。他技巧不到，碓嘴抢下了，收手嫌慢，蹭破一块皮，钻心痛，可他到底没吭气。云萍帮着罗面，她带晚炒了一包花生，预备让丈夫上路时带上。

两个当家男人整天也在东奔西跑。他们去到工地，把原委跟工头说明，辞掉工作。工头人很慷慨，请他们在饭馆吃了一餐，算是饯行，他们本月的工资也按工时支付了。临了，他和他们一一握手，说道：

"祝二位在那边发财！什么时候，满载而归了，如果还有眼角看上我，随时都可来，我这里是永远欢迎二位来干的！"

出门在外，身上自然得装些钱；那点工资是不够的。他们只好硬着头皮，去登村主任的门。村主任已经吃过饭，他起身迎接他们，显得很热情。根宝因为给村委屡出难题，村主任窝火，只让根顺把申请人的名字换成月英，就在申请书右下角的空白处写了"情况属实"字样，盖上鲜红的印章，却对他的请求置之不理。根宝气得大嚷大叫，汹汹地把拳挥起了，根顺手快，死命抱住。

当天夜里，根宝抚摸着身边那高隆的身体，悲愤地说：

"云萍，我们一定要把这个孩子生下来，不管那得吃多少苦，啊？"

云萍噙泪应下了。

时间对于这两对夫妇变得珍贵了，已经到了离别的前夜，看见惨淡的圆月碾碎云块，从一方澄碧的高天露出饱满的脸，他们心中不复先前的喜悦，离愁的色调加浓了。当启明星坠入东方的地平线，当笼罩天壤的夜幕在雄鸡悲啼的合唱中拉起，他们便将分离；他们便将告别温情脉脉，告别耳鬓厮磨，分离而去。

走出火车站票房，根顺咬咬牙，买了一个水瓶，割下二斤多猪肋条肉；根宝称了一样卤菜，几斤豆制品，月英又从自留地摘回一些蔬菜，忙了一阵，像样地端出几盘，两家人聚于一堂。二保遵照父亲吩咐，请了爹爹来坐。老人贪杯，喉咙有酒滋润，话语格外多。他大谈哈尔滨：

"人不出远门，就不知中国有多大！同是国家的江山，这里那里怎般不同！蚊子有苍蝇大，冰上能跑汽车，大姑娘也吸烟。她们讲好婆家，进门那天，新被里放上一把斧头让她坐，一屁股坐上了，大家便很高兴，认为吉祥，今后坐着享福。哈，怪事多呢！都编成一段顺口溜了，不过我没记住……"

肉烧得特烂，根顺敬过酒，要父亲多吃。根宝提出，要陪月英三杯，请她以后多多照看他家；月英说那不须说，举杯干了。云萍见丈夫饮得猛，不免担忧，柔声劝了几次。根宝让她放心，说他有底，不会醉倒。他甚至嬉着脸，邀妻对饮。他说：

"端起酒盅，云萍！让我们为你肚里的小东西干一杯！"

云萍白他一眼，脸庞绯红，但还是陪丈夫喝了。酒滋滋甜，一点不辣嗓子，小宝见了，便很开心，扔下骨头，也要和爸爸喝。母亲喜爱，把小手中的酒杯夺了，刮他鼻子；然而，父亲一听，叭地按下筷子，大笑一声：

"哈，好小子！来！"

看来他喝多了，饭一口没吃，云萍扶他早早回屋去了。根顺送出父亲，看见他们拉上窗帘，把灯熄了。老人酒醉蒙蒙，头重脚轻，趔趔趄趄。他不知道有条狗跟在身后吠。他向来爱唱，自制力失去了，歌更唱不完。根顺站在巷口，眼睛已不能辨清老人的身影，可那凄婉的音调依然萦绕耳际：

> 国也愁来家也愁，
> 国愁家愁为何由？
> 国愁就怕出奸臣，
> 家愁没有柴米油……

巷子黑黑的，月亮好像银梭，在云里钻，月光隔了薄云射下来，树叶间的暗浓得化不开，好像一块块巨大的黑石，悬在夜空。风微微的，一阵一阵凉意，从潮湿的土地吹起了。狗不再吠，各种虫子藏在墙根鸣叫，四周静寂，乡村饱啜甜蜜的睡眠。

家人都在等他。进屋先几分钟，灯光使他眼花。他在桌旁坐下，月英和他说了几句闲话，渡远打来温水。倒脚盆时，二保做个鬼脸说：

"爸，你洗脚水能肥三斗种！"

他把这种高效肥泼在院里的栀花上。

根顺盯他一眼，严厉地说：

"二保，我今晚送个信给你！今后说话要讲文明，有礼貌，该大还大，该小还小。如果我回来，见你还是这样没长进，我非打死你不可！"

惹祸的孩子吓白了脸，缩到门拐不敢动了。根顺对他不想饶过，继续训斥：

"我说的话，你听下肚了吗？你要再把我的话当耳边风，左耳进右耳出，你看我可有法子治你！你一天到晚匪玩，掏雀窝、打弹子、撒谎，你占全了。下次匪玩再跌到哪儿，看我烦你神！你净去学坏。你怎不跟你哥哥学学？我没一次见你像他那样专心学习过一小时。你这样不争气，太叫我失望了！你想一想，你这么做，对得起每餐的三碗饭吗？"

他喘口气，接下去说：

"我给你说，二保！我走后，家里一般事，你干一点。听你妈的话。你妈说得对不对，你都要笑着和你妈说，听见了吗？你已三年级了，今后每月给我写封信，报告你在家和学校的表现，该怎样是怎样，不准说谎！我会写信向你哥哥调查的！我希望你多写信，勤奋学习，能把初中考上，你就有希望了。当上兵就可能吃国家的饭，就像你姑爷一样。做田多么累，多大的困难；我现在家就待不住了，借人家钱，多大的困难！你们看看，就是你们叫我一声'爸'，还叫我能安下心来？当前很困难，牛都没有，能叫我不难心吗？你一定要争气，学好，希望你听话！"

顽皮的小学生哭丧着脸，在父亲关注的目光下耷拉下脑袋。月英不忍了，袒护道：

"好了好了，别对孩子乌眉黑眼了，他们明天还要上学，你让他们去睡吧。天不早了，你也该歇息啦。"

她见丈夫并无睡意，便推推女儿，让她倒茶。根顺把爱女拥在怀里，蔼然叮咛：

"我三梅最听爸爸话了，是吧？爸爸走后，我三梅应该勤洗头，啊？给哥哥们刷鞋、叠床、扫地、抹桌，学习。忙时帮妈妈做做饭，妈妈晚上洗衣，陪她一起，啊？不要害怕，鬼呀神呀，都是骗人的，是迷信，其实什么也没有。你做到了，爸爸就疼你，喜欢你；回来把你抱在爸爸怀里，就像现在这样；给你带回好多好多好吃的好玩的，给你买花衣裳，带你上城玩。我三梅可听清了？"

女孩应一声嗯，他俯下脸，就在那两瓣红唇上吻。

渡远屏住气，起身问：

"爸，你有什么话教导我吗？"

父亲的凝视让他心里热乎乎的。他见父亲掏出一张纸来，递了给他，有些诧异。纸上写：

给长子渡远提出如下要求：

一、尊敬长辈。路上碰见，要站到路边，向他们问好。对于爹爹，更得孝顺，常去探望他。

二、听妈妈话，如果你妈干活累，发脾气打你们，不正确；你是个文化人，向你妈跪倒说："妈妈啊，你打我们，得看我们错了还是没错。"这样你妈就不会再打了；不要木桩似的不作声。

三、不准和别人打架，和弟妹更要团结好。你是老大，处处原谅二保、三梅，二保处处原谅妹妹，我三梅再听哥哥们的话，一家子和和气气，你妈看了活再重，也会高兴的。

四、学习还要抓紧，争取考上中专。辅导弟妹的功课。监督二保做到"四不准"：不准烧一把饭锅跑去玩一把；不准不和妈妈打招呼就去人家看电视；不准把自行车推出去骑；不准下塘洗澡。二保要是不听话，你就好好跟他讲道理。你这样说："为了我们能过上幸福日子，爸爸走远去受苦，妈妈在家累死累活，我们不争气，良心过得去吗？我们每学期几十元学费哪来的？不是河水淌来的，不是地上拾来的，更不是偷来的，都是爸爸妈妈累来的啊！"

五、挑担不要超过五十斤，伤了害你一辈子！定期检查我拴的吊环，细心察看，绳子断了，掉了下来！锻炼身体。天天要锻炼。你的身体不好呢！不能喝凉水。烂腌菜别带吃了，今后我每月给你汇来十五元菜金。

六、晚上，外面的东西都要收家来，门闩加销，门边放上破脸盆，如果你们睡熟了，人一推门不就响了吗？

渡远泪流满面，哽咽着说：

"爸，你放心，我一定做到！"

根顺双眼也是泪光模糊，他说：

"爸就等你这句话呢！现在好了，爸放心了；你领弟妹去睡吧。"

他也回到自己的卧室；月英跟在后面，把房门掩严了。刚才的一幕使她的心像刀攮一样难受。她全身都在颤抖。她清楚地知道，进房后根顺会有一肚子话向她倾诉，这些话她先前渴望听到，现在她却害怕听了。所以，当根顺的双手拥住她，她就哀求一般地说：

"我，我冷，根顺，我们……睡吧！睡吧，啊？"

他望她望了好久好久。

他们睡下了。

翻来覆去，无法入睡。他的声音终于飘起来：

"月英，今后家里一切都靠你啦！丢下你，让你一个人来挑这副担子，我很不好过啊！我对不起你！……"

她捂住他的嘴：

"别说啦！别说啦！根顺，别说了吧，啊？我们睡吧……睡吧，啊？……"

忍了多少天的泪，流下了，流下了，沾湿脸下那方滚烫的胸膛，沾湿合卺枕上的布巾……

夜逝去了。东方欲晓，两家草草吃罢饭。根顺根宝登程上路了。太阳正在升起，冉冉地，冉冉地，就像远离的情郎，不忍走出爱人的门槛，一步一停，一步一停……

孩子在门口别过；妻子送到村头。云萍凄凄惨惨，哭得泪人似的。

半月之后，渡远从村主任那里带回远方亲人的来信；这第一只鸿雁飞来，报说他们一路平安的佳音，给挂念他们的人们投下一丝慰藉和希望！

后 记

曾不知路之曲直兮，
南指月与列星。
愿径逝而未得兮，
魂识路之营营。

　　　　　　——屈原《九章·抽思》

　　这里所收集的，是我以往和近些年写的东西。就写这么一点，而且写得不好。我很惭愧。本来我有许多话想说，但手因为沉重而拿不动笔。我唯有掐一撮炒青，冲一杯沸水，让感慨和喟叹渐渐溶于苦茶之中，让挂满沉思的心眼去飞吻书外的世界⋯⋯

　　书外的世界正变得越来越实在。

　　写作是我生命的呼吸，让业余时间里自己活得更充实些。努力多写，写得有人情味，贴近生活，让人爱看，这是我今后努力的方向。

　　感恩一路有你的支持和帮助！

　　　　　　　　　　　　　　　　　2020 年 10 月 31 日于合肥